시작하는
소설

시작하는
소설

윤성희 장류진 조경란 김화진
정소현 박형서 백수린

시작하는 마음들,
붙잡고 싶은 마음들

'시작하다'에는 '어떤 일이나 행동의 처음 단계를 이루거나 그렇게 하게 하다'라는 뜻이 담겨 있습니다. 그런데 독일어의 '시작하다(anfangen)'에는 '시작'과는 연관이 없는 듯한 '붙잡다(fangen)'라는 의미가 포함되어 있고, 라틴어의 '시작하다(indipíscor)'는 '붙잡다'라는 뜻이 함께 사용된다고 합니다. 언뜻 보기에 '시작하다'와 '붙잡다' 사이에는 어떤 공통점도 없는 것처럼 보이는데요, 아마 '시작'이라는 말에 '마음을 붙잡고 구체적으로 어떤 일을 행한다'라는 의미를 담으려 했던 것은 아닐까요? 시작하는 모든 이들의 마음에는 누군가를, 무언가를 붙잡고 싶은 마음이 함께 담겨 있지 않을까 하는 생각도 해 봅니다.

우리는 살아가면서 수많은 시작점과 마주하게 됩니다. 당장 오늘 하루만 해도 새로이 시작해야 하는 일들은 없었나요? 붙잡고 싶은 일이나 사람은 없었나요? 이 소설집에는 세상에 눈떠 가는 고등학생부터 삶의 끝자락에 선 노인까지, 다양한 연령대의 주인공들이 등장합니다. 가출이라는 일탈의 경험을 통해 한 단계 어른으로 성장해 나가는 두 남학생의 이야기, 인생의 끝자락 낯선 이국땅에서 각설탕처럼 달콤한 사랑을 시작하는 한 할머니의 이야기 등, 그들이 다양하게 시작하는, 간절히 붙잡고 싶은 마음을 담은 일곱 편의 삶의 이야기가 있습니다. 소설 속 주인공들의 모습은 왠지 쓸쓸하고 애잔해 보이기도 하지만, 그들은 각자의 삶 속에서 각자의 방식으로 자신만의 삶을 붙잡아 나갑니다. 이러한 그들의 이야기는 현재의 '나'를 돌아보게 만들고, 우리를 과거나 미래로도 데려다 놓을 것입니다. 지난날 경험했던, 또는 앞으로 경험하게 될지도 모를 삶에서의 시작점의 의미를 되새겨 볼 수 있도록 말입니다.

어쩌면 우리는 순간순간 인생의 시작점에 서 있는지도 모릅니다. 그 시작은 새로운 학교, 직장으로의 첫걸음일 수도 있고, 낯선 곳으로의 여행, 누군가와의 첫 만남일 수도 있으며, 혹은 인생의 전환점을 맞이하는 순간일 수도 있습니다. 소설집에는 이같이 다양한 시작점에서 도전의 발걸음을 내디디며 삶의 의미를 찾고 붙잡으려는 인물들의 이야기가 따뜻하고도 정겹게, 때로는 눈물겹게 펼쳐집니다. 소설 속 그들의 시작은 바로 우리의 시작이기도 하며, 순간의 시작점이 모여 만들어 나가는 우리들의 인생과도 맞닿아 있습니다.

좋은 소설을 읽고 나면 좋은 사람을 만난 것처럼 기분이 좋아집니다. 이 소설집 또한 삶의 불안함, 두려움, 망설임을 느끼고 있을 독자 여러분께 소소한 공감과 희망으로 다가갔으면 좋겠습니다. 오늘 하루도 힘들고 고단한 삶을 살아가고 있을 청소년과 청년들, 인생의 중반을 묵묵히 걷고 있을 중년의, 삶의 끝자락을 간신히 딛고 있을 노년의 어른들께도 따스한 위로와 응원을 건네는 선물이 되었으면 합니다.

삶의 시작과 붙듦을 이야기하는 좋은 작품을 선물해 주시고, 또 이 책에 수록할 수 있게 기꺼이 허락해 주신 작가님들, 소설집을 엮느라 저희와 함께 고민하고 애써 주신 박유진 편집자님, 창비교육 편집부에 감사의 마음을 전합니다.

'애썼다. 애썼어….'

소설 속 두 남학생이 서로의 마음을 돌보며 서로에게 건네는 위로의 말처럼, 애쓰고, 애도 태우고 애도 끓이며, 우리 인생도 그들이 그랬듯 벚꽃 피는 환한 봄날의 눈부시고 애틋한, 그런 날들을 붙잡을 수 있기를. 생의 볼륨을 최대한 높이고 마음은 늘 첫걸음으로, 힘차게 내일을 내딛는 우리가 되기를 꿈꾸어 봅니다.

2024년 11월
여러분의 시작을 따뜻한 마음으로 응원하며

차례

윤성희

1999년 동아일보 신춘문예에 단편 소설 「레고로 만든 집」이 당선되며
작품 활동을 시작했다. 소설집 『거기, 당신?』, 『감기』, 『날마다 만우절』,
장편 소설 『구경꾼들』, 『상냥한 사람』 등을 썼다. 현대문학상, 이수문학상,
황순원문학상, 이효석문학상, 오늘의 젊은 예술가상, 김승옥문학상,
동인문학상 등을 수상했다.

마법사들

"영차. 영차."

나도 아버지를 따라 말했다.

해가 떠오를 때까지 아버지와 나는 해를 하늘로 밀어 올렸다.

그 순간이었다.

해의 끝이 바다에서 떨어지는 순간,

해가 온전한 동그라미가 되는 순간,

뒤꿈치가 내려왔다.

내 몸의 무게가 발바닥 전체에 고스란히 느껴졌고

나는 너무 놀라 뒤로 넘어졌다.

「마법사들」 중에서

1

　나는 공중 부양을 한 적이 있다. 그것도 두 번이나. 길을 걷다 맨홀 뚜껑만 봐도 무서워 울던 어린아이였을 때였다. 그곳이 어디인지는 모르겠다. 풍선을 파는 트럭이 있었다. 트럭에는 슬러시 기계도 있었는데, 나는 파란색과 노란색 음료가 뱅글뱅글 돌아가는 것을 넋 놓고 보았다. 어머니가 "풍선 사 줄까?" 하고 물었다. 나는 고개를 끄떡였다. 풍선 가게 아저씨가 풍선을 건네주면서 말했다. "꼭 잡아. 놓치면 하늘로 날아간다." 어머니가 풍선이 날아가지 않도록 내 팔목에 줄을 묶었다. 바람이 불었고, 풍선이 흔들렸고, 어느새 줄이 스르르 풀렸다. 풍선이 날아가자 나는 울었다. "안녕, 잘 가." 어머니가 하늘을 향해 손을 흔들며 말했다. 나도 어머니를 따라 풍선을 향해 두 손을 흔들었다. 그 순간이었다. 내 몸이 공중으로 떠오른 것은. 누군가 내 몸속에 바람을 불어 넣은 것 같았다. 나는 부풀어 올랐고, 풍선은 멀리 날아갔다. 초등학교 1학년 여름 방학 때 어머니가 교통사고로 돌아가셨다. 사고를 낸 사람은 아버지 차를 몰래 끌고 나온 고등학생이었다. 어머니가 중환자실에서 사경을 헤매는 동안 나는 구구단을 외웠다. 퇴원을 하면 8단과 9단을 외웠다고 자랑을 할 생각이었다. 어머니가 돌아가시고 나는 매일 똑같은 음식만 먹었다. 참치김치볶음밥. 아버지는 그것밖에 할 줄 모르는 사람처럼 매일 참치김치볶음밥만 했다. 그러던 어느 날, 새벽에 오줌이 마려워 일어났다가 나는 안방에서 들려오는 소리를 들었다. "민호, 운동화 좀 사 줘." "다음 주에." 아버지가 누군가와 이야기를 하고 있었다. 나는 열려 있는 문틈으로 방 안을 들여다보았다. 아버지가 침대에 앉아 있었다. "근데 당신이 생일 선물로 사 준 셔츠 어디 있지?" "그거? 옷장 안에 있겠지. 뒤져 봐." 아버지가 혼자 묻고 혼자 대답을 했다. 나는 두 눈을 비볐다. 아버지 옆에는 아무도 없었다. 열린 창으로 바람이 불어왔고 커튼이 흔들렸다. 나는 커튼 뒤에 누군가 숨어 있는 상상을 했다. 으스스. 동굴 탐험을 간 아이들이 나오는 동화책을 읽은 적이 있는데, 거기에 그 단어가 있었다. 거기에 그 단어가 있었다. 으스스. 나도 모르게 그 말이 불쑥 떠올랐다. 그러자 몸이 가벼워졌다. 고개를 숙여 아래를 보니 발바닥이 공중에 떠 있었다. "아, 맞다. 세탁소." 아버지가 손뼉을 치며 말했다. 뭔가 생각날 때마다 손뼉을 치며 말하는 건 어머니의 버릇이었다. "내일 봐." 아버지가 말했다. "응, 내일 봐." 아버지가 대답하고 침대에 누웠다. "잘 자, 엄마." 나는 잠든 아버지를 보고 그렇게 중얼거렸다. 공중에 뜬 몸은 바닥으로 내려오지 않았다. 나는 엄지발가락에 힘을 주었다. 심호흡을 하며 천천히 열을 세자 발가락 끝이 겨우 바닥에 닿았다. 까치발을 하고 살금살금 걸어 내 방으로 돌아왔다. 다음 날 아침, 어찌된 일인지 뒤꿈치가 바닥으로 내려오지 않았다. 까치발을 하고 식탁까지 걸어간 나는 아버지에게 말했다. 참치김치볶음밥을 그만 먹고 싶다고. 그랬더니 아버지가 말했다. "미안, 오늘이 마지막이야. 엄마가 담근 김치가 이제 바닥났거든." 아버지는 내가 까치발로 걷는다는 사실을 몇 년이 지나도록 알아차리지 못했다.

2

오늘 급식은 돈가스와 미역국과 깍두기였다. 다 내가 좋아하는 거라 밥을 가득 펐다. 성규가 알면 또 잔소리를 하겠지. 점심을 먹고 이를 닦은 다음 운동장에 가 보니 성규가 먼저 걷고 있었다. 성규 옆으로 가서 따라 걸었다. "칙, 칙, 폭, 폭, 잊지 말라고 했지?" 성규가 말했다. 칙칙폭폭은 성규가 나를 위해 만들어 준 구호였다. 두 번 숨을 내쉬고 두 번 숨을 들이마시고. 그렇게 숨을 쉬며 걷기만 해도 살이 빠진다고 성규는 말했다. "다시 한번 해 보자. 칙칙." 성규의 말에 나는 숨을 내쉬며 두 걸음 걸었다. "폭폭." 이번에는 깊게 들이마시며 두 걸음 걸었다. 점심시간마다 성규가 시키는 대로 걸었지만 살이 조금도 빠지지 않았다. 그때마다 녀석은 이렇게 말했다. 자기 덕분에 더 찌지 않는 거라고. "오늘 민호는 얌전했어?" 성규가 물었다. "오늘 결석. 장염이래. 어제도 화장실 들락거리다가 조퇴했거든." 내 말에 성규가 웃었다. "쌤통이다. 사흘 내내 설사나 했으면." 나와 이름이 같은 민호는 급식 시간마다 나를 괴롭혔다. "그 애를 작은민호라고 부른 게 잘못이었어." 내가 말했다. 중학교 2학년 때 나와 민호는 같은 반에서 만났다. 담임 선생님은 우리를 '큰민호', '작은민호'라고 불렀다. 문제는 작은민호는 너무 말랐고 큰민호는 너무 뚱뚱하다는 거였다. 반 아이들은 우리 둘을 여러 가지 이름으로 불렀다. 홀쭉이와 뚱뚱이. 꼬맹이와 덩치. 반근과 열근. 심지어 젓가락과 숟가락으로 부르는 아이들도 있었다. 3학년이 되면서 반이 달라져 괜찮았다가 고등학교에 와서 다시 같은 반이 되었다. "그래서 그 애가 나를 괴롭히는 거야. 나를 미워하지 않으면 세트가 되니까." 내 말에 성규가 휘파람을 불었다. 성규는 대답하기 곤란한 말을 들으면 그렇게 휘파람을 불었다. 운동장을 한 바퀴 돌자 겨드랑이에서 땀이 나는 게 느껴졌다. 우리는 말없이 두 번 숨을 내뱉고 두 번 숨을 들이마시며 운동장을 걸었다. 그러다 불쑥 성규가 말했다. "오늘 그거 사용할 거야. 생일 쿠폰." 내가 무슨 말인지 몰라 어리둥절해하자 성규가 설명을 했다. "네 생일에 내가 소원 들어준 적 있잖아. 잊었어? 그때 네가 약속했어. 내 소원도 들어주겠다고." 성규의 말을 들으니 생각이 났다. 초등학교 6학년 때였다. 학기 초에 성규가 전학을 왔다.

후드 티 모자를 눈이 안 보일 정도로 뒤집어쓴 채. 며칠 후 학교에 이런 소문이 돌았다. 예전 학교에서 모자를 억지로 벗긴 선생님이 있었다고. 화가 난 성규가 교실 책상을 다 집어 던졌다고. 그러니 살고 싶으면 모자는 건드리지 말라고. 그 소문 때문인지 아무도 성규에게 왜 그러고 다니느냐고 묻지 않았다. 내가 다니던 초등학교에는 부설 유치원이 있었다. 유치원 건물 뒤쪽에 작은 놀이터가 있었는데 5시에 가면 아무도 없었다. 수다를 떨고 싶은 날이면 나는 거기에 가서 혼자 시소를 탔다. 시소 맞은편에 누군가 있다고 생각하면 속에 있던 말들이 밖으로 술술 나왔다. 내 생일날도 시소를 타며 그렇게 혼잣말을 하고 있는데 등 뒤에서 누군가 말을 걸었다. 너 수다쟁이구나, 하고. 뒤돌아보니 전학생 성규였다. 성규가 시소 반대편에 앉았다. 그러더니 끝말잇기를 하자고 했다. 우리는 시소를 타며 끝말잇기를 했다. 그러다 성규가 생일이라는 단어를 말했고 그 말에 내가 오늘이 내 생일이야, 하고 고백했다. 성규가 생일 선물로 소원을 하나 들어주겠다고 말해서 나도 모르게 연날리기라고 했다. 정말 연을 날리고 싶었던 것은 아니고 성규의 말에 뭐라 대답을 해야 좋을지 몰라 고개를 들고 하늘을 보았는데 연이 날고 있었다. 그날 연날리기를 하며 내가 성규에게 약속을 했다. 네 생일에도 소원 하나 들어줄게, 하고. 그걸 여태 안 잊고 있었냐고 묻자 성규가 중요한 순간에 쓰려고 지금까지 아껴 두었다고 대답했다. "그때 분명히 말했다. 뭐든지 들어준다고.""그래, 그래. 뭐든지." 성규의 말에 내가 건성으로 대답했다. 그리고 교실로 돌아가기 전에 매점에 들러 시원한 코코팜을 사 먹어야겠다는 생각을 했다. 코코팜 포도를 먹을지 코코팜 화이트를 먹을지 고민하는데 성규가 말했다. "오늘 가출할 거야. 너랑 같이." 그 말에 음료도 마시지 않았는데 사레가 들린 듯 기침이 나왔다. "뭘 한다고?" 내가 다시 되묻자 성규가 씩 웃었다. 가출이라니. 내 소원은 겨우 연날리기였는데. 내가 엄청 손해 보는 기분이었다. "그런데 너 오늘 진짜 생일이야? 쿠폰은 생일에만 쓸 수 있어." 내 말에 성규가 어깨동무를 하고 말했다. "그래서 오늘 급식에 미역국이 나왔잖아."

  5교시는 체육이었다. "먼저 사과부터 한다." 체육 선생님이 교실 문을 열자마자 말했다. 웅성거리던 교실이 순간 조용해졌다. 선생님이 교탁 앞으로 걸어오더니 마저 말을 했다. "너희도 알다시피 선생님이 얼마 전에 결혼을 했잖니." 그러면서 선생님은 결혼하고 처음으로 부부 싸움을 했다는 이야기를 우리에게 들려주었다. 싸움은 양말을 뒤집어 벗는 것에서 시작되었다. 그러다 이런저런 불만을 털어놓게 되었고 며칠 동안 서로 냉랭했다. "어떻게 화해를 해야 할지 모르겠더라고. 그러다 어제 분리수거 날인 걸 알았어. 아내가 퇴근하기 전에 재활용 쓰레기를 버려야지, 그럼 아내가 좋아하겠지, 하고 생각했어." 선생님은 쓰레기를 버리고 돌아오는 길에 놀이터 벤치에 아내가 앉아 있는 걸 보았다. 아내는 배드민턴을 치는 아이들을 넋 놓고 구경하고 있었다. 선생님이 다가가도 알아차리지 못할 정도로. 아이들은 쌍둥이 형제였는데, 배드민턴을 잘 치지 못했다. 선생님이 아이들에게 다가가 몇 가지 기본 동작을 가르쳐 주었다. 그러자 배드민턴을 배워 보라고 권하고 싶을 만큼 실력이 늘었다. 랠리가 열 번 이상 이어지자 아내가 박수를 쳤다. "그때 알았어. 내 아내도 배드민턴을 치지 못한다는 걸. 암튼, 얼마 지나지 않아 아이들 부모님이 왔지. 그리고 서로 깜짝 놀랐어. 우리 부부랑 너무 똑같이 생겨서. 형제자매라고 해도 믿을 정도였다니까. 나중에 아이를 낳으면 저렇게 생긴 아이들이 태어나겠구나. 그것도 괜찮겠구나. 아내와 그런 대화를 하다가 화해를 했지. 그건 그렇고, 그래서 오늘 배드민턴을 치자." 선생님의 말에 몇몇 아이들이 소리를 질렀다. 원래 오늘은 자율 학습을 하기로 했다. 우리 반이 체육 대회에서 계주 1등을 한 덕분이었다. 1등 상품은 체육 수업을 한 번 쉴 수 있는 '자율 학습 쿠폰'이었고, 우리 반은 그걸 오늘 사용하기로 했다. 다음 주가 중간고사이기 때문이다. "그래서 아까 사과했잖아. 미안." 선생님이 두 손을 번쩍 들었다. "그런데, 부부 싸움이랑 오늘 배드민턴 치는 거랑 무슨 상관이에요?" 움직이길 싫어서 화장실 가는 것도 참다 방광염까지 걸린 적이 있는 현민이가 물었다. "나중에 사랑하는 사람하고 싸우면 배드민턴 치며 화해하라고." 선생님이 말했다. 아이들은 체육복으로 갈아입으면서 계속 투덜댔다. 하지만 막상 배드민턴을 치기 시작하자 모두들 선수처럼 열심히 경기를 했다. 선생님이 가장 길게 랠리를 한 조에게 아이스크림을 사 준다고 해서였다. 6교시 국어 시간에 졸았다. 꾸벅꾸벅. 꿈속에서 나는 피에로가 되었다. 키가 아주 큰 피에로. 아이들이 내 앞에 줄을 섰고 나는 풍선을 불었다. 꾸벅. 풍선으로 강아지를 만들었다. 꾸벅. 해바라기를 만들었다. 꾸벅. 우는 아이에게 왕관을 만들어 씌워 주었다. 꾸벅. 칼을 선물받은 아이가 내 가슴을 찔렀다. 나는 죽은 척을 했다. 꾸벅. 공중에 떠 있는 내가 조는 나를 바라보고 있다. 그러다 번쩍. 눈을 떠 보니 국어 선생님이 내 앞에 서 있었다. "세수하고 올까요?" 선생님이 뭐라고 하기 전에 내가 얼른 말했다. 그 말에 선생님이 웃었다. 세수를 하고 돌아오는 길에 성규의 반을 슬쩍 들여다보았다. 하얀색 후드 티 모자를 쓰고 있어서 금방 찾을 수 있었다. 꾸벅꾸벅. 성규도 졸고 있었다. 그래, 해 준다, 가출. 나는 졸고 있는 성규를 보며 혼잣말을 했다.

3

가출을 한다는 녀석이 아무 계획도 없었다. 어딜 갈 건지 생각도 안 하고 가출을 하자는 게 말이 되느냐고 내가 투덜대자 성규가 그걸 알면 그건 가출이 아니라 여행이라고 했다. "그럼, 일단 은하 철도 타고 생각해 볼까?" 내가 말하자 성규가 고개를 끄떡였다. 은하 철도는 우리가 99-9번 버스를 부르는 말이었다. 그 버스를 타려면 학교에서 15분쯤 걸어가야 했다. 올 초에 조금 속상한 일이 있었다. 그래서 아주 매운 음식을 먹고 설사나 했으면 좋겠다고 농담을 했더니 성규가 매운 김치만두와 쫄면을 파는 가게를 찾아냈다. 우리는 만두와 쫄면을 먹었고, 먹을 때는 안 매운 것 같았는데 먹고 나서 10분 후쯤 혓바닥이 불타는 통증을 느꼈고, 그래서 바보처럼 혓바닥을 내밀고 가게 앞에 있는 버스 정류장에 멍하니 앉아 있었다. 그러다 99-9번 버스가 오는 걸 보았는데 뭐에 홀린 듯 버스를 탔다. 우리는 종점까지 갔다가 버스 회사 화장실에서 설사를 한 다음 돌아왔다. 아주 먼 곳을 다녀온 기분이 들었고, 그래서 그 후로 종종 그 버스를 타고 종점까지 갔다가 되돌아오곤 했다. "오랜만이다." 버스를 타니 기사 아저씨가 말했다. 우리가 종점까지 가면 기사 휴게소 앞에 있는 자판기에서 공짜로 음료수를 뽑아 주는 아저씨였다. 그러면서 늘 똑같은 잔소리를 했다. 방황은 해도 되는데 사고는 치지 말라고. 40분쯤 달리자 버스는 시를 벗어났다. 승객들은 거의 다 내렸고 우리는 뒤쪽으로 자리를 옮겼다. 나는 맨 뒷자리 오른쪽. 성규는 맨 뒷자리 왼쪽. 거기가 우리 지정석이었다. 문 닫은 횟집이 보였다. 깨진 수족관이 가게 앞에 있었다. "바다 보러 가는 건 어떨까?" 내가 물었다. "싫어. 영화 보면 가출한 애들은 꼭 바다로 가더라. 진부해." 성규가 창밖을 보며 대답했다. 나는 진부한 건 다 이유가 있기 때문에 진부한 거라고 말해 주려다 말았다. "그럼 만화 카페 갈까?" "청소년은 10시까지야. 몰랐어?" "그럼 스터디 카페라도." 내 말에 성규가 고개를 돌리고 나를 보았다. "미, 쳤, 어?" 성규가 눈을 동그랗게 뜨고 말했다. 문 닫은 횟집을 시작으로 도로 양쪽으로 망한 가게들이 보였다. 망한 중국집. 망한 철물점. 망한 분식집. 망한 미용실. 망한 가게 중에는 민호 슈퍼와 성규네 세탁소도 있었다. "일단 저기라도 가 볼까?" 내가 말하자 성규가 하차 벨을 눌렀다. 기사 아저씨가 큰 소리로 말했다. "너희들 오늘은 종점까지 안 가?" 뭐라 대답할 말이 생각나지 않아 나는 다른 말을 했다. "오늘 성규 생일이에요." 그러자 버스 정류장에 차를 세운 뒤 아저씨가 뒤돌아 우리를 보며 말했다. "어, 오늘 내 생일인데. 너도 생일 축하한다."

　성규네 세탁소 입구에는 세탁물을 찾을 분들은 전화를 달라는 안내문이 붙어 있었다. 날짜를 보니 3년 전 글이었다. 성규가 잠긴 가게 문을 흔들었다. 가게 입구 앞에는 담배꽁초가 일곱 개 버려져 있었다. 모두 필터에 씹은 흔적이 있는 걸로 보아 한 사람이 피운 것 같았다. "문 닫은 가게 앞에서 담배를 일곱 개비나 피운 사람은 누구일까?" 성규가 쪼그리고 앉아 담배꽁초를 북두칠성 모양으로 만들었다. "빚 받으러 온 사람 아닐까. 담배를 피우며 고민했던 거지. 전화를 걸까 말까." 성규가 고개를 저었다. "빚쟁이가 찾아올 줄 알았으면 안내문에 전화번호는 안 적었을걸." "오래전 집을 떠난 아들이 돌아왔을 수도." 성규가 담배꽁초로 W를 만들었다. 저렇게 생긴 별자리가 있는 것 같은데 이름이 뭔지 생각나지 않았다. "첫사랑이 찾아왔을 수도." "돈 꿔 달라고 동생이 찾아왔을 수도." "10년 전 빌린 돈 갚으러 왔을 수도." "성규가 부모님 몰래 피웠을 수도." 내 말에 성규가 웃었다. 나도 웃었다. 성규가 문에 붙어 있는 안내문을 떼었다. 반으로 접고 또 반으로 접고 또 반으로 접었다. 그리고 주머니에 넣었다. 민호 슈퍼는 자물쇠로 잠겨 있었다. 번호 키여서 장난으로 내 생일을 눌러 보았는데 한 번에 열렸다. "너네 가게 아냐?" 성규가 오른손으로 어깨를 쳤다. "맞아. 너 먹고 싶은 거 있으면 다 먹어." 그렇게 말하며 나는 가게 문을 열었다. 빈 선반을 보고 성규가 말했다. "먹을 거 엄청 많네." 가게 안쪽에 미닫이문이 있었다. 문은 빡빡해서 잘 열리지 않았다. 아래쪽을 발로 몇 번 차니 문이 조금 움직였다. 벽에는 3년 전 달력이 걸려 있었다. 한 장 한 장 넘겨 보았다. 제사라고 표시를 한 날이 일곱 번이 있었다. 아들은 모두 네 명. 내일이 큰아들의 생일이었다. 나는 가방에서 펜을 꺼내 오늘 날짜에 별표를 했다. 그리고 그 아래 성규 생일이라고 적었다. "꿀짱구 사 줘." 뒤에서 성규가 말했다. 무슨 말인가 싶어 뒤돌아보니 성규가 과자 봉지를 들고 있었다. "선반 뒤에 있었어." 나는 주머니에서 천 원을 꺼내 방바닥에 놓았다. 그리고 허공에 대고 말했다. "우리는 도둑이 아니에요. 돈 내고 먹는 겁니다." 나는 성규의 꿀짱구를 빼앗아 먹었다. 내가 빼앗아 먹자 성규가 과자를 빨리 먹기 시작했고 그래서 우리는 누가 빨리 먹는지 내기를 하는 사람들처럼 과자를 먹었다. 다 먹고 과자 봉지를 반으로 접던 성규가 갑자기 소리를 질렀다. 유통 기한이 2년도 더 지난 것이었다. 나는 방바닥에 내려놓았던 천원을 다시 주워 지갑에 넣었다. "갈 데 없으면 여기서 자자." 내 말에 성규가 고개를 저었다. "망한 곳에서는 자고 싶지 않아." 성규는 어렸을 때 이렇게 생긴 방에서 살았던 적이 있다는 이야기를 들려주었다. "엄마 아빠랑 같이 살 적에. 문방구를 했었거든." 성규는 문방구에 딸린 방에서 태어났다. 방문은 격자 모양의 유리로 된 미닫이문이었는데, 방 안에서도 문방구를 볼 수 있게 아래에서 두 번째 칸만 투명 유리로 되어 있었다. "그 유리로 문방구를 보면 카운터에 앉아 있는 엄마의 등이 보였어. 엄마 얼굴은 기억나지 않고 그 뒷모습만 기억나." 성규의 아버지는 아내가 떠난 후 문방구 앞에 앉아서 하루 종일 비눗방울만 만들었다. "나중에는 엄청 큰 비눗방울도 만들었어. 내가 그 안에 들어갔거든." 비눗방울 안에 갇히다니. 그건 공중 부양만큼 멋진 일이었다. "아, 놀이공원. 그런 곳에서 밤새우고 싶다." 성규가 혼잣말처럼 중얼거렸다. 놀이공원이라. 틀림없이 귀신이 수백 명 있을 것이다. 성규에게 거긴 무서워서 안 된다는 말을 하려다 문득 좋은 곳이 생각났다. "영화관에서 밤새우자. 마지막 영화 보고 숨어 있자." 나는 성규에게 영화관에서 밤을 새운 적이 있는 사람 이야기를 해 주었다. 바로 우리 아버지였다.

4

그날 아버지는 여자 친구에게 헤어지자는 이야기를 들었다. 폭설이 내린 날이었고 버스가 막혀 약속 시간에 늦었다. 예매한 영화를 보지 못하자 여자 친구가 화를 냈다. 아버지는 억울했다. 1년 넘게 만나는 동안 아버지가 늦은 적은 그때가 처음이었기 때문이었다. 그래서 아버지는 여자 친구가 늦었던 많은 날들에 대해 이야기를 했고, 쪼잔한 놈이라는 소리를 들었고, 이별을 통보받았다. 아버지는 영화관 뒷골목에 있는 술집에서 술을 마셨다. 그리고 혼자라도 영화를 봐야겠다는 생각에 여자 친구가 보고 싶어 한 영화의 마지막 상영 회차를 예매했다. 관객은 다섯 명도 되지 않았다. 아버지는 영화를 보다 잠이 들었다. 그리고 눈을 떠 보니 아무도 없었다. 시간은 새벽 2시가 넘어 있었다. 나가는 문은 잠겼고, 아버지는 119에 전화를 하려다가 말았다. 혹시라도 그 일로 잘리는 직원이 생길지도 모른다는 생각이 들었기 때문이었다. 아침이 오기를 기다리면서 아버지는 스크린을 노려보았다. 아버지는 감독이 되는 상상을 했다. 그리고 영화 한 편을 만들어 보았다. 주인공은 어릴 적 죽은 여동생이었다. 여동생은 귀신이 되어 오빠의 곁을 맴돈다. 오빠의 생일 케이크 촛불을 대신 불고, 군대에서 오빠를 괴롭힌 선임의 발을 넘어뜨리고, 첫사랑에 실패해 울고 있는 오빠의 가슴에 입김을 불어 넣는다. 영화의 마지막 장면. 오빠가 결혼을 해 아이를 낳는다. 그 아이를 보며 여동생은 말한다. 내가 네 고모야. 안녕. 그 말을 끝으로 여동생은 투명해진다. 아버지는 눈물을 조금 흘렸다. 울고 나자 참을 수 없이 추위가 느껴졌다. 아버지는 상영관 문에 달린 커튼을 몸에 돌돌 말고 밤을 새웠다. 아침이 되자 누군가 상영관 안으로 들어왔다. 그리고 아버지를 보고 깜짝 놀라 뒤로 넘어졌다. 아버지가 직원에게 말했다. "걱정 말아요. 귀신 아니에요." 사연을 들은 직원은 미안하다며 아버지에게 따뜻한 커피를 주었다. 커피를 마시며 아버지는 밤새 귀신 세 명과 같이 있었다고 말했다. 그 말에 직원이 놀라 딸꾹질을 했다. "농담이에요. 미안해요." 아버지가 사과를 했다. 딸꾹질은 멈추지 않았다. 아버지는 인터넷으로 딸꾹질 멈추는 법을 찾아보았다. "잠시 숨을 참으래요." 아버지의 말에 직원이 숨을 참았다. 그래도 멈추지 않았다. "얼음물을 마시래요." 얼음물을 마셨는데도 멈추지 않았다. "그래도 안 되면 천천히 혀를 잡아당기라는데요." 아버지가 말하며 혀를 잡아당기는 시늉을 했다. 그 모습을 본 직원이 웃었고, 웃다 보니 딸꾹질이 멈추었다. 아버지는 직원에게 몇 시에 퇴근을 하느냐고 물었다. "그 직원이 우리 엄마야." 나는 영화관으로 가면서 성규에게 부모님의 첫 만남에 대해 이야기를 해 주었다.

19세 이상 관람 가를 제하고 나니 마지막 회차에서 우리가 볼 수 있는 영화는 세 편이었다. 그중 가장 인기가 많은 영화는 패스. 관객이 많으면 직원이 오래 청소를 할 테고 그러면 숨어 있을 수가 없을 것 같았다. 우리는 '나는 무사히 할머니가 될 수 있을까?'라는 제목의 다큐멘터리를 골랐다. 할머니 이야기라니. 그걸 누가 보겠는가. 콜라를 사려다가 오줌이 마려울까 봐 참았다. 나는 화장실에서 아버지에게 문자 메시지를 보냈다. 다음 주가 중간고사라 성규네 집에서 밤새 시험공부를 한다고. 아버지가 야식 먹고 공부하라며 치킨 쿠폰을 보내 주었다. 성규가 누구인지 묻지도 않고. 영화는 치매에 걸린 할머니가 자신의 이름을 잊어버리는 장면에서 시작한다. 카메라를 든 손녀가 할머니에게 묻는다. "내가 누구야?" 할머니가 카메라를 한참 들여다본 뒤에 말한다. "기자 양반. 예쁘게 찍어 줘요." 손녀는 할머니가 치매에 걸린 뒤 돌아가실 때까지 5년의 세월을 카메라에 담았다. 그중 가장 많이 나오는 장면은 꽃구경을 가는 것이었다. 할머니는 딸의 이름을 잊고, 아들의 이름도 잊고, 마침내 자신의 이름도 잊었지만, 꽃의 이름만은 잊지 않았다. 할머니가 돌아가실 때 나는 울었다. 슬프다는 생각이 들지 않았는데 그냥 나도 모르게 눈물이 나왔다. 영화는 지루했다. 중간에 졸기도 했는데 그런 영화를 보고 울었다는 게 조금 창피했다. 영화가 끝나고 상영관에 불이 켜지기 전에 우리는 재빨리 뒤쪽으로 가서 숨었다. 직원이 뒤로 오면 앞쪽으로 기어갈 생각을 하며 긴장하고 있었는데 직원은 대충 둘러보고는 돌아갔다. 잠시 후 상영관 불이 꺼졌다. 성규가 휴대폰의 손전등을 켜고는 앞쪽으로 걸어갔다. 그러다 중간쯤 되는 곳에 앉았다. 나는 성규를 따라 걷다가 두 칸 떨어진 자리에 앉았다. "근데 그 할머니. 애쓴다는 말을 몇 번 했는지 알아?" 성규가 물었다. 할머니는 누군가 집에 오면 그 말을 했다. 애썼다. 애썼어. 그렇게 두 번 반복해서 말을 했다. 매일 보는 자식들에게도. 처음 보는 냉장고 수리 기사에게도. "오십육 번. 영화가 하도 재미없어서 내가 세 봤어." "오십육 번이라니. 그걸 센 너도 애썼다." 나는 멋진 농담이라고 생각했는데 내 말에 성규는 웃지 않았다. "넌 오십육 번의 애썼다는 말 중

언제가 가장 기억에 남아?" 성규가 목소리를 깔고 진지하게 물었다. 그리고 내가 대답도 하기 전에 자기는 할머니 국숫집에서 술 마시다 싸우는 사람들을 말릴 때 한 말이라고 그랬다. 할머니는 분점이 세 개나 있는 국숫집을 운영했다. 할머니는 택시 기사였던 남편을 일찍 사고로 잃고 이런저런 식당에서 일을 하다 국숫집을 하나 인수했다. 김만복 국숫집. 간판을 바꾸려면 돈이 든다고 해서 그대로 사용하는데, 많은 사람들이 할머니 이름을 '김만복'이라고 착각을 한다. 방송국에 맛집으로 소개된 적이 있는데 거기에도 김만복이라고 소개된다. 장사가 잘될수록 할머니는 악몽을 꾼다. 진짜 김만복 할머니가 꿈에 나와 이름을 돌려 달라고 화를 내는 꿈이었다. 그래서 할머니는 김만복이라는 이름으로 수백 명의 학생들에게 장학금을 주게 되었다. 뭐 그런 사연을 가진 할머니는 치매에 걸린 후 자신의 가게인 것도 잊고 손님처럼 국수를 먹으러 간다. 감자전에 막걸리를 마시다 갑자기 멱살을 잡고 싸우던 할아버지들이 온 날도 그랬다. 할아버지들은 30년 넘게 한 달에 한 번씩 만나 술을 마시는 친구 사이였는데, 술을 마실 때마다 번갈아 술값을 냈다. 그런데 두 할아버지 모두 마지막 술값을 자기가 냈다고 우기기 시작했다. 할아버지들이 싸울 때 할머니는 옆 테이블에서 후루룩후루룩 소리 내며 국수를 먹고 있었다. 그러다 갑자기 할머니가 외쳤다. "이제 누가 먼저 죽을지 모르니 반반씩 내." 그 말에 할아버지들이 맞는 말이라며 서로의 멱살을 풀고 자리에 앉았다. "오래 살자." 할아버지들은 그렇게 건배를 하고 막걸리를 마섰다. 그 장면은 기억이 나는데 할머니가 애썼다고 말한 장면은 기억이 나지 않았다. 성규에게 언제 그 말이 나왔느냐고 묻자 할머니가 자기 테이블에 있던 만두를 할아버지들에게 주면서 말했다고 한다. 싸우느라 애썼다고. 늙느라 애썼다고. "싸울 때도 애를 쓰고 늙을 때도 애를 써야 한다니. 난 잘 모르겠다. 그러다간 잠잘 때도 애를 써야겠다." 성규가 고개를 절레절레 흔들었다. "나는 할머니가 호박죽 먹으면서 했던 말." 내가 말했다. 할머니가 돌아가시기 며칠 전, 딸이 만들어 준 호박죽을 먹는 장면이 있었다. 그때 할머니는 죽을 얼마 먹지 못했다. 그리고 숟가락을 내려놓으며 말했다. 나는 그만 애쓸란다, 하고. 성규는 할머니가 그렇게 말한 게 아니라고 반박했다. 나는 그만 먹을란다,라고 말했다고. "내가 분명히 들었어. 너무 이상한 말이라 기억한다니까." 내가 우기자 성규가 대답 대신 휘파람을 불었다. 무엇인지 알 수 없는 노래였다. 한참 후에 성규가 혼잣말처럼 중얼거렸다. "그만 애쓴다니. 그건 너무 슬픈 말이네."

5

나는 맨 앞줄로 자리를 옮겼다. 그리고 아버지처럼 스크린을 뚫어져라 쳐다보았다. 내가 감독이라면 무슨 영화를 만들까? 근사한 이야기는 떠오르지 않았고 눈만 시큰거렸다. 성규가 무대 위로 올라갔다. 나는 배우의 무대 인사를 보러 온 관객처럼 박수를 첬다. 그리고 손을 들어 질문을 했다. "이번에 맡으신 역을 소개해 주시겠어요?" 내 말에 성규가 주먹을 쥔 오른손을 입가에 가져다 댔다. 그리고 마이크를 든 사람처럼 말을 했다. "아, 아, 잘 들리나요?" 나는 휴대폰의 손전등 앱을 켰다. 그리고 성규가 서 있는 곳을 향해 조명을 밝혀 주었다. "우선 제 영화를 보러 와 주셔서 감사합니다. 저는 이번 영화에서 생일날 미역국을 끓여 주지 않은 아버지에게 화가 나서 가출을 한 고등학생 역을 맡았습니다." 성규의 말에 나는 휴대폰을 흔들었다. 거우 그런 이유로 가출을 하자고 하다니. "네가 지금 초등학생이냐?" 나는 성규에게 한 소리를 했다. 그렇게 먹고 싶으면 본인이 끓여 먹으라고. 나는 내 생일에 미역국 라면을 끓여 먹었다고. 그러자 성규가 사실은 그게 아니라며 다른 이야기를 들려주었다. 고등학생이 되어서도 후드 티를 벗지 않자 성규의 아버지는 옷을 벗을 때까지 말도 섞지 않겠다고 선언했다. 그 후 성규의 아버지는 아들에게 할 말이 있을 때마다 식탁 위에 메모를 남겼다. 김치찌개 데워 먹어라. 오늘 10시 넘어서 퇴근한다. 양말 뒤집어 벗지 말아라. 그런데 오늘 아침에는 아무 쪽지도 남기지 않았다. "그래도 생일 축하한다,라는 말은 남겨야 하는 거 아냐?" 나는 아무 대꾸도 하지 않았다. 하지만 고개는 끄떡였다. 성규는 화가 나서 집을 나가겠다고, 다시 돌아오지 않겠다고, 메모를 남겼다. 그리고 학교까지 갔다가 다시 돌아가 식탁 위에 올려놓은 메모를 찢었다. 새 종이를 꺼내 미안하다는 말을 적었다. 미안하다는 말을 하고 나니 이야기를 할 용기가 생겼고,

성규는 처음 후드 티의 모자를 썼을 때의 사연을 편지에 적었다. 문방구가 망하고 성규의 아버지는 성규를 보육원에 맡겼다. "아버지가 악착같이 돈을 벌어 3년 후에 데리러 온다고 말했어. 조금 늦게 오긴 했지만 아버지는 약속을 지켰지." 성규가 보육원에 있을 때 친하게 지낸 아이가 있었다. 어느 크리스마스 날이었다. 스파이더맨 망토가 달린 옷을 누군가 선물로 보냈다. 성규는 그 옷을 입고 싶었지만 친구에게 양보를 했다. 스파이더맨 옷을 입은 아이는 하루 종일 뛰어다녔다. "의자에 올라가 뛰어내리고, 책상에 올라가 뛰어내리고, 그러다 미끄럼틀에 올라가 뛰어내렸지." 아이는 뛰어내려 오다 발을 잘못 디뎠고, 그 바람에 뒤로 넘어지며 화단 경계석에 머리를 부딪혔다. "응급차가 와서 그 애를 병원으로 데려갔는데 다시 돌아오지 않았어." 성규는 초등학교 3학년이 되어서야 아버지와 같이 살게 되었다. 그해 크리스마스 날, 태어나서 처음으로 아버지와 놀이동산에 갔다. 아버지와 놀이 기구를 타는데 누군가 귀에 대고 속삭였다. 너는 좋겠다. 그 목소리를 듣자마자 성규는 누구인지 알아차렸다. "그 후로도 그 아이는 늘 나를 따라다녔어. 그리고 내가 행복한 걸 질투했지." 그러던 어느 날, 성규는 학교 운동장에서 멀리뛰기를 연습하는 형을 만났다. 성규가 운동선수냐고 묻자 형은 아니라고 말했다. 우연히 2미터짜리 줄자를 선물받아서 그때부터 2미터를 목표로 제자리멀리뛰기를 연습하게 된 거라고. 아직 2미터까지 뛰지 못하지만 내년에는 가능할 것 같다고. 그러면서 성규에게도 뛰어 보라고 했다. 하얀색 구름

판 위에 성규는 섰다. 심호흡을 크게 하고 몸과 팔을 뒤로 젖혔다가 앞으로 뛰었다. 그리고 엉덩방아. 형이 웃으면서 다시 뛰어 보라고 했다. 또 엉덩방아. 또 엉덩방아. 그렇게 다섯 번쯤 엉덩방아를 찧자 성규는 울었다. 우는 성규의 얼굴을 닦아 주면서 형이 말했다. "뛰기 전에 가장 행복했던 기억을 상상해. 그러면 몸이 슝 날아오를 거야." 성규는 구름판에 서서 눈을 감았다. 어머니가 손가락으로 하늘을 가리켰다. "저기 봐라." 어머니의 손끝을 따라가 보니 하늘에 무지개가 있었다. 어린 성규가 울 때면 어머니는 그렇게 말하며 성규를 달랬다. 저기 봐라, 하고. 어머니의 손가락이 가리키는 곳에는 늘 근사한 풍경이 있었다. 성규는 눈을 떴다. 그리고 심호흡을 크게 하고 멀리뛰기를 했다. 아버지가 만들었던 커다란 비눗방울 속에 자신이 들어가 있는 게 느껴졌다. 비눗방울은 오래, 오래 공중에 떠 있었다. 착지를 한 다음 성규가 소리쳤다. "슝 날았죠? 봤어요?" 형이 성규의 머리를 쓰다듬어 주었다. 그리고 입고 있던 후드 티를 벗어 성규에게 입혀 주었다. "선물이야. 이만큼 크라고. 쑥쑥 커서 이거 입으라고." 그날 성규는 후드 티를 뒤집어쓰고 시소에 앉아 있었다. 해가 질 때까지. 어릴 때 덮었던 담요가 기억났다. 사슴이 그려진, 포근하고 보드라운 담요였다. "후드 티 모자를 쓰고 있으면 비눗방울 안에 갇힌 기분이 들어요. 어디든 날아갈 수 있을 같아요. 참, 그 후로 그 아이가 찾아오지 않았어요. 사라졌죠. 그게 영화의 마지막 장면입니다." 나는 박수를 쳤다. 성규가 무대에서 내려와 내 옆에 앉을 때까지 박수를 멈추지 않았다.

"이번에는 네 차례." 성규가 내 무릎에 손을 올려놓고 말했다. 나는 무대로 올라갔다. 무대에 서서 관객석을 보니 성규의 얼굴이 거의 보이지 않았다. 성규가 휴대폰의 손전등을 켜서 나를 비췄다. "시네 클럽의 박성규 기자입니다. 이번에 맡은 역은 무엇입니까?" 성규가 손을 들어 물었다. "음, 저는 미역국을 못 먹었다고 가출한 철없는 주인공의 단짝 친구 역을 맡았습니다." 성규가 철없다는 말을 빼고 다시 말해 달라고 해서 나는 싫다고 했다. "이번 영화에서 가장 마음에 드는 장면은 어떤 건가요?" 성규가 다시 물었다. 나는 날아가는 풍선을 잡으려고 손을 뻗다가 공중 부양을 하게 된 아이가 나오는 장면이라고 대답했다. 아버지는 담임 선생님의 연락을 받고 나서야 내가 까치발로 걷는다는 걸 알았다. 몇 군데의 소아과를 다녔지만 나아지지 않았다. "그래서 아버지가 나를 데리고 여행을 다니기 시작했어." 속 썩이는 사춘기 아들을 둔 직장 상사가 아버지에게 야영을 권했다. 텐트에 누우면 파도 소리도 바람 소리도 크게 들린다고. 나란히 누워 그 소리를 듣다 보면 아무 말도 안 해도 사이가 좋아진다고. 그렇게 나와 아버지는 주말마다 전국의 바닷가를 돌아다녔다. 그러던 어느 밤이었다. 잠들기 전에 수박을 먹어서 그런지 오줌이 마려웠다. 나는 텐트 밖으로 나와 바다를 향해 걸었다. 그리고 모래사장에 오줌을 누었다. 다시 텐트로 돌아가려니 어떤 텐트가 우리 텐트인지 찾을 수가 없었다. 아버지를 불렀지만 대답이 없었다. 할 수 없이 나는 다시 모래사장으로 가서 누군가 버리고 간 돗자리를 깔고 앉았다. 그러다 꾸벅꾸벅 졸았다. 졸면서 나는 해변에서 불꽃놀이를 하는 꿈을 꾸었다. 눈을 떠 보니 옆에 아버지가 앉아 있었다. 나는 눈을 비볐다. "저기 봐라." 아버지가 손가락으로 바다를 가리켰다. 아버지의 손가락 끝을 따라가 보니 해가 자른 손톱만큼 나와 있었다. 아버지가 나를 자리에서 일으켰다. 그리고 내 뒤에 서서 나를 감싸듯 안았다. 아버지가 솟아오르는 해를 향해 손을 뻗었다. "손가락으로 해를 들어 볼까?" 아버지가 말했다. 나도 아버지를 따라 손을 뻗었다. 그리고 가운뎃손가락 끝에 해가 닿도록 했다. "영차. 영차." 아버지가 말했다. 나는 손에 힘을 주고 천천히 위로 올렸다. 그러자 손가락 끝에 묵직한 무언가가 닿는 게 느껴졌다. "영차. 영차." 나도 아버지를 따라 말했다. 해가 떠오를 때까지 아버지와 나는 해를 하늘로 밀어 올렸다. 그 순간이었다. 해의 끝이 바다에서 떨어지는 순간, 해가 온전한 동그라미가 되는 순간, 뒤꿈치가 내려왔다. 내 몸의 무게가 발바닥 전체에 고스란히 느껴졌고 나는 너무 놀라 뒤로 넘어졌다. 아버지가 내 머리를 쓰다듬어 주었다. "이제 아침밥 먹자." 나는 참을 수 없이 배가 고파졌다. "믿지 않는 관객분들도 있겠지만요. 그날부터 살이 찌기 시작했어요. 까치발을 고치고 비만을 얻었죠. 사실 살만 빼면 전 지금도 공중 부양을 할 수 있답니다." 성규가 큰 소리로 웃으며 박수를 쳤다. "재미있었습니다. 그런데 영화를 보고 나니 배가 고파지네요." 나는 성규에게 배는 안 고픈데 화장실에 엄청 가고 싶다고 말했다. 성규가 비상구 쪽으로 다가가 문을 밀어 보았다. 이런. 문은 잠겨 있지 않았다. 밖에서는 열 수 없고 안에서만 열 수 있는 문이었다. 우리는 화장실에 가서 오랫동안 오줌을 누고 비상계단을 통해 아래층으로 내려왔다. 문을 연 식당이 없어서 24시간 해장국집에 갔다. 중절모를 쓴 할아버지 세 분이 선지 해장국에 소주를 마시고 있었다. 메뉴판을 한참 들여다보고 있는데 할아버지 중 한 분이 주방을 향해 소리쳤다. "오늘은 특히 더 맛나네." 그 말에 우리는 선지 해장국을 시켰다. "너 먹어 봤어?" "아니. 넌?" "나도 처음." 선지 해장국을 한 숟가락 먹고 성규가 얼굴을 찌푸렸다. 나도 선지를 한 숟가락 떠서 먹어 보았다. 다시는 사 먹고 싶지 않은 맛이었다. 그래도 우리는 다른 날보다 특별히 더 맛있다는 선지 해장국을 꾸역꾸역 먹었다. 왠지 남기고 싶지 않았다. "먹느라고 애쓰네." 성규가 말했다. "너도 먹느라고 애써." 내가 대꾸했다. 나는 국에 밥을 말았다. 성규가 주방을 향해 깍두기를 더 달라고 말했다.

장류진

2018년 단편 소설 「일의 기쁨과 슬픔」으로 창비신인소설상을 받으며
작품 활동을 시작했다. 소설집『일의 기쁨과 슬픔』,『연수』,
장편 소설『달까지 가자』등을 썼다.
젊은작가상, 심훈문학대상 등을 수상했다.

백한 번째 이력서와
첫 번째 출근길

나는 엘리베이터를 향해 똑바로 걸어가기 시작했다.

숄더백을 한 번 추켜올리고,

한 손에는 아이스 아메리카노를 든 채로.

새로 산 구두 굽 소리가 경쾌했다.

「백한 번째 이력서와 첫 번째 출근길」 중에서

마실까, 말까. 갈등한 지 십 분째. 버스가 바로 왔다면 마시지 않고 그냥 탈 생각이었는데, 대체 왜 이렇게 안 오는 거야. 나는 정류장 뒤쪽의 카페 유리문을 다시 힐끗 쳐다봤다.

TAKE OUT 시 아메리카노 2,000원.

시폰 재질의 새 블라우스가 땀과 함께 등에 달라붙었다. 최고 기온 삼십구 도. 사상 초유의 폭염이라고 했다. 큐브 얼음이 가득 담긴 아이스 아메리카노 한 모금을 빨대로 쭉 들이켜는 상상만으로도 체감 온도가 벌써 이 도쯤은 낮아진 것 같았다. 마실까, 말까.

새 회사로의 첫 출근길. 여러 회사에 다녀 봤지만 유난히 긴장되는 이유는 정규직으로 출근하는 첫 번째 직장이기 때문이다. 졸업 후 각기 다른 세 개의 회사에서 인턴과 계약직으로 육 개월, 육 개월, 일 년을 일했고 틈틈이 공채가 뜨면 셀 수 없이 많은 이력서와 자기소개서를 썼다. 지원한 회사로부터 메일이 도착했을 때,

반사적으로 드는 생각이 '제발 합격이었으면.' 하는 바람이 아니라 '설마 합격이겠어?' 하는 자조가 되었을 즈음, 믿을 수 없게도 최종 합격 메일을 받았다. 말로만 듣던 추합. 대기 1번으로 추가 합격한 것이었다. 이미 다른 합격자들은 오리엔테이션과 실무 교육까지 다 끝난 시점이었지만 별로 중요한 문제는 아니었다. '중고 신입'의 적응력이 무엇인지 보여 주겠어, 하는 다짐뿐. 계약직으로 다니던 회사 사람들이 소식을 듣고 축하한다며 송별회도 크게 해 줬다. 치킨집에서 고깔모자를 쓰고 아이스크림 케이크의 초를 불었다. 그때 누군가가 "자긴 싹싹해서 거기서도 사랑받고 잘할 거야."라는 말을 해 줬고, 조금 울었다.

연봉도 많이 올랐다. 2,663만 원. 그러면 이제 세후 월 201만 원. 월세 50, 관리비 7, 공과금 10, 인터넷 1, 핸드폰 요금이랑 할부금 7, 남친은 없지만 혹시 모를 언젠가를 대비한 결혼 자금용 적금 55, 그리고 이번에 취직 축하 겸 오랜만에 만난 학교 선배를 통해 가입한 환급형 보험과 실비 보험이 12, 새 블라우스랑 구두, 치마, 바지, 하나씩 해서 17, 마트에서 식재료랑 생활용품 이것저것 장 보면 7, 이렇게 쓰고 나면 남는 게 35. 앞으로는 교통비 포함 하루 만천 원씩 쓰는 게 목표였다. 그런데 회사가 한남동이라 조금 걱정이었다. 구내식당이 따로 없어서 점심을 매번 사 먹어야 하는데, 한남동은 예쁘고 우아한 레스토랑이 많지만 대부분 비싸고, 부담 없이 먹을 수 있는 저렴한 밥집이 잘 없다는 이야기를 들어서였다. 어떻게든 하루 만 천 원은 지켜야 하는데…….

큰일 났다. 겨땀이 나고 있어. 황급히 왼쪽 팔을 들어 겨드랑이를 확인했다. 엷은 민트색 블라우스가 어느새 짙은 초록색으로 동그랗게 젖어 있었다. 정류장의 전광판을 올려다보니 방금까지 오 분 뒤 도착이라던 문구가 사라지고 갑자기 '도착 예정 버스 없음.'이라고 떴다. 도저히 안 되겠다. 땀으로 샤워한 채로 첫 출근을 할 수는 없어. 나는 뒤돌아 잰걸음으로 카페로 향했다. 다섯 걸음도 채 안 되는 거리였다. 찰랑, 하는 종소리와 함께 에어컨 바람이 온몸에 훅 끼쳐 왔다. 아, 살 것 같아. 나는 블라우스 앞자락을 살짝 집어 들고 시원한 공기가 잘 통하게 펄럭이며 말했다.

"아이스 아메리카노 한 잔 주세요." 그리고 재빨리 덧붙였다. "아 참, 테이크아웃이요."

"사천오백 원입니다."

이게 무슨 소리야. 내가 되물었다.

"얼마요?"

"사천오백 원이요."

"테이크아웃은 이천 원이라고 밖에 쓰여 있던데……."

"아메리카노가 이천 원이에요."

"저도 아메리카노 주문했는데요."

"손님은 아이스 아메리카노 주문하셨어요. 뜨거운 거로 바꿔드려요?"

아니, 지금 장난해? 나는 고개를 돌려 내가 들어왔던 유리문에 거꾸로 적혀 있는 글자를 다시 읽었다. TAKE OUT 시 아메리카노

2,000원. 그래, 어디에도 '아이스'라는 말은 없었다. 나는 억울한 마음이 되어 따져 물었다.

"여름이라서 당연히 아이스 아메리카노라고 생각했죠. 이 더운 여름에 뜨거운 아메리카노를, 그것도 테이크아웃해서 먹는 사람이 어디 있겠어요?"

그러자 카페 사장이 웃으면서 말했다.

"손님이 잘 모르셔서 그래요. 제가, 커피를 이태리에서 배웠는데요. 거기서는 한여름에도 뜨거운 커피만 먹어요. 아이스커피가 뭔지도 모른다니까요. 원래 커피는 뜨거운 음료입니다."

이천 원만 쓸 생각이었지, 사천오백 원이었으면 애초에 들어올 생각조차 하지 않았을 거였다. 다시 나갈까. 하지만 유리문 밖 세상은 너무나 더워 보였고 저 땡볕에 아이스 아메리카노를 손에 쥐지 않은 채로 나갈 용기가 나지 않았다. 나는 하는 수 없이 대답했다.

"그냥 아이스로 주세요."

핸드폰으로 버스 도착 정보를 확인했다. 칠 분 뒤 도착. 지금 타면 출근 시각에 충분히 맞춰 도착할 수 있다. 하지만 오늘은 첫 출근이기 때문에 정해진 출근 시간보다 훨씬 일찍 도착해서 앉아 있고 싶었다. 앞서 세 번의 회사를 절대 허투루 다닌 게 아니었다. 처음 한 달이 중요했다. 이때 일찍 출근해 두면 그 이후부터는 아무리 늦게 와도 '원래 일찍 출근하는 앤데 오늘은 좀 늦네.'가 되고, 초반 한 달을 늦게 출근해 버리면 그다음에는 아무리 일찍 와도

'원래 늦는 앤데 어쩐 일로 일찍 왔대?' 소리를 듣는다. 마침 빈 택시가 지나갔고 나는 과감히 손을 뻗었다.

"한남동이요."

택시에 올라타자마자 핸드폰으로 '이태리 아이스커피'라고 검색했다. 그러자 '이태리 사람들이 아이스커피를 안 마시는 이유', '여러분, 이태리에는 아이스커피가 없다는 사실을 아시나요?' 하는 글들이 주르륵 떴다. 나는 빨대로 아이스 아메리카노를 빨아올리며 생각했다. 뭐, 아주 없는 이야기는 아닌가 보네. 방금까지는 카페의 상술에 화가 머리끝까지 났었는데, 막상 시원한 커피를 마시고, 택시에 등을 기대고, 땀도 식고…… 몸이 편해지니 마음도 누그러지면서 그다지 열 낼 일도 아니었다는 생각이 들었다.

택시가 남산 터널을 지났다. 새까매진 차창에 내 얼굴이 비쳤다. 애써 드라이한 앞머리가 땀에 젖어 축 처져 있었다. 나는 가방에서 찍찍이 롤을 꺼내 앞머리를 돌돌 말아 두었다. 그리고 앞니가 다 보이게끔 활짝 웃어 보았다. 어제 채용 건강 검진을 받으면서 옵션으로 스케일링을 받았다. 부끄럽지만 태어나서 처음 해 본 것이었다. 전에 없던 새하얀 이가 반짝거렸다. 나는 개운해진 이가 너무 마음에 들어 터널을 지나는 내내 창문을 보며 이— 이— 하고 웃었다. 역시 정규직은 다르다. 채용 전 건강 검진이란 걸 해 보니 뭐랄까, 정말 존중받고 있다는 느낌이 들었다. 조금 오버하자면 나를 '영입'해 준다는 느낌? 나를 '인재'로 대해 준다는 느낌? 터널이 끝났고 뒤이어 저 멀리 왼쪽 편에 커다란 유리 건물이 보였다. 낮에는 구름 뜬 하늘이 비치고, 밤에는 격자무늬로 건물 전체를 휘감은 조명이 색색으로 반짝이는. 우리 회사가 입주해 있는 빌딩이었다. 나는 앞머리 롤을 풀어 다시 가방에 넣었다. 택시비는 팔천 원이 나왔다.

건물의 입구에는 입주 회사의 명패가 나란히 걸려 있었다. 일 층엔 재규어 매장, 이 층엔 이탈리아 대사관, 그리고 삼 층이 우리 회사였다. 괜히 기분이 좋아졌다. 출근을 하는 것일 뿐인데 왠지 한남동과 재규어와 이탈리아까지 내게 한결 가까워진 느낌.

자동 회전문이 일정한 속도로 빙글빙글 돌아가고 있었다. 문틈 사이로 공간이 잠시 생길 때마다, 건물 안의 서늘한 바람이 잠깐씩 새어 나왔다. 커다란 문이 회전할 때마다 상기된 볼이 살짝 시원 해졌다가 다시 달아오르기를 반복했다. 드디어 이 문의 안쪽으로 들어간다. 내가 앞으로 오래오래 다니게 될, 나의 회사. 이제 들어 가기만 하면 되는데…… 어쩐지 회전문이 지나치게 빠르게 돌아 가는 것처럼 느껴졌다. 발을 들여놓으려고 하면 어느새 칸막이가 코앞까지 다가왔다. 타이밍을 계속 놓쳤다. 이상해. 무서워. 갑자 기 별별 두려움이 다 몰려들었다. 혹시 추합이라고 무시하면 어떡 하지? 나이 많다고 괄시하면 어떡하지? 나 빼고 다 친해져 있어서 따돌림당하면 어떡하지? 겨드랑이가 젖어 있다고 나가라고 하면 어떡하지? 건강 검진에서 치명적인 질병이 발견됐다고 입사 취소 되면 어떡하지?

그때 갑자기 갈색 털이 숭숭 난 커다란 손이 내 앞에 스윽, 나타났다. 손바닥이 위쪽을 향한 채였다. 손이 내려온 방향으로 고개를 돌려 쳐다보니 짙은 올리브색 눈동자의 조각 미남이 어깨와 눈썹을 동시에 으쓱, 올리면서 말했다.

"레이디 퍼스트."

"아…… 땡스."

멋있다. 이탈리아 대사관 직원인가 봐. 나는 뜬금없는 에스코트를 받으며 회전문 안으로 발을 내디뎠다. 그 안에서 빙글, 돌면서 내년에는 처음으로 여름휴가라는 걸 쓸 수 있지 않을까? 상상했다. 오늘은 좀 망했지만, 내일부터는 오늘 몫까지 정말 아끼고 또 아껴서 십만 원짜리 적금을 하나 더 부어야지. 그래서 내년 여름엔 이탈리아 여행을 가야지. 가서 이태리 사람들이 진짜로 뜨거운 커피만 마시는지 내가 볼 거야. 마침내 건물 안으로 들어섰다. 엄청나게 시원한 바람에 땀에 젖었던 앞머리가 순식간에 마르는 게 다 느껴졌다. 여태까지와는 차원이 다른 냉방이었다. 등줄기에는 이미 소름이 돋았고 블라우스도 다시 기분 좋게 펄럭였다. 나는 엘리베이터를 향해 똑바로 걸어가기 시작했다. 숄더백을 한 번 추켜올리고, 한 손에는 아이스 아메리카노를 든 채로. 새로 산 구두 굽 소리가 경쾌했다.

조경란

1996년 동아일보 신춘문예에 단편 소설 「불란서 안경원」이 당선되며
작품 활동을 시작했다. 소설집 『불란서 안경원』, 『풍선을 샀어』,
『일요일의 철학』, 『언젠가 떠내려가는 집에서』, 『가정 사정』,
장편 소설 『식빵 굽는 시간』, 『복어』 등을 썼다.
오늘의 젊은 예술가상, 현대문학상, 동인문학상, 이상문학상,
김승옥문학상을 수상했다.

봄의 피안

제 삶을 뚫어지게 응시해 봤자 돌아오는 건 역시
후회와 숨을 데가 없다는 사실뿐이더군요.
그 숨을 곳이 없는 상태에서 할 수 있는 일을 하면서 하루하루를 보내는 게
지금으로서는 가장 정직한 방법일지도 모르겠습니다.

「봄의 피안」 중에서

환영합니다, 여러분. 사, 삼 월 두 번째 수업입니다. 혹시 저, 저를 기억하십니까? 벌써 2주 전의 일입니다만, 첫 수업 때 선생님 어시스턴트를 했었지요. 그동안 이 클래스를 열지 못했습니다. 선생님께서 원치 않으실지 몰라서요. 여쭤봐도 대답도 없으시고요. 네, 선생님께서는 지금 우리가 수업을 하고 있다는 사실을 모릅니다. 선생님 없이 저, 저 혼자 이런 수업을 진행해 보기는 처음입니다. 선생님이 아시면 야단치실 게 뻔합니다.

닭을 좀 만질 줄 안다는 게 좋은 건지 그렇지 않은 건지 헷갈릴 때가 있습니다. 저는 선생님께서 소개해 주신 여성은 마음에 안 들어도 세 번은 만나는데요, 할 얘기가 없어서 쩔쩔매고 있다가 결국 제, 제가 꺼낼 수 있는 건 닭 이야기밖에 없습니다. 처음 만난 사람과는 상대방이 흥미를 느낄 만한 이야기를 하는 게 좋다고 해서요. 저, 저는 닭을 손질하는 방법에 관해 설명하기 시작합니다.

그러면 상대방은 처음엔 상체를 테이블 앞으로 당기고는 귀 기울입니다. 지금 여러분같이 말입니다.

지난 수업 시간에 여러분도 우리 선생님께 배우셨겠지만 닭을 잘라 내는 데 순서가 있잖아요. 맨 먼저 닭의 목 부분, 쇄골부터 제거해야 하죠. 그래야 여성분들이 좋아하는 닭 가슴살을 발라내기가 쉬우니까요. 그다음은 다립니다. 일단 가슴살과 다리가 연결되는 곳에 깊숙이 칼을 찔러 넣고는 다리 살을 잘라야 하죠. 그리고 다리와 연결된 뼈는 손으로 바깥쪽으로 당기며 꺾어야 하잖습니까. 제가 거기까지 이야기하면 여성분들은 대부분 징그럽고 무서운 얘길 들었다는 듯 인상을 찌푸리곤 합니다. 열에 일곱은 그래요. 그러곤 다시는 저를 만나고 싶어 하지 않아요. 선생님께는 칭찬을 받는 일이 다른 여성들한테는 그렇지가 않은 것 같다고 투덜거리면 안타깝다는 듯 선생님은 한숨을 내쉬면서 한 말씀 하곤 하십니다. 정말 걱정이야, 문기, 어째 요즘 세상엔 닭 한 마리 제대로 손질할 줄 아는 젊은 여성이 이렇게나 드문 걸까.

그러다 선생님과 저는 어? 하는 얼굴로 곧장 다른 데를 보곤 합니다. 그런 젊은 여자와 우리는 알고 지낸 적이 있으니까요. 아무튼 이럴 때만큼은 닭에 대해 조금 안다는 게 다행인 것 같습니다. 제, 제가 오늘 여기 선생님 자리에 서게 된 것은 복습을 하기 위해서입니다. 오늘은 총 열 번인 우리 수업의 두 번째 시간이죠. 선생님께서 하시던 대로 한 시간 동안은 지난 수업에 여러분이 배운, 닭을 손질하는 법에 대해 한 번 더 이야길 나누려고 합니다. 제, 제가 말도 잘 못하고 숫기도 없지만 그것만큼은 여러분에게 말씀드릴 수 있습니다. 선생님 대신.

지금 여러분 앞에 놓인 그 생닭 한 마리를 보십시오. 크림색이 돌면서 모공들이 툭툭 튀어나와 있지 않습니까. 껍질도 주름이 잡혀 있거나 늘어진 것 없이 제대로 붙어 있으면서 촉촉한 수분기가 느껴지지요? 닭을 구입하실 때는 냉동용이 아니라 이런 신선한 냉장용으로 구입하셔야 합니다. 손으로 들었을 때 약간 묵직한 느낌이 나는 게 실하고 좋지요. 이렇게 목과 발, 내장이 완전히 제거된 채 깨끗하게 엎드려 있는 닭을 볼 때면 어딘가 모르게 무릎을 꿇고 기도하는 앳된 인간처럼 보이지 않습니까?

선생님이 좋아하는 것들은 모두 여기에 있습니다. 잘 손질된 재료들과 계량컵, 계량스푼, 알루미늄 배트들, 원적외선 전기 레인지, 스테인리스 스틸 나이프와 볼, 냄비들, 소금과 후추, 이 넓은 테이블과 의자들, 불려 놓은 쌀, 그 꽃도 말입니다. 선생님께서는 클래스를 준비하실 때마다 전날 양재동 꽃 시장에 다녀오시곤 했어요. 식탁에 꽃이 있어야 음식도 맛있게 느껴지고 분위기도 화사해진다면서요. 어제는 저 혼자 갔다 왔습니다. 꽃에 대해선 아는 게 없어서 선생님께서 자주 사시던 종류로 골랐습니다. 이런 연한 핑크와 흰색 꽃들이 있으니 아닌 게 아니라 주방이 더 환해 보이네요. 그리고 한 가지가 더 있군요. 이곳을 찾아와 주신 여러분 말입니다.

그런데 선생님은 지금 어디에 계시는 거냐구요? 네, 지금 막 그 이야기를 하려는 참입니다.

그때만 해도 지금처럼 가전제품 수리원이 흔하던 때는 아니었어요. 드라이버나 렌치 같은 수동 공구만 있으면 어디든 달려가도 환영받곤 했습니다. 대기업에서 만들었다는 전자 제품들에 웬 잔고장이 그렇게나 많은지 하루에 열 군데도 넘는 집을 방문하고 다녀야 했던 시절이었습니다. 힘은 들었어도 일할 맛은 났죠. 저, 저는 겨우 열아홉 살이었고 저를 필요로 하는 데가 많다는 착각이 나쁘지만은 않기도 했으니까요. 하루는 그 전자 제품 할인 마트의 창립 몇 주년 기념인가 하는 전체 회식이 있었습니다. 지금은 복개된 저 큰길 아래쪽에 있던 회관에서였어요. 여자들 몇 명이 들어오는데 유난히 짧고 흰 종아리가 눈에 띄는 겁니다.

여러분이 우리 선생님을 직접 만나신 건 지난 시간이 처음이죠? 잡지나 텔레비전에서 보신 것 말고요. 지금이나 그때나 선생님은 변한 게 별로 없습니다. 적어도 겉으로 보기엔요. 그날 먼저 식당 안쪽에 앉아 있던 저는 단박에 선생님을 알아볼 수 있었습니다. 눈썹 위에서 둥글게 자른 바가지 머리에 O자 다리, 작은 키에 무거워 보이는 가방을 든 채 뒤뚱뒤뚱한 걸음걸이. 제가 어렸을 적부터 계속 봐 왔던 것만 같은 비둘기색 투피스. 선생님을 한번 본 사람들은 무엇보다 선생님의 휜 다리를 잊지 못하죠. 선생님께서 걷는 모습을 뒤에서 보고 있자면 우스꽝스러워 보이기보다 저런 다리로 용케 잘도 살아가는군, 어딘가 모르게 안쓰럽고 대견하다는 인상을 주는 데다 얼른 쫓아가서 뭔가 대신 들어 주고 싶게도 만드니까요.

선생님은 자리를 찾아 두리번거렸고 저는 자리에서 벌떡 일어났습니다. 어쩌면 선생님이다!라고 작게 소리쳤을지도 모릅니다. 시간이 많이 흘렀으니 절 알아보지 못한다고 해도 섭섭해할 일은 아니었습니다. 그러나 선생님은 어? 무, 문기! 문기, 맞지? 저를 기억해 내신 겁니다. 10초도 안 될 그 순간에. 아무래도 한쪽 귀가 없다시피 뭉개져 버린 사내 녀석은 세상에 흔치 않은 걸까요. 하여간 저, 저는 너무나 반가운 마음에 사람들 사이를 뚫고 그쪽으로 갔습니다.

선생님께서는 오븐 코너 서비스 센터에서 임시직으로 일하고 있었습니다. 오븐을 구매한 고객의 집을 방문해서 그 오븐으로 할 수 있는 몇 가지 요리들을 시연하고 사용법을 익힐 수 있도록 돕는 일이었지요. 집에 있어도 고객들은 바쁩니다. 전화가 걸려 오고 학교에서 아이들이 돌아오고 택배를 받아야 하고 우리 같은 기사들이 혹시 뭔가를 가져가진 않는지도 감시해야 합니다. 신속하게 일을 처리하고 나오는 게 정확하게 일을 마치고 나오는 것보다 중요하게 느껴질 때도 있습니다. 그건 선생님도 마찬가지였던 모양이에요. 그러자면 닭 요리만 한 게 없습니다. 선생님께서는 미리 손질해 간 닭봉이나 닭 날개 대여섯 개를 비닐봉지에 넣고 그 안에 허브나 카레 가루 같은 향신료를 첨가해 흔들고는 빠른 시간 안에 오븐에서 구워 냈습니다. 아이들이 있는 집에서는 인기 만점이었지요. 그 옛날 선생님께서 형제원에서 밥을 해 주셨던 때처럼요. 서울이 넓다는 건 거짓말 같았죠. 꼭 십여 년 만에 우리는 다시 만나게 된 겁니다.

그 얼마 뒤였어요. 선생님 주방에서 저녁을 얻어먹고 있던 중이었습니다. 오븐이 고장 났다기에 봐 드리러 간 날이었어요. 꼼꼼한 데다 친절하기까지 해야 하는 게 우리 일입니다. 그날은 일부러 그럴 필요는 없었죠. 밥 한 공기를 더 퍼서 제 앞으로 내밀던 선생님께서 이렇게 말씀하시는 게 아니겠습니까.

혹시 닭을 만져 볼 마음 없어, 문기?

저는 어리둥절한 눈으로 선생님을 봤습니다.

일을 도와줄 사람이 필요하기도 하고.

선생님은 말끝을 흐리셨습니다.

닭이라니요, 선생님?

저는 되묻지 않을 수 없었습니다. 제, 제가 열아홉이 되도록 닭 같은 건 만져 보지도 않은 데다 부엌에서 제대로 된 음식을 만들어 먹는 사람이 아니라는 걸 잘 아는 분이 그런 질문을 하셨으니 말입니다.

지금 여러분과 제가 앉아 있는 이곳 말입니다. 여느 유명한 요리 선생님들의 주방에 비한다면 보잘것없겠지만 우리 선생님한테는 더 이상 바랄 게 없는 일터입니다. 타일, 접시, 문고리, 쓰레기통, 화분 들 모두 선생님 손으로 고르고 정성을 들인 거죠. 여러분이 오시기 편하도록 이 복지 센터 옆으로 옮겨 온 지 채 1년도 안 됐는데요. 사고가 난 건 2주 전, 여러분과의 첫 클래스를 마치고 난 그 밤이었습니다.

출출하신 분 안 계십니까? 선생님이셨다면 벌써 손질한 닭을 바삭바삭하게 튀겨 매콤한 파절임과 곁들여 냈을 텐데요. 그 찬합 뚜껑 한번 열어 보시겠어요? 선생님께서 수강생들을 위해 준비해 두시곤 하는 간식입니다. 그때 회식 자리에서 선생님을 다시 만난 후로 지금까지, 그러니까 10년 동안 닭을 만져 왔어도 막상 여러분 앞에 이렇게 나와 있으니까 많이 떨리는군요. 역시 이 자리는 우리 선생님께 딱 어울리는데 말이에요. 저는 선생님 옆에서 불 조절이나 하고 재료 준비를 도와드리는 게 편한데. 여태까지야 어땠을지 몰라도 제대로 된 애제자 역할을 못 해내는 게 지금부터는 걱정거리가 될 것 같습니다. 저란 사람은 처음부터 좋은 제자가 돼야겠다는 작정 같은 게 없었을 겁니다. 그저 선생님이 권해 주신 일이니 가까스로 여기까지 따라왔을 뿐.

선생님께 제자가 물론 저 하나만 있는 것은 아닙니다. 제가 선생님께 닭을 만지는 법을 배우기 시작한 지 한 서너 해쯤 지났을 때였어요. 선생님은 그 당시 닭 요리의 대가로서 주목받게 되었죠. 닭공장에서 일한 경력이 있는 오븐 요리 강사가 시연을 보이러 간 집주인 눈에 띄어 닭 요리 전문가로 활동하게 되었다는 스토리만으로도 이목을 끌었어요. 그 집주인이 우리나라 외식업계에 상당한 영향을 미치는 사람이었다고 들었습니다. 선생님께서는 그날 맛을 궁금해한 그 고객에게 선생님만의 특제 닭조림 비법을 알려 드리게 된 거구요. 닭고기 전문가로서 선생님의 제2의 인생이 열리는 것 같았습니다. 선생님은 여전히 어깨를 구부리고 걸어

다니셨지만요.

선생님을 인터뷰하러 왔던 우리 지역 신문의 신입 기자가 있었습니다. 처음에는 선생님 수업을 수강하다가 선생님께 본격적으로 닭 요리를 배우고 싶다고 찾아오더군요. 참하게 생긴 것과는 달리 완두 씨는 한번 마음을 먹으면 끝까지 달려들어 해내고 마는 데가 있는 사람이었던가 봐요. 제자로 받아들여 달라고 선생님을 자주 찾아오던 그 무렵인가, 완두 씨가 저에게 수강생들이 다 여자인데 문기 씨가 편할 리 없잖아요, 하더군요. 그녀가 그렇게 손가락으로 이마의 머리카락을 치우며 저를 옆으로 한 번씩 올려다볼 때마다 저의 어딘가를 살짝 찌르는 느낌이었습니다. 게다가 완두 씨는 저보다 두 살인가 적은 걸로 알고 있는데 꼬박꼬박 문기 씨 문기 씨, 부르곤 해 누나나 작은 선생님같이 여겨지기도 했지요.

완두 씨와 선생님 사이에 무슨 이야기가 오갔던 모양인지 어느 날부터 제가 도맡아 왔던 어시스턴트 역할의 절반쯤은 완두 씨가 맡아 하게 됐습니다. 사실 그때 제 기분은 선생님과 완두 씨, 그 두 사람의 도우미 역할을 저 혼자 하는 것 같았다고 할까요. 만약 완두 씨가 남자였다면 큰 배를 혼자 이끌고도 남았을 겁니다. 완두 씨는 천천히 선생님 주방을 지휘해 나가는 듯 보였습니다. 상냥하고 설득력 있는 말투로 말이지요. 완두 씨가 선생님 주방을 떠난 뒤 그때 왜 그녀를 제자로 받아들였느냐고 선생님께 돌려서 물어본 적이 있어요. 선생님께서는 눈을 깜박거리더니 완두 씨가 이런 말을 했다고 합니다.

선생님, 저도 고아로 자랐어요. 문기 오빠처럼.

아무튼 한 네다섯 해 동안인가 선생님과 저, 그리고 완두 씨, 이렇게 세 사람이 함께 팀을 이루게 되었어요. 아주 오래전 일처럼 느껴지는데 당시 우리나라엔 닭고기 열풍이 불었다고 해도 과언이 아니었지요. 엇비슷한 시기에 한 여배우와 미국으로 진출하게 된 야구 선수가 자신들의 젊음과 체력의 비결이 닭 가슴살과 닭 날개에 있다고 말한 게 그 시작이었습니다. 전국적으로 양질의 고단백질, 저칼로리를 내세운 닭 요리 체인점이 생기고 방송사마다 요리 연구가들을 앞다퉈 섭외하고 시청자들은 닭 요리가 나오는 프로그램에 열광했습니다. 우리 선생님이 눈코 뜰 새 없이 바빠지기 시작한 것도 그 무렵이었습니다. 선생님이 시키신 대로 제가 선생님 스케줄을 관리하고 시장을 돌면서 주문해 놓은 재료들을 찾아오고 다듬는 역할을 맡았습니다. 선생님께서 음식 프로그램이나 토크 쇼의 게스트로 나가 요리를 해야 할 때는 완두 씨가 보조하곤 했고요.

우리한테 완두가 있어서 얼마나 다행이니, 문기!

선생님은 우리 두 사람을 번갈아 보며 흐뭇해하셨습니다. 서로 손발이 척척 들어맞았습니다. 거기에 요가니 다이어트니 하는 바람도 불어, 선생님께서는 자신의 젊음의 비법이 닭 날개에 있다고 말한 그 여배우와 광고에 출연하기도 하셨어요. 그 당시 닭고기 유행은 정말 대단했답니다. 일 인당 평균 닭고기 소비량이 무려 40퍼센트까지 늘었을 정도였으니까요. 선생님과 완두 씨는 자매나 모녀처럼 같이 다녔어요. 제가 하는 일이야 사람들 앞에 나서지 않아도 되는 거였으니 얼마나 다행이었는지 모릅니다. 선생님 스케줄이나 수강생들 숫자만큼 닭 주문량도 많아졌습니다. 저희가 닭고기를 받던 데서 미처 손질이 덜 돼서 올 때도 있어 제가 일일이 확인하지 않으면 안 되었어요. 선생님께서 중요하게 여기신 건 무엇보다 닭이 싱싱하고 깨끗해야 한다는 거였거든요. 지방이 잘 떼어져 있어야 하는데 종종 닭의 항문 주위에 노란 지방 덩어리들이 덜 떼어진 경우가 있었어요. 그러면 선생님께서는 이런 바보 천치! 저에게 한마디 하시곤 했어요. 사람같이 닭의 항문에서도 심한 냄새가 납니다. 그 주변의 지방이랑 볼록한 꽁지도 꼭 잘라내 버려야 해요. 여러분도 잊지 마시기 바랍니다. 그 무렵을 떠올리면 제 몸에도 닭의 항문 냄새가 배 있던 건 아닐까 싶기도 합니다. 아무려나 우리 선생님께서 사람들에게 누린내 없이 깔끔한 닭요리를 선보이는 게 우선이었지요.

찾는 곳이 많아지는데도 평소와 달리 침울해 보이기까지 하는 선생님을 위해서라도 저는 닭 손질하는 데 더 정성을 쏟지 않을 수 없었습니다. 선생님께서 오른쪽 눈에 작은 얼룩 같은 게 자꾸만 나타났다 사라진다고 말씀하신 것도 그 무렵부터였습니다. 병원에서는 노안이 온 것 외에 별 이상이 없다는데도 말이에요.

생각난 김에 지금 말씀드릴게요. 선생님께서 닭 누린내를 없애는 몇 가지 특별한 비법을 갖고 계신데요, 그중 하나가 닭을 우유나 청주 대신 버터밀크에 담가 두는 겁니다. 아, 버터밀크요? 그건 팔기도 하지만 우리 동네 마트 같은 데는 없고요, 여러분께서 직접 만드실 수 있어요. 우유 한 컵에 식초 한 큰술 넣어서 밤새 실온에 두세요. 다음 날이면 걸쭉하게 돼 있을 거예요. 선생님께서는 그 버터밀크를 밀가루에 넣고 빵을 굽기도 하셨어요. 닭 한 마리를 오븐에 통째로 구워서 같이 먹으면 근사한 한 끼가 되었죠. 그런 날 오후면 순간순간 저는 선생님의 이 작은 집과 주방이 제 집인 것 같다는 착각에 빠질 때가 있었어요. 선생님은 제 어머니도 이모도 고모도 누나도 아닌데 말입니다.

선생님과 완두 씨가 나란히 서서 닭 요리를 하고 이야기를 주고받는 장면들을 텔레비전에서 보고 있을 때도 그랬어요. 두 사람이 가족같이 여겨지기도 했던 겁니다. 그런데 한 번도 가족이란 걸 가져 보지 못해서 그랬을까요, 가족은 가족인데 제가 빠진 장면이 더 행복하고 자연스러워 보였습니다. 가끔 어떤 감정에 의해서 판단이 흐려질 때가 있잖아요. 주말 오후, 선생님 식탁에서 한가롭게 차를 마시고 있을 때면 희미하게 몰려드는 불안들이 있었어요. 저는 완두 씨 자리에 저를 세워 놓고 상상해 봤습니다. 지금 선생님 옆에서 푸른색 체크무늬 앞치마를 입고 이등분한 닭 가슴살에 소금과 후춧가루를 뿌리고 있는 사람이 나라면 그 모습은 어떻게 보일까, 하고 말입니다. 그러면 선생님과 저는 젊은 모자처럼 보일까요, 아니면 선생과 애제자처럼?

사람들이 바본 줄 알아요?

어디선가 완두 씨 목소리가 들리는 것 같아서 정신이 번쩍 났습니다. 제 잘못을 지적하고 훈계하는 듯한 목소리. 저는 그만 풀이 죽고 말았습니다. 속을 채워 넣은 닭을 실로 꼭꼭 동여매고 있던 선생님의 불어 터진 하얀 손등을 제가 멍하게 보고 있다 완두 씨와 눈이 마주쳐 버렸던 순간처럼요. 어디에 있든 그곳이 적합한 자리인가 아닌가 의심하고 쉽게 물러나 버리는 게 저같이 자란 사람들의 본능일지도 모릅니다. 선생님을 돕던 일을 그만두고 본업으로 돌아간 것은 닭고기 유행이 지나가기 얼마 전의 일입니다. 선생님이 시킨 일은 아니었는데도 저는 밀려나 버린 기분이었어요.

여러분만을 위한 이 〈계절 닭 요리 클래스〉가 열리는 날은 항상 금요일 오후입니다. 2주 전도 마찬가지였어요. 그 전날이 춘분이었던 것, 기억하십니까? 선생님께서는 평소에도 절기를 중요하게 생각하는 분이셨죠. 춘분인데 문기, 우리 쑥 같은 걸 좀 먹어야 하지 않을까, 연락이 왔습니다. 클래스가 열리기 전날은 재료나 그릇 등을 준비해야 하고 청소도 해야 하기 때문에 보통은 선생님과 저녁 시간을 보내곤 했습니다. 아직 한 번밖에 선생님을 만나 보지 못한 여러분은 잘 모르시겠지만 우리 선생님은 여러분을 언제나 귀한 손님처럼 맞고 싶어 하셨답니다. 그때 그 일이 일어난 후로도 주 수입원이 되었던 몇 개의 다른 닭 요리 클래스는 모두 접으셨지만 여러분 수업만큼은 닫지 않으셨지요. 금요일 수업에 필요한 준비를 다 해 놓고 선생님과 저는 씁쓰름한 쑥국과 홍고추로 색을 낸 쑥전을 먹었습니다. 옛날부터 춘분에 먹던 음식은 쑥떡이라고 말씀하셨는데 그날은 준비할 시간이 없으셨던 모양이에요. 조촐한 밥상이었죠.

밤과 낮의 길이가 같은 날이었어요. 저는 젓가락으로 쑥전을 집었다 놨다 하시는 선생님을 물끄러미 바라보았습니다. 식탁엔 선생님과 저 두 사람밖에 없었고 거실 창밖으로 봄밤이 짙어 갔습니다. 그런 시간이면 가급적 창에 비친 모습은 보려고 하지 않습니다. 선생님이든 저든 나이가 그대로 드러나 버리고 마니까요. 저쪽, 마루를 지나면 바로 마당으로 이어집니다. 손바닥만 한 화단에는 채송화나 봉숭아 같은 알록달록한 꽃들과 히아신스 구근들이 심어져 있어요. 마당 한쪽에는 빨랫줄이 걸려 있을 뿐 개나 고양이도 없습니다. 문득 저나 여러분이 이곳을 찾지 않으면 선생님께서는 내내 혼자 계시겠구나 하는 짐작이 들었지요. 그런 생각을 처음 한 것도 아닌데, 그날은 해가 지면서 그늘이 더 선명해져 보이는 탓이었을 겁니다. 여느 때보다 감상적인 기분에 빠져들고 만 거죠. 열아홉 살에 선생님을 만나 지금까지 10년 동안 이렇게 같이 저녁밥을 먹은 것만 해도 셀 수가 없을 텐데, 정작 선생님께서 저녁 식탁을 치우신 후 어떤 시간을 보내시는지에 대해서는 아는 게 없었습니다. 남편도 자식도 없고 가까운 사람이라고는 식료품 재료상들 외에는 없다시피 한 선생님.

잠시 동안이었지만 식탁에 젓가락을 내려놓는 소리도 국을 마시는 소리도, 우리 두 사람의 숨소리도 전혀 들리지 않는 것 같았습니다. 소리도 시간도, 냄새까지도 모든 게 정지된 듯했어요. 저는 밤이 된 것 같았고 선생님은 낮이 된 것 같았어요. 저는 낮이 되고 선생님은 밤이 된 것 같았어요. 우리는 똑같은 것 같았죠. 어떤 불안도 긴장도 없는 순간이었어요. 평화롭다는 게 뭔지 저는 잘 모릅니다만 그때 그 순간만큼은 이해할 수 있었지요. 몸에서 힘이란 힘은 다 빠져나가고 무엇에겐가 더 공손해지고 싶다는 기분이 들었어요. 선생님께서도 그 고요한 상태를 느꼈는지 속삭이듯 허공에 대고 얘, 문기야, 지금 무심이 흐르고 있구나, 하셨습니다. 무심無心. 언젠가 선생님께서 평화롭다는 게 뭐냐고 묻는 저에게 주셨던 답이 그 말이라는 게 떠올랐습니다. 그렇다면 선생님께서도 지금 나처럼 행복하신 걸까? 생각하려는데 갑자기 눈물이 뚝 떨어지는 게 아닙니까, 바보처럼. 저는 그만 식탁 의자를 밀쳐 내듯 자리에서 일어나 버렸습니다. 선생님께 죄책감을 느끼면서 가졌던 수많은 쾌락의 순간들마다 제가 그랬던 것처럼. 젓가락을 드시던 선생님께서 왜 그러니? 맨송맨송한 얼굴로 저를 올려다보고 있었습니다.

그다음 날이 여러분과 처음 수업을 가졌던 금요일이었어요. 올해 첫 번째이자 봄 학기 첫 수업답게 화기애애한 분위기였지요. 아니, 그날따라 선생님께서는 더 활기차고 명랑해 보이기도 하셨어요. 간밤의 일이 마음에 걸렸던 저도 평상시대로 선생님을 대하고 어시스턴트 역할을 해낼 수 있었어요. 수업 후 여러분과 만들었던 닭찜으로 다 같이 저녁을 먹고 여러분이 집으로 돌아갈 채비를 하자 전날의 일 때문에 혼자 남아 선생님을 보기가 어색해져 버렸습니다. 보통은 남아서 뒷일까지 도맡아 했는데 그날은 9인분의 설거짓거리를 남겨 놓고는 저도 일찍 선생님 댁을 나왔습니다. 선생님께서 자정이 넘은 시간에 차를 몰고 나가신 건 그날입니다.

　닭을 처음 만졌던 순간이 요즘 자주 떠오르곤 합니다. 선생님 병실 앞 복도에 앉아 있을 때면 더 그런 것 같습니다. 제 평생 처음 만지게 될 닭은 사각형 알루미늄 배트에 담겨 있었어요. 물론 선생님 주방에서였죠. 그동안 닭이라는 건 뜨겁고 맵고 단, 그냥 씹는 시늉이나 하다 소주와 함께 목구멍으로 넘겨 버리는 어떤 덩어리였는데요. 생닭을 그렇게 정식으로, 목적을 갖고 마주해 보긴 처음이었습니다. 윤기 흐르는 미색 껍질에 울룩불룩하게 튀어나온 구멍들, 목과 다리의 반듯한 절단면, 그리고 기도하듯 납작 엎드려 있는 자세. 무엇이든 채워 넣으면 있는 대로 다 받아들일 것 같은 잘 손질된 배. 게다가 그 닭은 무엇보다도 선생님께서 저를 위해 골라 주신 첫 번째 닭이었습니다. 선생님이 시키신 대로 저는 그 축축하고 탄력 있는 생닭을 손바닥으로 쓸고 만져 보고 무게를 가늠해 보고 냄새를 맡고 헛헛해 보이는 배 속을 들여다보기도 했어요. 살아서 펄떡거리는 생선도 향기 나는 과일도 아니었는데 공구들을 만질 때와는 달랐어요. 선생님께서 아무리 싱싱한 닭을 준비하셨다고 해도 틀림없이 냉장실 안에 있었을 텐데, 이상하지만 따뜻하다고까지 느꼈습니다. 더 과장을 하면 순간적으로 저는 접지된 것 같은 느낌도 받았어요. 고장 난 제품들을 수리한 후 코드를 꽂고 연결하는 그 접지의 순간. 윙, 하는 소리가 들리는 듯했고 몸이 약간 떨리기도 했어요.

그날 선생님께서는 제 눈앞에서 칼과 가위로 닭을 여덟 조각으로 토막 냈습니다. 반짝거리는 칼과 가위를 들고 정확한 동작으로 닭을 탁탁 토막 내시는 선생님은 아름다워 보였습니다. 뭔가에 집중하고 있는 사람이 그렇듯. 평소와 똑같을 공기들이 갑자기 화환처럼 선생님을 에워싸고 있는 것 같았습니다.

지난 시간에 처음 배운 닭 손질하기의 기본, 기억하시죠? 여러분 중에는 요즘엔 마트 같은 데서 부위별로 나눠서 파는 닭이 있는데 군이 왜 이런 걸 배워야 하느냐고 묻고 싶은 분도 있을 겁니다. 선생님 말씀에 따르면 닭을 부위별로 나눠 손질하고 쓸 수 있으면 요리하기도 편한 데다 가족 숫자만큼 조각을 나눌 수 있기 때문이라고 합니다. 다시 닭 손질하기의 기본으로 돌아가 보면, 일단 뼈와 뼈 사이의 관절은 연골로 돼 있으니 자르기가 어렵지 않습니다. 처음에는 다리와 몸통 사이에 칼집을 슬쩍 넣곤 몸통을 두 토막으로 나눕니다. 다음에는 양쪽 다리를 잘라 낸 후 넓적다리 살 사이의 연골 부분을 두 조각으로 자르지요. 그다음엔 어깨 살을 자르고 가슴살을 두 조각으로 자르면 여덟 토막이 되죠. 지난 시간에는 우리가 아홉 명이었기 때문에 선생님께서 한 조각 더 자르셨어요. 그럴 때는 몸통을 칼등으로 내리쳐서 뼈를 부러뜨린 다음에 자르면 쉬워요. 조금 후에 여러분들 각자 닭을 한 마리씩 토막 내 보기로 합시다.

닭고기 열풍이 불던 무렵, 선생님은 한 지방 대학의 식품 영양학과 교수로 채용되었습니다. 2년인가 계약을 해야 하고 기간이 지나면 연장할 수 있는 자리라고 했어요. 선생님이 강의를 나가는 날이면 다른 스케줄들은 완두 씨가 맡아 하게 되었지요. 완두 씨는 성실한 데다 화면으로 볼 때 더 예뻐 보이고 목소리도 설득력 있게 들린다는 장점이 있었어요. 제가 어시스턴트 일을 그만두었을 땐데, 선생님께서 강의를 마치고 KTX를 타고 올라오는 저녁이면 우리는 가끔 동네 포장마차에서 만나곤 했어요. 저로서는 학생들과 섞여 있으면 잘 보이지도 않고 학생들이 떠들기라도 하면 쩔쩔매기만 할 것 같은 선생님께서 어떻게 수업 시간을 보내시는지 염려가 되기도 했고요. 학생들 중 누군가가 투서 비슷한 것을 한 후로는 더 그랬죠. 아무리 유명한 닭 요리 전문가라고는 해도 어떤 학생들은 여상 졸업이 최종 학력인 우리 선생님을 교수로 받아들이기 어려웠던 모양인가 봐요. 선생님은 눈의 얼룩들이 점점 커지는 것 같다고 말씀하셨어요. 무엇을 봐도 검은 얼룩이 어른어른 끼어든다고요. 밤 운전은 하지 말아야겠지, 문기? 저는 고개를 끄덕거리며 선생님 눈 속의 깃털 같은 얼룩에 대해 생각하지 않으려고 했어요. 저는 제가 할 수 있는 일을 할 따름이었어요. 선생님 잔이 비면 사이다를 채워 드리고 또 잔이 비면 사이다를 따라 드리는. 사이다 두 병이면 선생님이 취해 버리시니까 타이밍을 잘 보고 있다가 그 전에 골목 입구까지 바래다드리는 일도요.

어제는 꿈을 꾸었어, 문기.

선생님께서 사이다를 한 병 더 시키셨어요.

무슨 꿈인데요, 선생님?

학생들이 차례대로 내 무릎을 베고 누워서는 귀를 파 달라고 조르는 거야.

선생님, 형제원에서도 애들 귀 파 주는 거 좋아하셨잖아요.

그래 그랬지. 그런데 학생들 귓속에서 자꾸만 이상한 게 나오는 거야.

뭐가요?

어떤 학생 귀에서는 개미가 나오고 어떤 귀에서는 개구리들이.

어휴.

점점 더 큰 게 나오지 뭐야.

그래서요?

애들을 밀쳐 버리면서 말했지. 애, 더는 못 하겠다!

…… 선생님.

왜, 문기?

맥이 빠진 선생님께서 잔을 내려놓으시곤 제 옆얼굴을 보는 게 느껴졌습니다. 여쭙고 싶은 말이 많았죠. 한마디도 떠오르는 것 없이 숨만 막혀 왔어요. 숨이 컥컥 막히는 것 같았어요. 선생님이 계속 저를 쳐다보고 계셨거든요. 저는 호기롭게 선생님 가방을 집어 들곤 자리에서 일어나 말했어요. 서, 선생님, 오늘 계산은 제가 하겠습니다.

사람은 평생 몇 가지 인생을 살 수 있는 걸까요. 선생님께서 안 계시니 잡념이 더 많아집니다. 저로 말할 것 같으면 세 번째 인생을 살고 있는 느낌입니다. 첫 번째는 선생님을 처음 만났던 형제원 시절, 두 번째는 선생님을 모르고 지내던 시절, 세 번째는 다시 선생님을 만나 선생님의 제자가 된 지금. 제가 불안해지는 건 원치 않는 네 번째 인생을 살게 될지도 몰라섭니다. 선생님을 영영 잃게 되는 것, 그래서 정말로 혼자가 돼 버리는 것. 우리가 불행에 빠지는 가장 큰 이유는 무력감 같습니다. 그 무력감 뒤에 도사리고 있는, 나는 이해받지도 사랑받지도 못하는 쓸모없는 존재라는 느낌도. 자신에게 솔직한 채로 그런 감정에 빠져 지내는 것이 나은지, 아니면 사람들이 흔히 말하듯 현실을 똑바로 직시하는 게 나은지 도무지 알 수가 없습니다. 현실을 직시해 봤자 돌아오는 건 무력한 나 자신뿐 아닌가요? 내 삶이 평범하기는커녕 그것에서도 한참이나 뒤떨어져 버렸다는 깨달음 말입니다.

하루에 두 번, 그것도 20분쯤, 너무나 짧게 느껴지는 면회 시간 동안 저는 선생님 곁에 앉아 그런 불평들을 늘어놓습니다. 어느 순간 선생님께서 벌떡 일어나 하실지도 모를, 이런 바보 천치! 언제까지 그렇게 모래 속에 머리를 처박고 살아갈 거니, 문기?라는 꾸중을 기다리면서 말입니다.

선생님의 전성기는 오래가지 못했습니다. 강의를 마치고 돌아온 선생님과 동네 포장마차에서 만나곤 했던 시간도 곧 끝나고 말았죠.

지금으로부터 40여 년 전인가, 이 동네 재래시장에서 대형 화재가 난 적이 있습니다. 여러분 중에는 아마 그 화재에 대해 알고 계신 분이 없을 겁니다. 여러분들이 태어나시기도 훨씬 전의 일인 데다가 지금은 재래시장이 있던 자리, 그 산동네는 몰라볼 정도로 규모가 큰 아파트촌으로 변해 버렸으니까요. 그러나 여러분 중에서 그 화재에 관해 들어 보신 분이 있다면 그건 유례없이 큰 화재였던 데다 사망한 사람들이 많았기 때문일 것입니다. 게다가 그 화재의 원인이 열 살짜리 여자아이한테 있었다는 사실 때문에라도.

닭집은 비좁은 데다 미로처럼 얽힌 재래시장 한가운데쯤 위치해 있었습니다. 비가 내리지 않아도 하루 종일 바닥이 질척거리는 데였어요. 주말을 앞둔 늦은 오후였습니다. 시장이 가장 붐비는 날이었죠. 닭집도 마찬가지였어요. 점심 먹을 짬도 내지 못한 가게 주인이 찐 옥수수를 사러 자리를 비운 사이였어요. 닭집 여자아이는 천장까지 높이, 층층이 쌓인 닭장들과 닭 한 마리를 통째로 집어넣으면 곧장 깃털들이 후드득 날아오르는 원통같이 생긴 닭털 뽑는 기계와 남겨졌어요. 옥수수 노점상의 말에 따르면 닭집 여자가 그 가게에 머물렀던 시간은 채 10분도 안 된다고 해요. 그 10분 사이에 닭집에서부터 불길이 솟구치기 시작한 겁니다. 서울 시내에서도 가장 크고 넓은 산동네 재래시장에서 말입니다.

한번은 선생님과 같이 있다가 텔레비전에서 요리를 하고 있는 완두 씨를 본 적이 있습니다. 완두 씨가 선생님 어시스턴트 일을 그만둔 지 이삼 년쯤 지난 상태였을 겁니다. 그 무렵 완두 씨가 낸

『이십 대를 위한 간편 닭고기 요리 백 가지』가 젊은 여성들 사이에서 1분에 한 권꼴로 팔린다고 하던 때였죠. 유명한 사람들이 형제나 부모와 함께 여행을 떠나 현지에서 음식을 만들어 주는 프로그램이었어요. 완두 씨는 파프리카 가루로 맛을 낸 닭구이를 만들고 있었습니다. 동행한 어머니와 남동생을 위한 요리였어요. 우리 선생님을 한창 텔레비전에서 봤을 때처럼 내가 아는 사람 같지가 않았습니다. 채널을 돌릴까 망설이는데 선생님께서 혼잣말하듯 백 가지가 뭐니, 더 알려 줬어야 했는데,라고 하시더군요. 저는 고개를 돌려 선생님을, 담담한 얼굴로 완두 씨를 보고 있는 선생님을 바라봤습니다. 화재를 일으켰던 장본인이라는 사실이 세간에 알려지면서 그 당시 선생직도 수강생들도 다 잃어버린 데다 예전부터 해 온 이 무료 강좌까지도 의심받게 된 선생님을.

그 오래전 일을 알아내고 사고 책임이 선생님한테 있었다는 사실을 퍼뜨린 사람이 누구인지 의심해 봐야 소용없었습니다. 선생님을 곁에서 지켜보고 있으면 말입니다. 너무 오래 입어서 원래의 색깔도 형태도 사라진 헐렁한 티를 입고 한여름에도 발목까지 오는 양말을 신은 채로 입을 벌리고 앉아 있는 선생님은 이 세상에서 최초로 빚어진 여자만큼이나 늙고 지쳐 보였습니다. 하다못해 쥐새끼 한 마리도 창밖으로 던져 버리면 버둥거리며 나는 시늉이라도 한다는데. 제가 화가 나 있건 말건 선생님은 태평해 보이기까지 했습니다. 자기가 무슨 성자라고. 그런 사람을 본 적은 없지만 무척이나 위대하고 커 보이지 않겠습니까? 선생님은 여전히 쭈그려 앉아 있는 작은 사람에 불과했습니다.

그리고 지금은 13일째 의식 불명 상태로 계십니다.

그날 밤 사고가 난 지점은 나들목 근처 외곽 순환 도로였습니다. 그 길을 빠져나가서 대체 어딜 가려고 하셨던 걸까. 처음에는 궁금했습니다. 완두 씨네로 가는 길이기도 했으니까요. 저는 고개를 흔들어 버렸습니다. 어떤 추측도 상상도 선생님께서 원치 않으실 것 같았습니다. 혼자 있을 때의 선생님에 대해, 주방이 아닌 다른 데서의 선생님, 밤의 선생님에 대해서 아는 사람도 알고 싶어 하는 사람도 없을지 모르니까요. 저 또한 선생님에 대해 속속들이 알지 못합니다. 저는 그런 시간엔 선생님 곁에 제가 있어서는 안 되는 거라고 알고 있었어요. 선생님께서 저렇게 누워 계셔서 그런지 후회가 되는 일들만 떠오릅니다.

선생님께서 다른 봉사자들과 함께 처음 형제원에 오신 것은 제가 아홉 살 때인가 그렇습니다. 그때 선생님은 스물아홉인가 서른 살쯤인가였을 거예요. 한 달에 한 번씩 마지막 주 토요일 점심 전에 내려오셨다가 일요일 저녁에 돌아가곤 하셨어요. 그 하루 동안, 선생님께서는 주방에서 다른 봉사자 누나들을 잔소리 많은 장군처럼 진두지휘하며 두 끼씩 밥을 차려 주셨어요. 특별한 반찬은 없는데도 그 밥의 맛은 잊을 수가 없었습니다. 따뜻한 데다 쌀한 알 한 알이 탱탱하게 살아 있는 것 같았어요. 선생님께서는 빨래를 하고도 시간이 남으면 양반다리를 하고 앉아 저희의 귀를 파

주시고는 했죠. 저희 같은 녀석들의 귀를 만지려는 사람은 그때껏 아무도 없었어요. 저는 다른 녀석들처럼 선생님 무릎을 베고 누워 본 적도, 귀를 다 파신 선생님께서 귓속으로 후후 입김을 불어 넣어 주면 어떤 기분인지 느껴 본 적도 없었어요. 도망 다니기 바빴을 뿐입니다. 제 귀가 이렇게 생겨 먹었기 때문이고 선생님께는 보여 드리고 싶지 않았어요. 저기, 문기 잡아라! 선생님은 녀석들과 편을 먹고 저를 잡으려고 하셨어요. 그게 그 일요일 오후를 마감하는 저희들만의 놀이였죠. 그랬으니 저로서는 무조건 도망가 버려야 했어요. 게임의 법칙은 잡히지 않는 거잖아요, 끝까지.

선생님의 두개골은 깨진 데도 금이 간 데도 없다고 해요. 그런데도 지금까지 못 일어나시는 게 이해가 안 갑니다. 그리고 의식이 돌아온다고 해도 얼마간의 기억을 잃어버리실 수 있다는 것도. 의사들이 하는 말은 어렵지만 제가 알아들은 건 그 정도였고 그 정도면 충분합니다. 이제 담당 의사든 저 같은 보호자든 할 수 있는 것은 선생님이 깨어나시기를 기다리는 일밖에 없을 테니까요. 네, 하루아침에 제가 선생님의 보호자가 돼 버렸습니다. 그때 그 화재로 선생님께서는 가족을 모두 잃어야 했으니까요. 그 불길 속에서 혼자 살아남은 사람에게 40년 후, 보호자는 힘없는 이 제자 하나가 유일합니다.

선생님께서 그렇게 되셨는데 저는 괜찮으냐고요?

병실 복도에 앉아 있으면 혼곤히 졸음이 몰려올 때가 있습니다. 흐릿한 눈앞으로 병실을 다녀가는 복지 센터의 음악, 독서 치료사 선생님들이 보일 때도 있고 선생님과 오래 거래하던 가락 시장 상인 두 분, 그리고 요즘엔 완두 씨도 자주 보이곤 합니다. 완두 씨는 카메라가 없을 때면 고개를 15도쯤 숙이고 있어서 슬퍼 보이기도 하고 평소와 똑같아 보이기도 합니다. 제가 푸드덕거리는 닭들을 이끌고 뒤뚱뒤뚱 앞장서 어디론가 가고 있는 선생님의 뒷모습을 발견하곤 어, 저기 선생님 있다, 선생님 잡아라! 헛소리를 할라치면 손가락으로 제 무릎을 꾹 누르며 문기 씨, 집에 가서 자요, 시끄럽잖아요, 하고 깨워 주는 사람도 완두 씨입니다. 그냥 가만히 깨워도 될 걸 완두 씨는 누르기만 해도 아픈 무릎 연골쯤을 찔러 대는 겁니다. 저는 더 겸연쩍어져서 저기, 선생님께서 완두 씨 주라고 따로 모아 둔 레시피들이 있어요, 입가의 침을 얼른 문지르며 말해 버렸죠. 선생님께서 전에 저에게 시키신 일인데 하지 않았던 일. 완두 씨는 고개를 저어요. 그러곤 말없이 저를 봅니다. 그 눈이 난 이제 됐어요, 문기 씨나 가져요,라고 말하는 듯해요. 선생님께선 처음에 이런 완두 씨를 왜 저에게 소개해 주시려고 했는지 알다가도 모를 일입니다. 눈빛 하나만으로도 남자 기를 꽉 죽이는 여자를 말이에요.

오늘은 여러분과 닭 손질하는 법을 한 번 더 연습한 후에 고사리와 숙주, 대파를 넣고 닭개장을 끓일 계획이었습니다. 여러분같이 몸이 허약해진 분들께는 이만한 보약이 없죠. 선생님의 닭개장 비법은 육수를 깔끔하게 내는 데 있는데요, 그러기 위해서는 숙주와 고사리, 대파를 먼저 물에 데친 후 쓰셔야 합니다. 처음부터 같이 넣고 끓이면 국물이 탁해지는 데다 비릿한 냄새까지 나거든요. 그러나저러나 오늘은 여러분과 닭개장을 완성해 밥까지 말아 먹을 시간은 부족하게 돼 버렸네요. 가장 중요한 이야기는 마지막에 하는 거라고 들어서 여태 쓸데없는 말만 늘어놔 버렸어요. 선생님께서 시키신 대로, 제가 하지 않은 일이 한 가지 더 있습니다.

그날 그 회식 자리에서 선생님을 다시 만난 얼마 후에 말입니다. 선생님께서 저에게 닭을 만져 볼 마음이 없느냐고 물어보셨을 때, 선생님께서는 이 복지 센터에 여러분 같은 분들을 위한 강좌를 만들 계획을 세우고 계시던 중이었습니다. 복지 센터에 닭 요리 강좌를 개설하는 것도 선생님 생각처럼 간단한 일은 아니었습니다. 자원봉사 차원의 무료 강습인데도 구청이나 복지 센터에서는 쉽게 결정을 내려 주지 않았어요. 심사도 서류 절차도 까다로웠죠. 진로 준비 사업의 일환으로 강좌를 열어도 좋다는 결정이 내려지는 데까지 무려 반년 넘게 걸렸어요. 첫 수업이 있던 날, 선생님께서는 잘 다림질한 앞치마와 머릿수건을 걸치시곤 저에게도 주셨어요. 저도 그날부터 선생님의 어시스턴트 역할을 하게 됐으니까요. 우리는 조금 들떴을 겁니다. 첫날 강좌를 어떻게 마쳤는지 기억도 안 나요. 끝나고 나자 저녁 8시가 넘었습니다. 선생님과 저는 수강생들에게 싸 주고 남은 닭 가슴살 볶음을 놓고 사이다로 건배를 했어요. 모래주머니도 빠지지 않았죠. 닭똥집 말입니다. 선생님께서 좋아하는 부위이거든요. 삶은 모래주머니를 소금에 찍어 먹다 말고 저는 선생님께 처음으로 물었어요.

선생님, 하필이면 왜 닭이었어요?

응?

생선이나 뭐 두부 요리 전문가가 되실 수도 있었을 텐데요.

머릿속에서 떠나지 않았거든.

닭이요?

그래, 닭이.

…….

문기도 그런 게 있지 않아?

뭐가요?

머릿속에서 떠나지 않는 거.

그날 선생님께서 그러셨어요. 앞으로 몸이 말을 듣지 않을 때까지 이 강좌만은 평생 하실 거라고요. 선생님 잔에 사이다를 가득 따라 드리며 이런 돈도 안 되는 일을 평생이나요? 하고 놀렸던 것도 기억합니다. 겨우 10여 년 전의 일입니다. 선생님께서 의식을 되찾으신다고 해도 어쩌면 기억하지 못할.

제 자랑을 하는 건 아닙니다만 선생님을 만난 후로 가능한 한 선생님 말씀을 따르려고 했어요. 형제원을 나와서는 검정고시를 봤고 자격증도 땄고요. 다시 선생님을 만나게 됐을 땐 닭 요리도 배우기 시작했으니까요. 선생님이 시키는 대로 여자도 여럿 만나 봤고 적금이나 국민연금도 붓게 됐어요. 비로소 내가 사람같이 산다고 느끼고 있었는데, 선생님께서는 왜 하필 이 순간에 저렇게 되신 걸까요. 선생님 말씀대로라면 이제 이 클래스도 접어야 합니다.

이 클래스가 흐지부지해지는 걸 원치 않으실 테니까. 여러분에게 제가 오늘 드리고 싶은 말씀은, 다음 주부터 이 강좌를 제가 맡아서 하고 싶다는 것입니다. 또 모릅니다. 강사가 바뀌었다고 어떤 복잡하고 까다로운 절차나 심사를 거쳐야 할지. 그러나 이 복지 센터에서의 강의는 선생님 꿈이기도 합니다. 제가 선생님 밑에서 닭 요리를 배우기 시작한 지 채 10여 년밖에 되지 않았지만 저 스스로 뭔가 할 수 있을 것 같은 느낌이 들기는 처음입니다. 어떤 것이 비로소 좋아진 데다가 책임감도 생겨 버렸으니까요. 이제부터는 선생님이 시키는 대로 하지 않을 생각입니다. 이런 바보 천치! 선생님의 꾸지람이 기다려집니다.

제 삶을 뚫어지게 응시해 봤자 돌아오는 건 역시 후회와 숨을 데가 없다는 사실뿐이더군요. 그 숨을 곳이 없는 상태에서 할 수 있는 일을 하면서 하루하루를 보내는 게 지금으로서는 가장 정직한 방법일지도 모르겠습니다.

밥은 다 되었는데요. 여러분, 닭개장은 다음 주 이 시간에 같이 끓여 보겠습니다. 원하시는 분은 닭을 가져가셔도 좋습니다. 몇 조각으로 자를지는 그 요리를 여러분과 함께 나눌 사람들의 숫자에 따라 결정하시기 바랍니다. 해가 길어졌군요. 진짜 봄인가 봐요.

김화진

2021년 문화일보 신춘문예에 단편 소설 「나주에 대하여」가 당선되며
작품 활동을 시작했다. 소설집 『나주에 대하여』, 『공룡의 이동 경로』,
장편 소설 『동경』 등을 썼다. 오늘의 작가상을 수상했다.

근육의 모양

재인은 속으로 '해 본 것' 리스트에서 유독 도드라진 단어들을 읊었다.

독립, 절교, 파혼, 끊어진 관계들의 기록을.

그리고 생각했다.

그 리스트는 흉터가 아니라 근육이야.

누가 날 해쳐서 남은 흔적이 아니라 내가 사용해서 남은 흔적이야.

「근육의 모양」 중에서

재인은 필라테스와 담배를 동시에 시작했다. 서른두 살의 겨울이었다. 건강에 도움이 되는 일과 건강을 해치는 일을 동시에 시작하면 결과는 플러스일까 마이너스일까 궁금했지만, 실은 재인이 관심 있는 것은 더하거나 빼고 난 값이 아니었다. 더 정확히 말하자면 어느 한쪽도 마이너스가 아니고 모두 플러스라고 여겼다. 필라테스를 하지 않아서 결국 좋지 않던 허리가 디스크로 망가져 입원을 하거나 수술을 해도, 혹은 늦게 배운 담배를 죽어라 피워대다가 폐렴이나 다른 나쁜 병에 걸려도 재인은 그것들을 모두 플러스로 쳤을 것이었다. 그것은 자신이 해 본 것이므로. 잃거나 얻은 것이 아니라 해 본 것. 투병이나 입원, 혹은 수술 같은 단순한 단어로 '해 본 것' 리스트에 적어 둘 것이었다. 해 본 것은 더한다. 그것이 재인이 세운 단순한 원칙이었다. 해가 갈수록 안 하던 뭔가를 한다는 게 어렵고 생각만으로 마음이 바빠졌으나, 다행인지 불행인지 재인은 그가 작성 중인 '해 본 것' 리스트에 두 가지를 더 추가할 수 있었다.

처음 해 보는 도전이나 시도에 걸림돌이 되는 것은 후회나 두려움처럼 한 단어로 설명할 수 없는 복잡한 감정들이었다. 처음 해 보는 것이지만 여러 번 해 본 사람처럼 능숙하게 하고 싶다는 사춘기적 마음, 다른 사람들에 비해 뒤처지고 싶지 않다는 마음, 해야 할 것을 제대로 이해하지 못하고 혼자 엉뚱한 짓을 해서 우스꽝스러워지고 싶지 않다는 절박한 마음 같은 것. 때문에 뭔가를 한다는 건 정말이지 부담스러웠지만, 그럼에도 재인은 '한다'와 '하지 않는다' 사이에서는 '한다' 쪽을 택했다. 결과적으로 무조건 남는 게 있다고 믿는 편이었다.

재인은 다이어리에 그런 걸 적는 사람이었다. 스물세 살 이후부터 적은 것으로 기억하고 있는데, 고3 수험생 시절 힘든 입시를 견디려고 수능 D-100 다이어리 뒤쪽에 '신입생이 되면 꼭 해야 할 것들' 리스트를 만든 것까지 친다면 더 오래된 습관이었다. 스물세 살 이후에 적은 '해 본 것' 리스트에는 이런 것들이 있었다. 논술 학원 아르바이트. 원 나잇. 양다리. 전액 장학금. 절교. 독립. 어떤 시기에 재인은 십 대 애들을 무서워했지만 한 번만 더 마주해 보기로 결심했고, 섹스는 사랑하는 사람과만 하는 게 아닐지도 모른다고 생각해 보았으며, 동시에 두 사람을 사랑할 수 있다는 사실도 인정했다. 또 다른 시기에는 자신이 생각보다 성실한 사람인지도 모른다고 믿어 보기로 했고, 오랜 친구와 헤어지는 일은 생각보다 쉽다는 걸 깨달았으며, 가족을 떠나는 일은 생각보다 어렵다는 걸 알게 됐다. 그건 재인이 한 선택의 목록이었고, 의심 없이 믿고 있던 것을 거듭 수정해 온 변화의 목록이었다. 그 목록을 훑어볼 때마다 재인은 그런 게 쌓여서 내가 되었지, 하고 생각했다.

그러나 그해 겨울 재인이 더하기만 한 것은 아니었다. 빠진 것도 있었다. 이것은 균형이 맞는 것인가 아닌가, 재인은 자주 갸웃거렸다. 재인의 목록에서 빠진 것은 애인과 결혼이었다. 그 둘이 한 가지가 아니라 두 가지라는 것을 자주 곱씹었다. 그러니까 재인이 원한 사람은 그 사람이 아니었고, 재인이 원하는 연애의 끝은 결혼이 아니었다는 것. 그리고 애인의 목록에서 자신이 빠진 게 아니라 재인이 자신의 목록에서 애인을 빼 버린 것이라는 사실도. 그 선택은 내가 했다는 걸 알고 있는 게 재인에게는 중요했다.

우리 서로 짠해하지 말자.

헤어지자는 말을 하며 재인은 그렇게 말했고 남자 친구는 가슴을 부여잡으며 조금 과하게 울었다. 제발 자기를 짠하게 여겨 달라는 것처럼 보여서 재인은 살짝 인상을 쓸 뻔했다. 한 명이 더 힘을 줘 끌고 가는 관계는 언제까지나 반대편이 일 프로 정도는 함께 힘을 실어 줄 때 가능한 일이었다. 이별을 이야기하기 오래전부터 재인은 싣던 힘을 모조리 뺀 상태였다. 나한테도 기회를 줘야지, 남자 친구가 긴 훌쩍임 끝에 그렇게 말했을 때 재인은 납작해지는 기분이었다. 상대에게 쏟는 기운을 영 프로로 만들고도 내려갈 곳이 더 남아서 진공 포장 상태처럼 납작해진 기분으로, 가까스레 말했다.

그게 안 돼서 헤어지자고 하는 거야.

그 말을 마지막으로 남자 친구는 크게 고개를 끄덕였다. 이상하게 복종하는 듯한 표정을 지었다. 네 말을 모두 이해했고, 친구로라도 지낼 수 없느냐고 태세를 전환했다. 어쨌거나 자신이 원한대로 관계를 끝맺었으므로 재인에게 다른 말들은 뭐든 별로 중요하지 않았다. 남자 친구의 말에 재인은 건성으로 고개를 끄덕였고 그 시점부터 남자 친구는 전 남자 친구가 되었다.

🏃

은영은 필라테스 강사가 된 지 사 년 차였다. 이전에는 대기업에 다녔다. 꽤 큰 액수의 월급을 받았지만 번 돈을 전부 다시 필라테스 교육비로 썼다. 자격증을 따기 위해 필기시험 백 문제를 풀었고 세 시간의 실기시험을 쳤다. 주말에 하루 일하고 평일에 하루를 쉬며 주 오 일 일했고 한 달에 이백칠십만 원 정도를 벌었다. 대기업 신입 사원 때 받던 월급을 사 년 차 강사 때 받고 있지만 은영은 이 일을 좋아했다. 직장의 근무복이 운동복인 점, 오십 분 수업을 하면 적어도 오 분은 꼭 쉴 수 있다는 점, 교습소 오픈 담당인 날 블라인드를 걷으면 창으로 가득 들어오는 아침 볕, 강의실 바닥을 물걸레질하며 떠올랐다 가라앉는 먼지들이 반짝이는 모습을 구경하는 것, 차례차례 들어오는 수강생들의 피곤하거나 웃고 있거나 무표정한 얼굴, 얼굴들.

  사람을 많이 만나는 일을 직업으로 삼으면 반쯤은 관상쟁이가 된다는 말을 은영은 믿지 않았다. 그것까지 너무 자기중심적인 생각이라고 믿는 편이었다. 얼굴에 삶의 시간이 드러나는 건 극히 일부라고. 일부를 가지고 아는 척을 하는 건 은영으로서는 좀 부끄러운 일이었다. 내가 그 사람 그럴 줄 알았잖아, 처음 봤을 때부터 그런 느낌이 좀 왔잖아, 하는 식의 화법을 부끄러워했다. 그런 말을 자신만만하게 하는 사람들 앞에서는 조용히 손가락으로 반대 손등을 꼬집으며 버텼다. 그렇다고 얼굴에 드러난 일부를 보는 일에 아예 관심이 없던 것은 아니었다. 은영은 우연히 만나게 된 사람들의 얼굴에 깃든 표정을 살펴보는 일을 좋아했다. 그 표정으로 그 사람을 평가하거나 판단하고 싶지 않았을 뿐이었다.

  1회 체험 수업을 마친 후 곧바로 등록하겠다고 말하는 재인의 얼굴에서 은영이 읽은 것은 기분이나 감정이 흐르지 않게 단단히 걸어 두려는 의지였다. 낯선 곳에 발을 디디면 당연히 들 법한 어색함, 긴장 같은 걸 최대한 덜 표출하기 위해 애쓰는 표정. 이렇게까지 해석하고 확신하는 건 언제나 민망했지만 미묘한 표정에 이유나 이름을 붙이는 건 매번 수강생을 받는 직업을 가진 은영이 좋아하는 놀이 같은 거였다. 스스로 만들어 낸 놀이는 은영이 선택한 이 직업을 좋아하는 이유가 되기도 했다.

  재인 같은 얼굴과 마주할 때마다 은영은 이상하게 마음이 기우는 걸 느꼈다. 마음이 약해서 단단하게 걸어 잠그는 유형의 사람들을 보면 늘 조금씩, 운동으로 다져진 몸만큼이나 단단한 은영의 마음이 물렁해지는 것 같았다. 마음이 물렁해진다는 건 아주 사소한 부분에서 티가 났다. 이를테면 그런 사람들에게는 원칙을 깨고 잘해 주고 싶었다. 은영이 근무하는 필라테스 교습소의 원칙은 '수업 일정 하루 전 취소 및 변경 가능, 당일 취소는 수업 횟수 차감'이었다. 기본이 10회인 수업이었고, 매 수업이 끝나면 서로의 스케줄을 확인하고 조정하며 다음 수업일을 잡았다. 수업이 잡히면 은영은 그 전날 수강생들에게 일정 확인 문자가 가도록 문자 예약을 걸어 두었다. 말없이 수업을 빠지거나 당일에 취소하면 1회가 차감되므로 수강생들이 최대한 수업을 들을 수 있도록 하기 위해 마련된 시스템이었다. 필라테스는 회당 가격이 비싼 운동이었으므로 은영이 문자를 보내는 하루 전까지 일정의 변경과 취소가 치열했다. 여러 수강생의 바뀐 일정을 잘 기억하고 기록하는 일이 이 직업의 큰 부분을 차지했다.

재인 같은 유형의 수강생들은 변명을 하거나 조르지 않았다. 은영 같은 사람들이 해야 하는 일에 수반되는 감정 노동을 줄여 주기 위해 애쓰는 게 느껴졌다. 예약 발신 문자에도 꼬박꼬박 네, 감사합니다, 변동 없습니다, 하고 답장을 했다. 일정 변경도 거의 없었고 예상치 못한 당일 취소에 은영이 더 안타까워하면 오히려 괜찮다고 대답했다. 1회 차감되시는데…… 어쩌죠? 하고 문자를 보내면 괜찮습니다, 번거롭게 해 드려 죄송해요, 하고 말 뿐이었다. 그럴 때 은영은 원칙을 깨서라도 그 수업을 더 해 주고 싶었다. 그냥 해 드릴게요, 하고 싶었다. 그러나 한 번도 진짜로 그렇게 말해 본 적은 없었다. 마음은 마음이고 원칙은 원칙이었다.

🏃

집 근처 필라테스 교습소에서 1회 체험을 한 날 재인은 곧장 10회권을 끊었다. 애초에 1회 체험을 해 보고 등록을 고민하려던 건 아니었다. 이미 등록을 하려고 결정을 해 둔 채 1회 체험을 신청한 것이었다. 어떤 걸 선택할 때 그게 실제로 어떤지 알아보는 일은 재인에게 큰 영향을 미치지 않았다. 자신이 그 선택을 정말로 하려고 하는지, 그것이 중요했다.

운동이 패턴이 되는 것은 꽤 오랜만이었다. 정확히 헤아려 보면 고3 때 찐 살을 빼기 위해 대학 입학 전까지 매일매일 헬스장에 다닌 열아홉 살 무렵 이후로 처음이었다. 매일매일 체중계에 올라서던 날들. 그러고 보니 그것도 겨울이었네, 하고 재인은 조금 재미있어했다. 겨울이면 해가 바뀔 무렵이었고 해가 바뀐다는 자연의 사이클에 맞춰 몸도 바꾸고 싶은지, 재인에게는 유독 겨울에 일어나는 일들이 많았다. 만나던 애인들과 꼭 겨울에 헤어졌고, 헤어지고 나면 몸무게가 이삼 킬로그램씩 줄어 있었다. 이별 때문에 특별히 힘들지 않았는데도 매번 그랬다. 내 몸에 붙어 있던 그들이 떨어져 나간 자리겠지, 재인은 그렇게 생각했다. 그렇게 믿는 쪽이 좋았다. 나도 애도할 줄 아는 사람이야. 몸으로 애도하는 사람. 스스로 그런 존재로 생각하는 것이 나쁘지 않았다.

이번 이별도 마찬가지였다. 전 남자 친구가 된 남자 친구를 카페에 남겨 놓은 채 나와 걸으며 이별의 순간을 꼼꼼히 느껴 보았다. 뒤통수가 당기지만 뒤를 돌아보지 않는 마음으로. 드라마에서는 이럴 때 꼭 뒤에서 누군가 쫓아와 붙들지만, 그 오랜 학습 때문에 한 번쯤 그런 일이 일어나지 않을까 상상하게 되지만 절대 그럴 일은 없다는 걸 잘 아는 마음으로. 단단히 팔짱을 끼고 옷깃을 여미고 바람이 사나운 겨울의 골목을 걸었다. 등이 굽지 않도록 허리를 계속 곧추세우며. 이제 더는 따라올 사람이 없다는 걸 알아가는 마음. 원래도 없었고 정말로 없다고 인정하고 앞을 보고 걷는 마음. 그건 슬픔에 잠겼다가 빠져나오는 일이기도 했고 그런 감정에 취해 있으면 으레 조금 행복하기도 했다. 어느 순간마다 자신의 마음을 들여다보는 일은 '해 본 것' 리스트를 적는 일만큼 재인에게 중요했다. 그리고 그 둘은 떼려야 뗄 수가 없었다. 모르는 마음으로 모르는 것을 선택할 수는 없으므로.

모르겠는 것은 마음이 아니라 몸이었다. 1회 체험권으로 난생처음 필라테스 수업을 받으며 재인은 선생님의 말을 잘 알아들을 수 없어 당황했다. 지시를 받아도 제대로 수행할 수 없다고 생각했다. 이를테면 이런 말들. 척추를 더 뽑으세요, 갈비뼈는 닫아요, 골반을 더 찍어 내려요, 옆구리를 구부리지 말고 펴서 늘려요, 아랫배와 허벅지 사이에 근육을 당겨 올리세요. 겨드랑이 뒤쪽 옆으로 만져지는 곳에 근육이 있다는 것도 재인은 처음 알았다. 이후

본격적으로 시작된 수업에서도 마찬가지였다. 선생님이 말을 뱉으면 재인이 그 말을 머릿속에서 해석하기 위해 일이 초 정도가 필요했다. 최대한 선생님의 표현 그대로 몸을 움직여 보려고 애썼다. 어디 있는지 모를 근육을 머릿속으로 더듬었다.

잘하고 싶었다. 잘 해내고 싶었다. 처음 하는 것을 마주할 때면 매번 드는 생각이 이번에도 여지없이 들었다. 그러나 자신이 없었다. 써 본 적 없는 근육을 상상하기란 생각보다 더 어려웠다. 몸이 탄탄하고 맑고 또렷한 목소리를 가진, 첫 방문 후 좋은 인상이 남았던 필라테스 선생님에게도 잘 보이고 싶었지만, 누군가에게 잘 보이고 싶은 마음이 들면 반드시 그렇지 않을 때보다 더 우스꽝스러워지기 마련이었다. 이곳저곳에 힘을 줘 보느라 동시에 어깨에 힘이 잔뜩 들어간 재인에게 선생님이 말했다.

너무 답답해하지 마세요.

그 말에 자기도 모르게 숨을 뱉으며 재인은 어깨에서 힘이 빠져나가는 것을 느꼈다. 기분 좋게 차가운 손으로 재인의 어깨를 두드리며 잘하셨어요, 하고 선생님이 이어 말해 주었다. 선생님은 몸을 삐그덕거리는 재인에게 매번 잘하셨어요, 하고 칭찬했고 수업이 끝나면 수고하셨어요, 하고 인사했다. 칭찬 스티커를 받는 기분에 매번 좀 황송했는데 그럴 때마다 재인이 할 수 있는 것은 환복을 하고 교습소를 나서기 전에 평소보다 크게 웃어 보이는 것뿐이었다. 기분보다 조금 더 밝게 웃는 얼굴로 안녕히 계세요,라고 인사하는 일.

필라테스 수업을 하면서 은영이 수강생들에게 가장 자주 하는 말은 배에 힘을 주면 다리를 들 수 있어요,였다. 배에 힘을 준 채 다리를 들라고 하면 수강생들 열이면 여덟이 무릎 관절에 힘을 꽉 주었다. 그 힘을 빼라고 하며 은영은 항상 말했다. 배의 힘으로 드는 거예요. 다리에는 힘을 주지 마시고. 그러면 수강생 열의 일곱이 그게 뭔데요? 하는 표정이 되어 있었다. 다리를 다리로 드는 게 아니라 배로 드는 거라고. 그렇게 말하는 스스로가 가끔 우습기도 했다. 자신도 근육이 어떻게 사용되는지 모르던 시절이 있었다. 그때 자신도 똑같은 표정을 지었을 것이었다. 그런 광경을 상상하고 있으면 회사에는 너무 마음 붙이지 말고 대충 다니는 거예요, 라는 말을 들었을 때의 자신이 떠올랐다. 그게 뭔데요? 하고 울상을 지었던 스물여섯의 신은영이.

사람들의 마음이 아니라 몸에 집중하는 일. 은영은 그걸 바라서 회사를 그만두었다. 회사에서는 서로의 의중을 파악하는 일을 악질적으로 즐겼다. 은영의 상사부터가 그랬다. 은영은 회사에서 사람들을 깊이 알아 가고 싶지 않았다. 중요한 것은 그저 자신의 일을 잘하는 것. 그것이 은영의 회사 생활 원칙이었다. 그 외엔 신경 쓰고 싶지 않았고 휘둘리고 싶지 않았는데, 상사의 곁에 있으면 그럴 수 없었다. 그는 언제든 후배들을 비꼬았고 자신의 기분이 좋지 않을 때는 더 비꼬았다. 일을 잘하는 사람에게는 그의 옷차림, 말투,

습관 같은 업무 능력 외의 것을 평가하며 우습게 만들고 일을 못하는 사람에게는 작은 심부름을 시키면서도 그의 업무 능력을 과도하게 평가하며 우습게 만들었다. 그러면서 티 나게 사람을 가려 칭찬을 하거나 추켜세워서 후배들로 하여금 계속 눈치를 보게 만들었다. 은영의 동기와 후배들은 필사적으로 눈치를 보며 알았다. 저사람 눈 밖에 나면 지옥 같을 것이다. 중학교 때 왕따를 당하는 것과 비슷할 것이다, 하는 예감이 모두에게 있었다.

상사에게 터무니없는 인신공격을 당하거나 상사가 유난히 자신의 나쁨을 요란하게 드러낸 날에는 동기들과 나란히 정시 퇴근을 하고 회사에서 먼 동네로 가 맥주를 끝도 없이 마시며 끝나지 않는 욕을 해 댔다. 비싼 가방을 사거나 혼자 일식당에서 오마카세를 시키며 꼬인 마음을 성실하게 해소했고 착실하게 출근했다. 그러나 그렇게 버티는 데에도 한계가 있다는 것을, 은영이 가장 잘 알았다. 입을 뗄 수조차 없게 된 날이었다. 손가락 까딱할 힘이 없고 눈꺼풀을 들어 올릴 힘이 없어도 그 사람을 욕할 땐 이상한 기운이 생긴다고 동기들끼리 자주 우스갯소리를 하기도 했고 실제로 은영도 그 말을 끝까지 믿었는데. 어느 날 분노의 에너지도 고갈된 상태가 찾아왔다. 여기에 계속 있다 보면, 저런 사람과 마주하며 살다 보면 나도 어느새 저런 모양이 되어 있겠지. 그 생각에 몸서리를 쳤던 순간을 기억했다.

은영이 상사 때문에 회사를 그만두겠다고 했을 때 주변의 모두가 만류했다. 어딜 가도 똑같아. 월급 많이 주는데 더러워도 그냥 좀 참아, 욕하면서 다니는 재미도 있잖아. 앞에선 무시하고 뒤에서 욕하면서 다녀. 그 말이 틀리다고는 생각하지 않았다. 그러나 내내 그 조언에 따르면서도 은영은 매번 가슴속이 기분 나쁘게 간질거리는 느낌을 받았다. 그 조언에 대해서라면 할 말이 많았다. 나는 무시할 수가 없어. 편한 대로 생각하려고 해도 그렇게 되지가 않아. 그 사람은 살아서 움직이는 사람이고 그 사람이 자기 모양을 바꿀 때마다 내 마음의 모양도 바뀌어. 따라서 싫었다 좋았다 하게 돼. 그게 너무 힘들어. 다른 사람이 내 모양을 바꾸는 걸 더 보고 있을 힘이 이제 나에게는 없어.

어떤 공간에, 집단에 그런 사람이 있으면 그 공간을 벗어나서도 계속 그 사람이 만들어 낸 압력에 눌려 있었다. 퇴근을 하고도 계속 상사의 표정과 말투와 화법을 반복 재생하는 스스로를 발견하고, 그만 생각하자는 생각을 수백 번 읊조려도 그만둘 수 없다는 걸 깨달은 뒤부터 은영은 물리적으로 숨이 잘 쉬어지지 않는 것을 느꼈다.

마음을 너무 붙이네요, 은영 씨는.

그런 얘기를 한 건 동기 예은이었다. 예은에게 처음 그 말을 들었을 때는 상사에게 받았던 모멸감과 다른 종류의 감정을 느꼈는데 동시에 느껴지는 수치심은 비슷했다. 왜인지 부끄러웠고, 자신을 그렇게 부끄럽게 만드는 예은이 미웠다. 당신이 뭔데 그런 소릴 하느냐고 따져 묻고 싶었다. 나에 대해 뭘 그렇게 많이 아느냐고. 그러나 어쩐지 은영은 예은에게 기분 나쁜 내색을 할 수도, 따져 물을 수도, 예은을 미워할 수도 없었다. 예은의 말은 고요히 은영의 마음에 남았다. 따뜻한 물에 찻잎이 가라앉는 것처럼 마음 가장 밑부분에 내려앉아 사라지지 않았다.

대충 다녀요, 은영 씨. 너무 마음에 들려고 하지 말고. 힘들이지 말고.

예은은 그렇게 덧붙였다. 그 순간 은영은 무너지는 것 같기도 했고 다시 살아나는 것 같기도 했다. 그때는 그 느낌을 어떻게 설명해야 할지 몰랐는데, 필라테스 강사인 지금은 알고 있었다. 긴장했던 몸이 이완되는 느낌. 예은은 은영이 아는 사람 중 가장 서브텍스트가 없는 사람이었다. 있는 그대로 말했고 말하지 않은 것을 알아 달라고 하지 않았다. 예은과 함께 있으면 은영은 몸에 힘을 주지 않을 수 있었다. 다른 동기들에게 꺼낸 적 없는 이야기를, 예은에게는 자꾸만 털어놓게 되었다. 예은은 행간을 읽어 내는 데 지쳐 있던 은영에게 유일한 숨 쉴 곳이었다.

🏃

10회에 칠십만 원. 회당 칠만 원의 비싼 운동이었으므로 재인은 빠지는 일 없이 수업을 다 듣고 싶었다. 모두들 업무를 조금씩 쉬어 가는 연말이어서 빠지지 않을 수 있을 거라고 제법 자신하기도 했다. 절반 가까이를 수강할 때까지 갑작스러운 야근이나 참석해야 할 행사가 생기지 않아서 정말로 백 퍼센트 출석이 지켜지나,

두근거리는 마음도 들었다. 그러나 그날은 결국 수업을 들으러 가지 못했다. 전 남자 친구의 가족에게서 연락이 왔기 때문이었다. 퇴근 직전의 오후 다섯 시, 그의 누나로부터 명동역의 어느 카페에서 만나길 원한다는 내용의 문자가 도착했다. 우리 아버지가 너를 만나 이야기를 하고 싶으신 모양이다, 무슨 소리를 하실지 모르니 내가 함께 가겠다, 그런 설명도 덧붙여 있었다. 약속 시간은 저녁 일곱 시. 재인이 정시 퇴근을 하고 필라테스 수업을 들으러 갈 시간이었다.

결국 재인은 전날 저녁 선생님이 보낸 일정 확인 문자에 답신으로 '죄송하지만……'으로 시작하는 수업 취소 문자를 보냈다. 은영에게서 곧바로 '당일 취소하시면 1회 차감되시는데…… 어쩌죠?' 하고 문자가 왔다. 재인은 머쓱해져 거듭 '괜찮습니다, 제가 갑자기 일이 생겨서…… 번거롭게 해 드려 죄송합니다.' 하고 사과했다. 재인은 정말로 미안했다. 일곱 시 수업을 다섯 시 삼십 분에 취소하다니. 돈을 내고 듣는 수업이긴 했지만 어쨌거나 매번 서로의 스케줄을 대조하며 잡은 약속이었다. 한 시간 반 전에 약속을 취소한 거나 마찬가지인 셈이었다. 입장을 바꿔 자신이라면 어떤 기분이 들지 상상해 보았다. 예정된 약속이 자주 변경되는 직업이라니, 어쩐지 자신은 필라테스 강사는 못 하겠다는 생각이 들었다. 재인이 싫어하는 태도 중 한 가지는 바로 번복이었다. 했던 말을 뒤집는 것, 했던 결정을 되돌리는 것.

전 남자 친구의 아버지와 누나를 만나러 명동역으로 가면서 재인은 곧바로 다음 필라테스 수업을 잡았다. 가장 빨리 들을 수 있는 토요일 아침으로 했다. 시간을 조정하며 은영에게서 '가능한 시간이 오전 열 시뿐인데 괜찮으세요? 늦잠 필요하신 것 아닌지 걱정이 됩니다!' 하는 문자가 왔을 때 재인은 조금 웃었다. 귀여운 선생님이라고 생각했다. 수업을 받을 때에는 그런 생각이 든 적이 없었다. 은영은 키가 백칠십 센티미터쯤 되었고, 몸이 근육으로 단단했으며 팔다리가 길었다. 언젠가 매트에 앉아서 해야 하는 동작 중, 재인이 허리에 힘을 주어 온몸을 곧게 펴는 것을 힘들어 하자 은영은 재인의 허리에 자신의 다리를 부목처럼 대 주었다. 제 다리에 등을 붙여 보세요. 힘 빼고 기대어 보세요. 그 말에 재인이 등을 기대자 놀랄 만큼 단단하고 곧은 은영의 다리가 느껴졌다. 재인은 그 편안함을 기억했다.

무려 전 남자 친구의 아버지와 누나가, 일방적으로 두 시간 전에 약속을 통보해 재인에게 한 시간 반 전에 예정되어 있던 필라테스 수업을 취소하게 만들었지만, 재인은 생각보다 놀라지 않았다. 어쩌면 예정된 일처럼 여겨지기도 했다. 전 남자 친구와는 꽤 구체적으로 결혼 이야기가 오갔다. 일반적으로 어떤 순서로 결혼을 진행하는지는 모르겠으나 재인의 경우에는 먼저 함께 살고 있었다. 그가 프로포즈를 한 이유는 결혼을 목적으로 집을 구하는 일이 잘되었기 때문이다. 재인은 프로포즈에 응했고, 곧 자신의 '해 본 것' 목록에 결혼도 올릴 수 있겠구나 싶은 마음에 꽤 설렜다. 재인은 생에서 할 수 있는 선택이라면 대체로 하는 쪽이길 스스로에게 바랐다. 그는 다정하고 순종적인 편이었으므로 오래 함께 살 파트너로서도 적당하다고 생각했다. 재인은 그가 마련한 집에서 그와 함께 살았고, 서로의 부모님을 뵈었고, 상견례를 앞두고 있었다. 그의 부모 쪽에서는 결혼을 준비하고 있던 아들의 이별이 황당할 테고, 듣고 싶거나 하고 싶은 말이 있을 것이었다.

전 남자 친구의 아버지는 말이 많았다. 어른으로서 재인에게 인생은 그런 게 아니다, 하고 가르치기도 했고 머리도 나쁘지 않은 네가 신랑감으로 적격인 내 아들을 왜 차 버리는지 모르겠다, 하고 묻기도 했다. 재인은 그저 죄송하다고 말했다. 재인은 종종 이별의 이유를 잊었다. 그 사람은 다정했고 우리는 아무런 문제가 없었는데 왜 헤어졌지…… 한참 만에 생각해 낸 이유는 별게 아니었다. 마음이 사라져서였지. 아무리 생각해 봐도 그뿐이었다. 그 사람이 천천히 싫어졌던 이유와 헤어진 이유는 얼마간은 같고 얼마간은 다를 것이었다.

재인은 그가 자주 투덜거리는 게 싫었다. 언제나 아는 척하는 태도로 말하는 게, 함께 영화를 보고 나면 좋았던 점보다 나빴던 점을 먼저 말하는 사람인 게 싫었다. 상냥한 어조로 아무것도 결정하지 않는 점이, 그렇게 선택을 미뤄 놓고 선택의 결과에 책임이 없는 것처럼 구는 태도가 싫었다. 재인을 대할 때와 비슷한 태도로 제 부모에게도 깍듯하고 동시에 꼼짝도 못 하는 게 싫었다. 그러나…… 그래서 헤어졌다고 하기에는 언제나 일 프로가 부족했다. 상대방이 자신에게 어떻게 굴어도 재인이 채우던, 채울 수 있던 일 프로. 그게 사라져서 헤어지게 된 것이었다.

재인의 침묵이 계속되었지만 그의 아버지도 지지 않았다. 이유를 말해 주지 않겠니, 하고 거듭 물었다. 재인은 그냥, 마음이 그래서요, 하고 대답했는데 무책임하다는 질책이, 결혼이 장난이냐는 호통이 돌아왔다. 재인은 내 마음을 열심히 들여다보는 일이 누군가에게는 무책임한 일일 수 있다는 생각에 조금 놀랐다. 동시에 반발심이 들었다. 내가 열심히 들여다본 내 마음을 왜 당신에게 말해 줘야 해? 나는 내 마음을 제대로 보려고 노력했어. 사랑했던 마음, 사랑하지 않는 마음. 그게 왜 당신에게 사과해야 할 일이지? 재인이 그렇게 속으로 투덜대고 있는데 그의 누나가 한마디 했다.

이혼보단 파혼이 낫지. 잘했어요.

명동의 카페에서 시켜 놓은 커피를 한 모금도 마시지 않고 한 시간 반을 견디다 일어서 집으로 돌아오는 길에, 재인은 전 남자 친구와의 이별을 '해 본 것' 리스트에 넣기로 결정했다. 이별이라고 여겼을 때에는 넣을 이유가 없었는데, 파혼이라는 단어를 듣자 그 단어도 생의 목록에 수집하고 싶어졌기 때문이었다.

🏃

재인이 수업을 취소한 날 은영은 갑작스레 생긴 한 시간을 어떻게 쓸까, 생각하던 중 좀 울고 말았다. 예정대로 재인이 수업에 왔다면 울지 않을 수 있었을까, 그 순간을 유예할 수 있었을까 하는 생각이 들자 이 우연의 연쇄가 조금 우습게 느껴져 울음을 그치고 조금 웃었다. 수업을 받을 때 재인이 자주 짓는 표정을 떠올렸다. 고집스레 입을 다물고, 간혹 대답을 할 때에도 목소리가 아주 작고, 질문은 거의 없는 재인은 표정에서 많은 것이 읽혔다. 제가 지금 잘하고 있나요? 저 지금 바보 같진 않나요? 제가 뭘 하고 있는지 저는 도통 모르겠어요…… 같은 것들. 보다 보면 그 자조 섞인 진지한 표정이 재미있어서 미소를 짓게 되었다. 자기도 모르게 괜찮다고 말하고 있었다.

　재인의 취소 문자를 받고 은영은 어쩐지 마음이 허전했다. 하지만 이런 거절에 하나하나 마음을 쓰면 이 일을 할 수 없다는 걸 알고 있었다. 처음에는 잘 적응되지 않았는데, 곧 적응할 수밖에 없었다. 하루에 몇 차례 반복되는 번복과 취소 문자에 하나하나 스트레스를 받게 된다면, 직업을 바꾼 것이 무색해지니까. 은영의 동료들은 은영을 이해하지 못했다. 왜 그렇게 반응해? 그냥 일정이 변경된 것뿐이잖아. 그들의 말도 맞았다. 연락도 없이 오지 않은 뒤 불쑥 전화를 하거나 찾아와서 다음 스케줄을 잡아 달라고 하는, 더 피곤하고 곤란한 경우도 있었다.

　이 모든 게 왜 이렇게 자연스럽게 이해되지 않을까. 그저 그런 사람들도 있다고 마음을 놓아 버릴 수가 없을까. 이러면 회사를 다닐 때와 똑같은 게 아닌가. 그럼 그건 어느 직장의 문제가 아니라 나의 문제가 아닌가. 강사가 되고 얼마 지나지 않을 때 은영은 그런 고민을 했다. 나는 그러니까 어디에 있건 존중을 받고 싶었던 것이라고, 직업을 바꾼 후에야 깨닫게 되었다. 언제나 어디에서나 다른 사람이 귀하지 않은 사람들이 있고⋯⋯ 그건 직업을 바꾼다고 피할 수 있는 게 아니었다. 그걸 받아들이는 데 삼 년이 걸렸다. 은영은 자신이 언제나 느린 편이라고 생각했다. 남들은 훌쩍훌쩍 넘어가는 시기에 혼자 찐득하게 머물러 있다고. 불량 액체 괴물 같다고. 손에 묻지 않고 모양을 자유자재로 바꾸는 게 액체 괴물의 특징인데, 나는 자꾸 손에 묻는 거지. 모양도 제대로 만들지 못하고.

오전 열한 시에 카톡 답장이 가장 빠른 건 직장인들이었다. 컴퓨터에 깔아 둔 카톡으로 서간체 소설도 쓸 수 있는 사람들이었다. 오 년 전에는 은영도 그랬다. 이제는 빼곡히 차 있는 수업 스케줄 때문에 오십 분 수업 후 오 분 쉬는 시간에 밀린 카톡을 모두 읽고 대충 답하고 있지만. 오늘 은영은 오전 열한 시, 필라테스 교습소에 가장 빛이 잘 드는 시간에 그 빛이 드는 풍경을 찍어 예은에게 보냈다. 그 시간에 보낸 카톡에 대한 답장이 저녁 여섯 시에 온 것이었다. 예은에게서 온 짧은 메시지를 은영은 여러 번 읽었다. 어쩐지 낯선 느낌이 들어 체한 듯 가슴을 쓸어 보았다. 그러나 그 문자들 어디에도 힌트는 없었다. 그저 짧은 말들의 나열일 뿐이었다.

— 좋겠네요 (오후 6:22)

— 너무 부럽다 (오후 6:23)

그러고는 끝이었다. 안부에서 대화로 들어가지 못했다. 예은이 들어가고 싶어 하지 않는 것 같기도 했다. 서브텍스트 없는, 이어지지 않는 문자에 은영은 왜인지 외로워졌다. 내가 예민한가. 이렇게 순식간에 거리감이 느껴질 수 있나. 눈에 보이지 않는 것이 이렇게 느껴질 때면 당황스러웠다. 정말로 먼 거리감이었다. 이제 너와 나는 다른 곳에 있다는. 오전 열한 시부터 저녁 여섯 시까지 한 번도 휴대폰을 볼 수 없던 때가 은영에게도 있었다. 여유가 없어 누구에게도 관심을 줄 수 없을 때가. 먼 곳에서 예은은 하루 반나절 동안 아주 힘든 일을 겪고 담담하게 울고 있을지도 몰랐다. 그런데 그걸 이제는 알 수가 없어졌다는 사실에 은영은 마음이 조금 내려앉는 걸 느꼈다. 예은 씨, 혹시 많이 힘든가요. 그 말을 하려다가 하지 못했다. 사실을 되물어 봤자 사실일 뿐이라는 생각에 손가락이 자꾸만 멈췄다. 힘들면 그만두라는 말도 말뿐이고, 넌 잘할 거야 원래 잘 견뎠잖아 하는 말은 욕보다 나쁘고. 퇴직한 이후 말을 고르는 일에 신경을 덜 쓸 수 있어서 좋았는데 아주 오랜만에 그런 자신이 싫었다. 예은에게 건넬 수 있는 말을 아무리 골라 봐도 마땅한 것이 없었다. 텅 빈 것 같았다. 오늘 많이 바빠요? 일 아직 안 끝났어요? 끝없는 물음표를 찍고 싶었지만 곧 모조리 지워 버렸다. 은영은 속에 담긴 말을 고르다가 결국 가장 건져 올리기 싫었던 문장에 머무르게 되었다. 바쁜 게 아닐지도 몰라. 힘든 게 아니라…… 힘들어도 이제 나랑 얘기할 필요가 없는 거겠지.

자신이 느낀 거리감의 정체를 알고 나니 멋쩍은 동시에 아득해졌다. 회사를 그만두며 가장 씁쓸했던 것은 자신의 믿음을 확인하는 시점이 올 것이라는 예감이 드는 순간이었다. 회사에서는 친구가 될 수 없다고, 될 수 없고 될 필요도 없다고 스스로에게 주입하고 이해시키던 문장. 그 문장이 멀리 돌아 고스란히 은영에게 도착한 기분이었다. 그 순간 눈물이 떨어졌다. 예은 씨, 우리 이제 머네요. 고르고 고르다 남은 말이 그것뿐이어서. 언제나 더 붙어 있는 쪽만이 붙어 있던 것이 떨어지는 순간을 더 감각할 수밖에 없는 노릇이었다. 떨어지고 있구나. 나는 또 붙어 있고. 나는 예은을 언제까지 붙들고 있을까. 언제까지 기억할 수 있을까. 은영은 언젠가 예은이 했던 말을 떠올렸다. 마음을 너무 붙이네요, 은영 씨는. 그 목소리가 따뜻했는지 잘 기억나지 않았다.

🏃

　명동에서 전 남자 친구의 아버지를 만난 후 재인은 조금 가라앉은 상태로 일주일을 보냈다. 누구도 만나고 싶지 않았다. 일주일 중 저녁 스케줄이 있는 것은 필라테스 수업이 있는 날뿐이었다. 누구도 만나고 싶지 않을 때 운동을 하고 있어서 그나마 다행이라고 재인은 생각했다.
　혼자 있으면 거듭 곱씹게 되었다. 전 남자 친구의 아버지가 들려 달라던 헤어짐의 이유를 말하는 자신과 넌 이게 다 장난 같느냐고 소리치던 장면을. 누군가가 문제라고 지적하자 그것이 자신의 문제인 것 같았다. 애인들과의 이별에서 재인은 항상 맡았던 역할을 맡았다. 작별 인사를 하는 역할. 기회를 달라고 매달리는 애인에게 단호하게 고개를 젓는 역할. 처음 몇 번은 후련하고 시원했으나, 거듭되자 매번 같은 역할을 맡는 일은 그렇게 유쾌하지 않았다. 이별의 이유나 장면을 반복 재생하여 복기하다 보면 스스로가 싫어졌으므로 심각한 부작용이 있는 셈이었다.

누군가 자신의 곁을 떠났다는 사실, 그러니까 헤어짐 자체가 슬펐던 것은 스물다섯 살 이전까지만 그랬다. 이후로 재인이 더 골몰하고 괴로워한 것은 지속되던 관계를 어그러뜨리는 장본인이 바로 자신이라는 생각이었다. 관계를 끊는 것은 항상 재인의 몫이었다. 일단 그 사람에게 붙였던 마음이 떼어지면, 더 이상 그 사람과 함께할 수 없었다. 넌 왜 그렇게까지 뒤돌아보지 않아? 뭐 그렇게 한 번에 다 버려? 하고 원망을 들었던 기억이 오래 남아 있었다.

스스로가 싫어지면 연쇄적으로 다른 사람도 싫어졌다. 다른 사람이 싫어지면 스스로가 싫어지는 것 같기도 했다. 알쏭달쏭했지만 한 가지는 분명히 알고 있었다. 재인은 더 이상 누군가를 좋아하고 싶지 않았다. 자신을 향해 내린 판단들은 냉정하고 박정했다. 어느 누가 다가와도 결국엔 내 마음이 거기에 잘 붙어 있지 못할 거야. 마음이 포스트잇이야. 나는 관계를 지속하는 데 목적이 없는 사람이야. 한번 그렇게 생각하자 자꾸만 자신이 내린 스스로에 대한 생각을 점점 믿게 되었다. 자신에게는 애초에 그 기능이 없다고.

수업을 한 번 빠진 것뿐인데, 오래 안 나간 듯한 기분이었다. 몇 번의 수업에서 매번 운동을 잘한다는 칭찬을 듣는 재인이었는데 그날은 이상하게 몸도 굳은 듯 동작이 잘 되지 않았다. 근육에 힘이 들어가지 않았다. 내심 좋아하는 필라테스 선생님의 얼굴을 보기도 왠지 부끄럽게 느껴졌다.

대체로 모든 동작을 열심히 따라가는 재인이었는데, 취약한 동작이 하나 있었다. 무릎을 안은 채로 몸을 말아 꼬리뼈에 중심을 두고 아슬아슬 버티다가 뒤 구르기를 하듯 굴렀다 돌아오는 동작이었다. 은영은 어떤 동작을 하든 복부의 힘이 중요해요,라고 거듭 강조했다. 뒤로 구르는 것까지 한 다음 돌아오는 순간 언제나 힘이 부족해 앉은 자세로 돌아오지 못하고 옆으로 쓰러졌다. 은영의 목소리를 되새기며 힘껏 굴렀다가 돌아오려고 해도 자꾸만 실패했다. 그날은 더군다나 자신이 없는 날이었다. 되던 동작도 안되는 날이었으니까.

자, 이제 그 동작을 할 거예요, 하는 은영에게 재인은 자신도 모르게 저 그거 잘 못해요, 하고 말하고 있었다. 어리광 부리는 것처럼 들리는 스스로의 목소리에 재인은 내뱉는 동시에 후회했고, 곧바로 은영의 표정을 살폈다. 재인은 이 친절한 필라테스 선생님이 엄살 부리는 걸 알지만 봐준다는 너그러운 표정을 짓고 있을 거라고 예상했는데, 막상 마주한 은영의 표정은 어쩐지 당부에 가까워 보였다.

갈 수 있는데, 안 가는 거예요. 재인 씨가.

재인은 자신의 표정을 재빨리 지우려고 애썼다. 놀란 표정에서 깨달았다는 표정으로 바꾸려고. 선생님 말씀을 잘 알아들었습니다, 하는 표정을 띄우려고 노력했다. 하지만 어쩐지 얼굴 근육이 잘 움직이지 않는 것 같았다. 은영은 재인을 똑바로 보고 있었다.

돼요. 그거 안 될 분이 아니에요. 겁먹지 말고 몸을 확 넘겨야 해요.

그럴까요?

그럼요. 어려우시면 뒤로 몸을 던질 때는 힘을 뺀다고 생각하세요. 그냥 넘어가야 해요. 힘을 써야 할 때가 있고 안 써야 할 때가 있는데, 뒤로 구르는 순간에도 힘을 주니까 몸이 뻣뻣해져 버려서 자꾸 멈추는 거예요.

재인은 전문가들이 확신하는 어조로 말하는 걸 들을 때 항상 신기했다. 될 거예요,가 아니라 돼요,라는 말. 명료하고 정확하게 왜 안 되는지 진단해 주는 말. 원인과 결과를 선명하게 드러내 주는 말을 자연스럽게 익힌 사람들이 부러웠다. 눈앞에 반듯한 자세로 서 있는, 제 또래로 보이는 젊은 선생님에게서도 그런 걸 느꼈다. 은영의 설명이 든든한 응원처럼 들렸으나 그럼 다시 해 볼까요, 하는 말에 곧장 몸이 다시 굳는 것 같았다. 못한다고 생각하면 편한데 말이야. 속이 복잡했다. 못한다고 인정할 때의 마음도 착잡했지만 다시 할 수 있다고 믿을 때도 부담감 탓에 상쾌하지는 않았다.

같은 동작을 연달아 세 번 다시 시도했는데 한 번은 제대로 굴러 갔다 돌아와 자세를 잡았고, 나머지 두 번은 또다시 자세가 흐트러졌다.

한 번에 성공하지 않아도 돼요.

네에.

자세가 완벽하면 좋겠지만 그게 중요한 건 아니에요. 아시죠?

그렇게 말하며 은영은 자신의 배를 가리켜 보였다. 여기, 힘, 그렇게 입 모양으로 말하며 웃었다. 고생하셨어요. 오늘은 여기까지예요. 꾸벅 고개 숙여 인사하는 은영을 보며 재인은 아쉬웠다.

마음처럼 몸도 복잡했다. 생각이 너절했고, 그래서 습관처럼 속으로 '해 본 것' 리스트에 적혀 있는 몇 가지를 반복해서 되새겨 보았다. 원 나잇, 절교, 양다리, 파혼. 그것들의 공통점은 부서졌다는 것이었다. 재인은 그 말을 두고 항상 고민했다. 부서졌다고 해야 하나, 끊어졌다고 해야 하나.

🏃

재인이 10회 수업을 끊은 필라테스 수업이 두 번 남았을 즈음에는 연말이 정신없이 지나가고 있었다. 그날 역시 퇴근 시간에 맞춰 잡은 저녁 여덟 시 수업이었다. 문득 휴대폰을 들어 날짜를 확인하니 12월 29일이었고 마지막 수업은 새해에 하게 되겠구나, 하는 생각에 조금 기분이 이상했다. 머리가 복잡했지만 운동복으로 갈아입고 수업이 시작되자 언제나 그랬듯 다른 생각은 할 수가 없었다. 자신이 어디에 힘을 주고 있는지, 근육이 제대로 쓰이고 있는지에 집중해야 했기 때문이었다.

그날 수업에서 은영은 재인이 재등록을 할까, 이대로 등록하지 않을까를 가늠하지 않기 위해 애썼다. 기대하거나 실망하지 말자고. 그런데도 괜히 마지막일지도 모른다는 생각 때문인지 안 하던 말을 하게 되었다. 그 말이 더없이 친밀하다거나 갑자기 거리감을 마구 좁히는 식은 아니었지만, 어쨌든 결국 하고야 말았다.

재인 씨랑 수업을 하면 시간이 정말 빨리 가요.

그래요?

상기된 얼굴로 재인이 웃었다.

제가 계속 말을 못 알아들어서…… 오래 걸려서 그런 거 아닐까요?

잘하고 있어요. 계속 거기가 어딘지, 찾는 부분을 찾으려고 애쓰잖아요.

그게 보이나요?

손을 대고 있으면 알 수 있어요.

그렇게 말하는 은영이 마법사 같았다.

이제 한 번 남으셨네요.

네.

재인은 그 말이 이상하게 서글펐다. 이 관계도 내가 끊을 수 있어. 다시 등록하지 않으면 이 상냥한 선생님도 다시는 보지 않는 사이로. 그런 생각 뒤에는 으레 이 모든 생각이 자의식 과잉이다, 하는 스스로를 향한 힐난이 바로 뒤따랐다. 하지만 그러면 좀 어떤가. 내가 잡는 손과 놓는 손을 알고 있으면 좀 어때. 재인은 자신의 표정에서 어떤 기미를 살피는 은영을 느꼈다. 선생님, 몸과 마음은 조금 다르네요. 마음은 손을 대지 않아도 알 수 있다는 점에서.

은영은 애써 평온하려고 노력했다. 그리고 노력하지 말기를 노력했다. 사람을 붙들려는 노력을 하지 말기로. 언제나 붙드는 역할은 그만하기로. 계속 나오시나요? 하고 묻지 않기 위해 묵묵히 데스크 뒤로 들어가 분주한 척을 했다. 계속 나올 거냐고 물어도 상술처럼 보일 거야. 오해받을 거야. 한 달 동안 수강생들의 수업 일정을 정리해 놓은 일정표를 의미 없이 훑으며 그런 주문을 걸고 있었다. 일정표에서 고개를 들었을 때 재인은 탈의실에 들어가고 없었다.

좁은 샤워실에서 몸을 씻다가 재인은 문득 자신의 몸이 낯설다는 생각을 했다. 샤워기를 든 채 몸을 뒤틀다가 배 쪽에, 갈비뼈 아래쪽부터 골반뼈 안쪽까지 사선 모양으로 근육이 잡힌 것을 발견한 것이었다. 재인은 천천히 배에 힘을 줘 보았다. 배를 더 납작하게 붙여요, 하는 은영의 목소리를 떠올리며. 힘을 주면 새로 나타난 근육이 조금 더 도드라져 보이는 걸 확인할 수 있었다. 내가 찾아낸 것, 여러 번 써서 알아낸 것. 그렇게 생각하며 근육의 모양대로 배를 천천히 쓸어 보았다.

머리를 말리고 옷을 갈아입으면서도 어쩐지 자꾸만 손이 느려졌다. 옷을 다 갈아입고, 메고 온 목도리까지 다시 잘 두르고서 재인은 데스크에 몸을 가까이 붙이고 작은 목소리로 말했다.

저 재등록하려고요.

고개를 숙여 데스크에 놓인 작은 피규어 장식에 시선을 둔 채 말했지만 재인은 자신보다 키가 훨씬 큰, 그래서 고개를 높이 들지 않는 한 얼굴이 보이지 않는 은영의 표정을 알 것 같았다. 큼직한 입매로 시원하게 웃고 있겠지. 활짝 열린 문 같은 표정을 짓고 있겠지. 재인은 그 환대의 감각에 민감했다. 과거의 나는 나를 사랑하는 사람들을 사랑했었지. 내 기준이 뭐든 간에 나를 좋아해 주는 태도 하나만으로 그 사람을 와락 좋아하고. 누가 나를 사랑하는지 아닌지, 그게 너무나 중요했던 시절이 있었다. 사랑받는 게 중요해서 상대방의 표정만 살피고 자신의 표정도 비슷하게 지어 보려고 있는 힘껏 노력했던 시기가. 내가 누구를 사랑하는지 아닌지가 중요한 지금과는 정반대의 생활 방식이 재인에게도 있었다. 시간이 흘러 그 태도를 서서히 철거하며 재인은 그건 자신의 생존 본능에 가까웠던 거라고 짧게 결론지었다. 변명할 필요는 없었다.

은영이 새로 회원 카드를 작성해 재인에게 건넸다. 재인은 신용 카드를 내밀고 삼 개월 할부로 결제해 달라고 말했다. 카드기가 카드를 읽는 소리를 들으며 영수증이 나오길 기다리다가 재인이 말했다.

우리 새해에도 보겠네요.

그러네요.

새해 복 많이 받으세요.

재인 씨도요.

은영이 카드와 영수증을 돌려주며 웃었다. 지금 재인은 자신이 짓고 있는 표정이 궁금했다. 내 표정은 어떨까. 조금 민망해하는 표정일까, 아니면 그건 내 생각일 뿐이고 필라테스 선생님의 눈에는 그저 무심하거나 무감한 표정으로 보일까.

그런데 어쩌다 이렇게 되었지, 하는 생각이 들 때마다 재인은 속으로 '해 본 것' 리스트에서 유독 도드라진 단어들을 읊었다. 독립, 절교, 파혼, 끊어진 관계들의 기록을. 그리고 생각했다. 그 리스트는 흉터가 아니라 근육이야. 누가 날 해쳐서 남은 흔적이 아니라 내가 사용해서 남은 흔적이야. 어딘가에 아직 찾지 못한 근육이 있을 것이었다. 재인은 이제 겨드랑이 뒤쪽에 있는 그 근육의 이름을 알았다.

정소현

2008년 문화일보 신춘문예에 단편 소설 「양장 제본서 전기」가 당선되며
작품 활동을 시작했다. 소설집 『너를 닮은 사람』, 『품위 있는 삶』,
중편 소설 『가해자들』 등을 썼다.
젊은작가상, 김준성문학상, 현대문학상 등을 수상했다.

어제의 일들

어머니는 밥을 먹고 있는 내 등을 쓰다듬었다.

밥이 가득한 입속으로 어머니의 말을 따라 중얼거렸다.

그리고 이해할 수 없이 복잡했던 날들을 생각했다.

차마 다 기억할 수도, 돌이킬 수도 없는 그것들은 명백히 지나가 버렸고,

기세등등한 위력을 잃은 지 오래다.

살아 있어 다행이다. 다행이라 말할 수 있어 정말 다행이다.

「어제의 일들」 중에서

1

　어제는 경찰이 주차장으로 찾아왔다. 아침 식사 전, 티타임을 가지려던 차였다.

　주차장은 대로를 향해 정문이 난 빌딩들의 뒤편에 딱 붙어 있는 데다 곧 부서질 건물들이 둘러싸고 있어 좀처럼 해가 들지 않았다. 주차장이 그늘에서 벗어나는 시간은 이른 아침 잠깐과 해가 머리 위에 있을 때뿐이었다. 주차장은 내가 직접 심거나 어디선가 날아와 뿌리를 내린 식물들로 둘러져 있었다. 이른 아침 햇빛이 빌딩 사이를 비집고 들어오는 짧은 순간, 주차장은 햇빛 가득한 정원이 되었다. 나는 그 시간을 사랑했다. 나는 커피 한 잔을 타 들고 부스 밖으로 의자를 들고 나와 앉아 햇빛을 쬈다. 떠돌이 고양이 한 마리와 비둘기 두 마리가 햇빛을 찾아들어 와 한적한 풍경을 완성시

커 주었다. 모든 게 제자리에 있었고, 아무도 찾아오지 않았으므
로 행복했다.

경찰차가 주차장 안으로 들어섰다. 고양이와 비둘기는 재빨리
달아나 버렸고 조용한 풍경은 무참히도 깨어져 버렸다. 경찰은 영
업을 하는지 물었다. 내가 그렇다고 하며 요금을 받아야 할지 고
민하고 있는데 그가 신분증을 보여 달라고 했다. 내가 여기에 없
다고 하자 장애인 등록증도 괜찮다고 했다. 장애인이라는 말을 들
으니 정신이 번쩍 들었다. 도무지 말을 듣지 않는 내 몸뚱아리를
보면 그 말도 맞는 것 같은데, 장애인이라는 말에 대해서 생각해
본 적도 없고 등록을 해야 하는지도 몰랐기에 등록증 같은 건 없었
다. 내가 빨리 대답을 하지 않자, 경찰은 귀가 먹먹하도록 소리를
질렀다.

"장, 애, 인, 등, 록, 증, 이, 요. 알, 아, 듣, 겠, 어, 요?"

'없어요.' 하고 쌀쌀맞게 대답하고 싶었지만, 내 입에서는 '업,
떠, 요.' 하고 혀짜래기소리가 나올 뿐이었다. 경찰은 한숨을 푹 쉬
더니 사장이 언제 오는지 물었다.

"안 오세요. 일은 다 내가 알아서 해요."

그는 내게 몇 시부터 몇 시까지 일하는지, 시간당 얼마를 받는지
물었다. 나는 부끄러울 게 없는 사람이므로 있는 그대로 말해 주
었다. 그는 고개를 절레절레 흔들며 사장의 연락처를 물었다. 내
가 대답을 하지 않자 그는 답답하다는 듯 말했다.

"아줌마, 신고가 들어와서 그래요. 신, 고, 가. 알아들어요? 도와

드릴테니까 대답해요."

"괜찮아요. 아무 문제 없어요."

나는 신고라는 말에 가슴이 철렁했다. 경찰은 미심쩍은 눈으로 내 주민 번호를 물었다. 그것쯤은 외우고 있었지만 모른다고 해 버렸다. 경찰은 부스 안을 흘끔거리더니 말했다.

"여기서 사는 거예요?"

"여기는 사무실이에요. 나도 집 있어요."

일어나자마자 간이침대를 접어 놓기를 잘했다 싶었다. 내가 부스에서 거의 살다시피 하지만 거짓말을 한 건 아니었다. 자주 가지는 않아도 살림살이가 있는 집이 따로 있었다. 그는 내 집 주소를 물었는데 난 그것도 못 외운다고 했다. 왠지 이야기하면 안 될 것 같기도 했고 사실 못 외우고 있기도 했다. 외우는 일은 정말 어려운데, 짐만 갖다 놓고 잘 들어가지도 않는 집의 주소까지 쓸데없이 외울 필요는 없었다.

"아줌마, 어차피 결국 다 알게 돼요. 그냥 얘기하면 편하겠구만 꼭 일을 두 번 시키네. 그 돈 받고 그렇게 오래 일 안 해도 돼요. 도와준다니까요."

"내가 하고 싶어서 하는 일이에요. 안 도와줘도 돼요."

경찰은 어슬렁거리며 주변을 살피더니 주차장 입구에 쌓여 있는 쓰레기를 가리키며 짜증스러운 말투로 말했다.

"아줌마가 하고 싶어서 하는 거라도 사장이 벌 받아요. 그리고, 저기 쌓인 쓰레기 치우세요. 이렇게 쌓여 있으면 자꾸 버리고 간다고요. 아줌마가 여기 와서 좀 봐요. 여기가 어디 주차장 같아요? 쓰레기장이지. 냄새난다고 민원이 자꾸 들어온다고요. 아 진짜. 영업을 안 하면 문을 닫든지 해야지. 이게 무슨 민폡니까?"

그가 떠난 뒤에도 주차장을 가득 채우고 있던 햇빛은 한참 그 자리를 비추고 있었지만, 나는 식어 버린 커피를 하수구에 흘려 버렸다. 조금 전까지도 그토록 아름다웠던 풍경이 황량하고 더럽게 느껴졌다. 주차장은 자동차 여섯 대가 겨우 들어갈 정도로 작은데다 시멘트로 포장만 해 놓았을 뿐 주차선도 그려져 있지 않아 유료 주차장이 아닌 공터 같았다. 양심 없는 인간들이 밤사이 입구에 쌓아 놓은 쓰레기봉투들이 주차장 안쪽으로 밀려들어 오고 있었고, 주차장 구석에는 바람이 몰고 들어온 나뭇잎과 종이 뭉치들이 굴러다녔다. 그것들은 내가 매일 아침마다 치워 왔던 것이지만 유난히 더러운 오물처럼 느껴졌고, 바닥에 덕지덕지 말라붙은 허연 비둘기 똥 자국들을 보니 구역질까지 났다. 나도 주차장으로 굴러 들어 온 쓰레기들과 다를 바 없다는 생각이 들었고, 부스 역시 누군가 버리고 간 폐가구와 다를 바 없어 보였다. 나아지려고 발버둥쳤지만 결국 제자리로 돌아온 것 같아 서글펐다.

어머니가 이 자리에 주차장을 만든 후 칠팔 년 정도는 호황이었다. 뒷골목이라 접근성이 좋지 않음에도 길 건너 의류 도매 상가와 재래시장이 있어 손님이 끊이지 않았다. 주차장이 부족했던 시절이라 차를 댈 자리를 못 찾은 손님들이 급하게 찾아들어 오곤 해 공영 주차장의 두 배까지 올려 받아도 항상 만차였다. 재래시장이 재건축되고 의류 도매 상가가 리모델링되면서 상가 주차장이 늘어났을 때만 해도 조금 귀찮더라도 돈을 아끼려는 사람들이 찾아오곤 해 큰 타격은 없었는데, 지난해 큰길에 고층 주차 타워가 생긴 뒤부터는 손님이 완전히 끊겨 버렸다. 주차장 문을 닫는다고 생각하면 입맛이 뚝 떨어졌다. 안 그래도 어머니가 자꾸만 주차장을 그만두고 싶다면서 내 갈 길을 가라고 하기에, 아직은 손님이 든다고 거짓말을 하며 내 돈으로 매상을 채우고 있던 차였다. 그런데 도대체 어떤 인간이 신고를 했을까. 혹시 내가 기억하지 못하는 일이 있었던가 싶어 노트를 뒤적여 보았지만 오랫동안 아무 일도 없었다. 심지어 거의 매일 찾아오던 율희도 발을 끊은 지 오래되었다.

2

어제도 율희가 찾아왔다. 또 자신에게 필요 없는 물건이라고 하며 선물을 들고 왔다. 차에서 내린 그녀의 손에 백화점 쇼핑백이 들려 있는 것을 본 순간, 나는 머리가 터질 것처럼 화가 났다. 그렇게 화가 난 것은 성인이 된 이후 처음이었던 것 같았는데, 도저히 그것을 가라앉힐 수가 없어 책상에 이마를 꽝꽝 내리쳤다. 머리가 깨질 듯 아파 오고서야 비로소 그 통증 때문에 화를 삭일 수가 있었다. 율희는 부스 밖에서 나를 들여다보고 있다가 내가 행동을 멈추자 쇼핑백을 건넸다. 영문을 모르겠다는 표정의 얼굴을 보자

사그라들었던 화가 다시 솟구쳤다.

그녀를 다시 만난 것은 여름이 시작될 무렵이었다. 두 달 만에 처음 든 손님이었던 그녀는 일방통행로로 잘못 들어섰다가 온 동네를 뱅글뱅글 돌아 겨우 주차장을 찾았다며 투덜거렸다. 자동차 키를 맡기고 나갔을 때까지만 해도 우리는 서로를 알아보지 못했다. 나는 어두운 부스 안에 앉아 있었고, 그녀의 얼굴은 반 이상이 선글라스로 덮여 있었다. 그녀는 요금을 정산할 때 내 목소리가 귀에 익어서 유심히 살펴보았다고 했다. 그때 난 내가 무슨 실수를 해 그녀가 노려보는 줄 알고 가슴이 두근거렸다. 주차된 차가 한 대뿐이었으니 차 넘버를 착각한 것도 아니었고, 계산기를 다시 두드려 봐도 틀리지 않았다. 혹시 자동차 키를 빨리 안 내줘서 그런 건가 싶어 슬그머니 그녀 앞에 내놓았다. 그녀는 내 이름과 내가 나온 중고등학교 이름을 말하더니 맞냐고 물었다. 내가 고개를 끄덕이자 자기가 누구인지 밝히지도 않고 호들갑스럽게 소리를 질러 대며 내 두 손을 잡고 위아래로 흔들며 말했다.

"어머, 상현아, 상현아. 그래, 상현이었어. 내가 못 알아볼 리가 없지. 목소리만 들어도 알지. 정말 상현이가 맞구나. 그동안 어떻게 지냈고? 잘 지냈어?"

그녀가 선글라스를 벗어 얼굴을 보여 주었는데, 내가 전혀 모르는 사람이었다. 알은체하지 않고 멀뚱히 바라보자 그녀는 이름을 말하면 내가 기억할 거라는 듯 말했다.

"나야, 나. 율희잖아. 정말 못 알아보겠어?"

난 그녀의 이름을 제대로 알아듣지 못하고 유리, 하고 따라 해 보았다. 그녀는 유리가 아니고 율희라고 몇 번 고쳐 말했는데, 유리건 율희건 간에 처음 듣는 이름인 건 마찬가지였다.

"유, 디, 가 아니고 윤히, 윤, 히."

입속에서 덜그럭거리는 이름을 몇 번 따라 불러 보다가 입술 밖으로 침이 흘러내릴 것 같아 그만두었다. 입속을 한가득 채운 뻣뻣한 혀가 내 것 같지 않았다. 내 것 같지 않은 건 혀뿐이 아니라 머리 또한 마찬가지였다. 아무리 머리를 쥐어짜 봐도 누구인지 도통 기억해 낼 수가 없었다. 율희는 우리가 중고등학교 시절 같은 학교를 다녔던 단짝 친구였다고 알려 주었다. 내게 친구가 있었다니 당황스러웠다. 친구가 있었다면 이십 년 가까운 세월 동안 한 번도 나를 찾지 않았을 리가 없었다. 내가 기억을 전혀 하지 못하자 그녀는 내가 몇 반이었고 내 담임의 이름이 무엇이었는지, 내가 반장 혹은 부반장을 언제 했는지, 그때 우리가 얼마나 가까운 사이였는지 이야기했다. 그녀가 이야기하는 사실들은 틀리지 않았지만 나의 친구였다는 말은 믿을 수가 없었다. 그 마음이 전해졌는지 그녀는 내가 조부모, 고모와 함께 살았다는 것과 나의 할머니가 콩가루를 섞어 반죽한 칼국수를 맛있게 끓이곤 했다고 이야기했다. 또, 나의 할아버지가 근처 남자 고등학교의 교장으로 일하다가 정년퇴직을 한 사실과 할아버지의 서재를 한가득 채우고 있던 서가와 커다랗고 묵직해 보였던 마호가니 책상도 기억했다. 할아버지가 코끝에 걸친 금테 돋보기 너머로 확대된 커다란 눈을 굴리며 '넌 누구냐. 어른을 봤으면 자동으로 허리를 접어야지.' 했을 때 호랑이 앞에 선 것처럼 숨이 막혔다고 이야기했다. 그리고 그 시절이 끝나 갈 무렵 내게 있었던 추락 사고에 대해 이야기하다가 말끝을 흐렸다. 그녀가 할아버지의 표정과 카랑카랑한 목소리와 고압적이지만 유머러스한 말투를 그대로 흉내 내었을 때, 비로소 내 기억에서 그녀가 누락되어 있다는 것을 알았다. 새로운 것을 잘 기억 못 하지만 사고 이전의 일들만큼은 확실히 기억하고 있다고 생각했는데, 그것도 아니었던 거다. 그동안 옛날 일을 온전히 기억하고 있는지 확인할 방법이 없었을 뿐이었다.

"미안해, 기억을 잘 못해. 내가, 그렇게 됐어."

나는 그녀를 세워 둔 것이 미안해져 부스 밖으로 나가 접이의자를 펼쳐 주었다. 내 왼쪽 다리는 평소보다 더 말을 듣지 않고 심하게 절룩거렸고 왼쪽 팔은 부들부들 떨렸다. 율희는 내가 펴 놓은 의자에 나를 앉히며 말했다.

"에휴, 어떻게 이 지경이 됐니."

이런 몸으로 오래 살다 보니 내 몸이 남에게 어떻게 보이는지 신경 쓰지 않게 되었다. 그런데 그녀의 말을 듣자, 오래된 부끄러움들이 한꺼번에 몰려오는 것 같았다.

율희는 그날 이후부터 아침 일찍 남편과 딸을 배웅하자마자 나를 찾아왔다. 너무 덥거나 비가 많이 오는 날을 제외하고 거의 매일 찾아온 것 같다. 나는 매번 그녀를 알아보지 못했다. 헤어지는 순간부터 그녀의 얼굴과 이름은 서서히 흐려지기 시작했고, 다음 날 아침이 되면 머릿속에서 거의 지워져 있었다. 처음 며칠은 그녀의 차가 주차장으로 들어오면 오랜만에 들어온 손님인 줄 알고 인사를 했다. 그녀는 기억하지도 알아보지도 못하는 나에게 섭섭하다고 했지만 나로서는 어쩔 수 없었다. 그녀를 만날 때마다 노트에 그녀의 이름을 쓰고, 얼굴을 그렸다. 그녀가 했던 이야기를 받아 적고 그녀가 돌아간 뒤 다시 그것을 소리 내어 읽었다. 이것은 주차장에서 일을 시작하고 생긴 습관이었다. 주차장에서 한 일은 자동차 키를 받고, 장부에 자동차 넘버와 입·출차 시간을 적고, 간단한 계산을 하는 정도였다. 가장 큰 걱정은 계산할 때 실수를 하지 않을까 하는 것이었는데, 시간이 조금 걸리는 것 말고는 괜찮았다. 그런데 차주의 얼굴을 기억하지 못해 엉뚱한 사람에게 자동차 키를 내어 주는 실수를 저질렀다. 그 이후 자동차를 도둑맞게 될 것 같은 불안감 때문에 노트를 한 권 사서 메모를 시작했다. 자동차 넘버를 적고, 자동차 심벌을 그리고, 차주의 얼굴을 그렸다. 메모를 통해 기억력을 되찾을 수 있을 거라 생각했는데 큰 효과는 없었고, 그림 실력만 조금 늘었을 뿐이었다. 기억력을 되찾는 것은 실패했지만 노트가 기억을 보완해 주기도 하고 그렇게 계속 쓰고 그리다 보면 결국에 가서는 단골손님 한둘쯤은 기억할 수 있게 되었다. 나는 일주일 정도 지나자 노트를 뒤적이지 않고도 그녀의 얼굴과 이름, 그녀의 자동차 차종과 넘버를 기억할 수 있었다. 그렇게 빨리 기억하게 된 데는 그녀의 선물이 한몫했다.

그녀의 선물은 캔 커피나 빵 같은 간식거리 정도에서 시작해 자신에게 더는 필요 없는 물건이라고는 하지만 새것으로 보이는 액세서리, 내게 맞는 구두나 옷 같은 물건들로 점점 규모가 커졌다. 나는 매번 사양했으나 그녀는 우리 사이에 자존심 같은 건 필요 없다며 받아 두라고 했다. 나는 그 물건들을 받는 것도 거절하는 것도 견딜 수가 없었다. 예의상 사양하는 것도 아니었고 율희에게 빚지는 게 싫다거나 자존심이 상해서 그러는 것도 아니었다. 그것들이 필요 없었고, 필요도 없는 물건을 억지로 가져야만 하는 상황이 견딜 수 없이 싫었다. 내게 필요한 물건은 계절마다 입을 옷 서너 벌, 신발 두 켤레, 로션 정도였다. 어쩌다가 가지고 있는 물건과 같은 품목이 생기면 어머니나 동네 할머니에게 선물하거나 동사무소 재활용 센터에 기부했다. 다 쓰고 나면 내 돈을 들여 새로 사야 할지언정 한꺼번에 여러 개를 쌓아 놓는 것은 정말 싫었다. 나는 억지로 받은 선물을 버리거나 남에게 줄 수 없어서 쇼핑백에 담긴 그대로 책상 밑에 쌓아 두었다. 그런 일이 몇 번 반복되고 나니 책상 밑은 쇼핑백으로 가득 차 발을 넣기가 힘들어졌다. 책상 밑에 가득한 쇼핑백을 보면 불편한 마음이 들었는데, 그로 인해 율희의 얼굴과 이름을 빨리 기억할 수 있었다.

나는 불편한 마음을 숨긴 채 반갑게 그녀를 맞아 의자를 꺼내 놓고 커피를 타 주곤 했다. 그녀는 마치 내 기억을 되돌려야 할 사명을 가진 사람처럼 옛이야기를 했고 나는 그 이야기들을 받아 적었다. 그녀는 내가 잊어버린 나를 아주 잘 알고 있었다. 나는 국사 선생님이 시험지 채점을 맡기고 밥을 먹으러 갈 정도로 정직한 아이였고, 도시락을 싸 오지 못하는 아이에게 자신의 도시락을 내주었던 상냥한 아이였다. 그녀는 아이들과 선생님들이 나를 매우 좋아했다고 했는데, 나는 사춘기 내내 나를 괴롭혔던 소외감과 고립감을 분명히 기억하고 있었기에 그녀가 잘못 기억하고 있거나 나를 위해 거짓말을 하고 있다고 생각했다. 그것을 제외하면 그녀의 이야기들은 사고 직후 완전히 잊었다가 서서히 돌아와 제자리를 찾은 기억들과 거의 비슷했다. 그런데 이상하게도 내 기억 속에는 그녀가 없었다. 다른 것들은 기억하면서 그녀만 잊어버렸다는 사실을 들키게 되면 그녀가 섭섭해할 것 같아 옛일들이 거의 기억나지 않는다고 얼버무렸다.

그녀는 엄청나게 기억력이 좋은 것인지 거짓말을 잘하는 것인지 아주 사소한 것까지 기억하고 있었다. 그녀는 내가 그렸던 게을러빠진 풍경화에 대해 이야기했다. 붓을 빠는 것이 귀찮아서 울트라 마린과 비리디언, 번트 엄버를 붓마다 묻혀 놓고 그 세 가지 색의 조합으로만 그렸던 탓에 채도가 낮아져 매우 음울해 보였던 수채화를 기억했다. 제대로 된 기억이 그렇게 구체적인 것이라면 나는 구멍이 숭숭 뚫린 기억만을 가지고 있을 뿐이라는 생각이 들었다. 어느 부분에 구멍이 뚫려 있는 것인지는 알 수 없는 노릇이었다. 처음에는 그녀와 나의 기억을 비교하면서 내가 잊고 있는 부분이 무엇인지 가늠해 보았다. 계속 옛이야기를 듣다 보니 어떤 깨달음에 도달했다. 내가 기억하지 못하는, 그녀를 포함한 구멍들은 중요한 일들이 아니었기에 잊혔다는 생각이 들었다. 그것들은 이미 지나갔고, 나는 그것 없이도 잘 살아왔다. 아마 내가 머리를 다치지 않았다 하더라도 이십 년 이상 지난 지금쯤이면 잊혔을 것들이었다. 그렇게 생각하니 더는 아무것도 궁금하지 않았다. 난 그녀가 이야기를 그만두었으면 좋겠다고 생각했으나 너무 열심이어서 말하지 못했다. 다만 더 이상은 그녀의 이야기를 받아 적지 않았고 귀 기울이지도 않았다.

내 마음이 어떻게 변했건 간에 그녀는 종일 떠들다가 딸이 학교에서 돌아오는 저녁이 다 되어서야 집으로 돌아가곤 했다. 그녀는 주차장에 너무 오래 머물렀고, 그로 인해 내 조용한 일상은 망가져 버렸다. 그녀는 내가 자꾸 거절해야 하는 상황을 만들었다. 이야깃거리가 떨어질 때면 그녀는 나와 함께 맛집 순례를 하거나, 수영이나 아쿠아로빅을 하거나, 문화 센터를 다니며 이것저것 배워 보자고 했다. 문화 센터의 미술 치료나 글쓰기, 노래나 악기를 배우는 일이 나의 마음을 치료하는 데 많은 도움이 될 거라고 권유했다. 내 몸은 나으려야 나을 수가 없고, 마음은 이미 괜찮아졌다는 것을 율희는 모르는 것 같았다. 구구절절 말하는 것도 힘이 들어 아주 짧게, 주차장을 비울 수 없다고 거절했다. 그녀는 자기가 와 있는 동안 차가 들어오는 것을 전혀 본 적이 없는데 왜 주차장 영업을 계속 하는 건지 이해가 안 간다고 했다. 그녀는 내가 주차장의 좁은 부스에 매여 있어서 상태가 더 나빠지는 것 같다며 다른 직장으로 옮겨 보라고 했다. 나는 내 인생의 반가량을 보낸 이곳에서 벗어날 생각이 없었다. 일흔을 훌쩍 넘긴 어머니가 자꾸 주차장을 그만두고 싶어해 말리고 있는 참인데, 내가 자리를 자꾸만 비우게 되면 정말 주차장은 텃밭으로 갈아엎어질지도 모르는 일이다. 번번이 여러 가지 거절을 해야 하는 나는 늘 불편하고 화가 났다.

그래서 나는 어제 기어이 율희의 쇼핑백을 받아 들지 않았다. 그녀는 계속 나를 향해 쇼핑백을 내민 채로 서 있었다. 이제 자리가 없으니 그만두라고, 반쯤은 소리를 질렀다. 그녀는 개의치 않는 듯 쇼핑백 안에 든 선물을 직접 꺼내 포장을 뜯었다. 그 안에는 내가 읽지 못하는 외국어가 쓰인 화장품 세트가 들어 있었는데, 처음 본 것이지만 한눈에도 고가의 물건으로 보였다.

"마흔 살쯤 되면 좋은 걸 써야 돼. 얼굴 쭈글쭈글한 거 봐라. 아무리 니가 이런 처지라도 그렇게 살지마."

"아니야. 정말 괜찮다니까. 나갈 일도 없어."

"괜찮긴 뭐가 괜찮아. 자존심 세우지 말고 그냥 받아 둬. 결혼은 해 보고 죽어야지. 계속 이 꼴이면 아무도 너 안 데려가. 혼자 살다가 시체로 발견될걸?"

율희는 신발이나 옷 같은 다른 선물을 주면서도 그런 식으로 말을 했는데 어제는 나의 확고한 거절 때문이었는지 한층 더 독한 말을 내뱉었다. 그러자 오래전에 그녀가 뱉어 낸 말들이 부옇게 덮여 있던 안개를 갑작스럽게 헤치고 우르르 뒤따라 나와 내 가슴팍을 툭툭 치고 지나갔다. 중학교 시절 나는 점심을 늘 혼자 먹곤 했는데, 다른 반이었던 그녀가 찾아와 말했다. '어머, 불쌍하게 밥을 혼자 먹네. 어떻게 아무도 너랑 안 먹어 주니? 걱정 마. 이제 내가 같이 먹어 줄게.' 나는 밥을 혼자 먹는 것이 불편하거나 부끄럽다고 생각하지 않았는데, 그 말을 듣는 순간 비참해져 울고 싶어졌다. 나는 그때의 기억이 나 기분이 나빠졌다. 어떻게 이야기하면 이런 필요 없는 호의를 그만둘지 알 수 없었다.

"나는 지금이 딱 좋아. 가족도 있고, 친구도 있고, 이웃도 있어. 내 몫의 일도 있으니까 난 여기서 혼자 늙어 죽어도 좋아. 그리고 네가 준 선물은 정말 필요 없어서 그러는 거야. 둘 데도 없어."

나는 그녀가 기분 나빠할 거라 생각했는데, 그녀는 아무 이야기도 듣지 않은 사람처럼 입가에 미소를 띤 그대로였다. 그녀의 표정은 쇼핑백으로 가득 찬 책상 밑에 발을 억지로 구겨 넣을 때처럼 답답하고 불편한 마음이 들게 했다.

"으이구, 알았다 알았어. 그래도 이건 넣어 둬. 얼마나 쥐구멍만 하기에 둘 데가 없다고 해?"

그녀는 부스 문을 열고 안으로 쑥 들어왔다. 그녀는 부스 안이 생각보다 넓고 없는 게 없다고 감탄하며 둘 곳도 많은데 엄살 부린다고 등을 쿡 찔렀다. 쇼핑백들이 그대로 책상 밑에 처박혀 있는 것을 본 그녀가 한숨을 쉬었으나 표정은 그대로였다. 그녀는 책상 앞쪽 벽에 붙여 놓은 내 그림들을 보았다. 건조시키기 위해 붙여 놓은 세 장의 그림은 바싹 말라 있었다. 다음 장을 그려야 했지만, 그녀를 다시 만난 후에 그릴 시간이 나지 않았다.

"네가 그린 거야?"

난 고개를 끄덕이며 책을 꺼내 건넸다. 그것은 내가 구 년 전 그림책 공모전에 당선되어 처음 낸 그림책이었다. 그녀는 그것을 들춰 보더니 다시 제자리에 꽂았다. 그 옆에 꽂힌 두 권의 책에 내 이름이 써 있는 것을 못 보았는지 더 꺼내 보지는 않았다.

"이 꼴로 살면서 뭘 믿고 그렇게 자존심을 세우나 했더니 믿는 구석이 있었구나. 나 같은 사람이랑은 뭣도 같이하기 싫다는 거였네. 넌 어렸을 때부터 그랬어. 남의 호의를 쉽게 거절하고, 밀어내고, 사람을 참 비참하게 만들었어. 그러니까 친구가 없었던 거야. 너는 기억 못 하겠지만, 상처받을까 봐 말 안 하려고 했는데, 너 따돌림 좀 당했어."

"나도 알아. 안 그랬으면 내가 왜 이렇게 됐겠니?"

그녀는 어이없다는 듯, 나를 한 번 쳐다보더니 책상 밑의 쇼핑백을 모두 꺼내 차에 실었다. 그러고는 뒤도 돌아보지 않고 돌아갔다. 주차장은 예전의 평온함을 되찾았다. 내가 나쁜 사람이 된 것 같은 기분이 들었지만, 모처럼 혼자인 시간을 즐기며 그녀가 다시 오지 않기를 바랐다.

3

어제는 의진 부부가 찾아왔다. 의진은 치킨을, 상혁은 맥주를 사 들고 주차장으로 각자 퇴근했다. 모처럼 주차장에 두 대의 차가 서 있어서 마음이 흡족했다. 의진은 내가 태어나서 처음 사귄 친구다. 적어도 율희를 다시 만나기 전까지는 그녀가 유일하다고 생각했다.

그녀와 나를 엮어 준 것은 나의 불운이었다. 내가 사고를 당하는 불운이 없었다면 머리를 다치는 일도 없었을 것이고, 이 정도로 머리가 나빠지지는 않았을 것이다. 그랬다면 주차장 같은 곳에서 일하지 않았을 거고, 노트에 메모를 그렇게 열심히 하지도 않았을 것이다. 아마 노트에 메모를 하지 않았다면 결코 그림을 그릴 수 없었을 것이다. 내가 그린 그림이 그녀를 이곳으로 데려왔고, 그녀와 친구가 된 것은 내 인생에서 얼마 되지 않는 행운이었다. 처음에 불운이라고 생각했던 것이 훗날 행운으로 변한 것이 꽤 있는 걸 보면, 살아 있는 게 다행이라는 생각이 들었다.

멀쩡하게 장사가 잘되던 주차장의 손님이 눈에 띄게 줄어들어 갈 때, 어머니는 맑은 날도 흐린 날도 있는 거라며 괜찮다고 했지만 나는 내가 불운을 몰고 다녀 그렇게 된 것 같아 급여를 받는 것도 미안해졌다. 그때부터 늦은 시간에 들어오는 손님까지 놓치지 않으려고 퇴근하지 않고 주차장에서 지냈다. 딱히 할 일도 없고 멍하게 있는 것이 싫어서 주로 외울 것들을 메모하던 노트에 다른 것들을 쓰고 그렸다. 내가 기억하는 옛일들, 가족들과의 추억, 내가 잘못한 일이나 잘한 일, 나를 이렇게 몰고 온 것들, 가족들에게 하고 싶은 말 같은 것들을 적어 두고 옆에 그림을 그렸다. 새벽 시장의 손님이 완전히 끊기고 밤 시간이 온전히 내 것이 된 뒤에는 물감과 종이를 사서 본격적으로 그림을 그렸다. 날마다 그린 작은 그림들은 빠른 속도로 쌓였는데, 어머니는 그것을 그냥 버리기 아까워해 아버지의 세탁소 벽에 붙여 놓고 자랑하곤 했다. 그것을 본 이웃들은 그냥 썩히기 아까운 솜씨라며 내가 뭐를 어떻게 해서든 무엇이라도 되기를 바랐지만 그 '뭐'나 '어떻게'나 '무엇'이 무엇인지 알 수 없었다. 한 젊은 여자 손님이 그림책 공모전이 있다는 것을 알려 주기 전까지 나도 내가 무엇을 할 수 있을지 전혀 감을 잡지 못했다. 나는 처치 곤란한 그림들을 모아서 공모전에 응모하기 시작했는데 번번이 떨어졌다. 당선될 거라고 생각했던 것도 아니고 딱히 다른 할 일이 있는 것도 아니어서 포기하지 않고 연례행사처럼 응모하곤 했다.

의진은 내가 응모했던 원고를 들고 나를 찾아왔다. 연락처가 없어 주소를 보고 찾아왔다고 하기에 당선이 되면 으레 그러는 줄 알고 혼자 좋아했다. 의진은 공모전을 개최한 출판사의 담당 직원이었던 상혁의 여자 친구일 뿐이었고 사적인 방문이었다. 그녀는 내 원고를 우연히 보았는데 그림이 마음에 들어 나를 꼭 만나고 싶었다고 하며 명함을 건넸다. 그녀는 대안 공간의 큐레이터로 서양화를 전공했다가 적성에 맞지 않아 미술 이론으로 석사 학위를 받은 지 얼마 안 되었다고 자신을 소개했다. 큐레이터, 전공, 대학원, 석사 이런 말들은 입에 올려 본 적조차 없었던 것들이었기에 그녀가 나와는 다른 부류로 여겨져 위축되었다. 의진이 훗날 말하길 상혁이 내 그림을 보여 주며, 매년 조금 이상한 원고를 몇 편씩 내는 사람이 있는데 왠지 무섭다고 했다고 한다. 그도 그럴 것이 그때는 어떻게 이야기를 만들고 어떻게 글을 써야 하는지 전혀 몰랐다. 이미 그려 놓은 그림들을 붙여 이야기를 만들기도 했고, 이야기를 만들어 그림을 그리기도 했는데, 끝도 시작도 없는 이야기들이었다. 게다가 그때는 나를 이렇게 만든 것들과 나 자신을 원망하는 마음이 엄청나게 컸으니, 그게 드러난 그림들이 무섭게 느껴질 만도 했다. 그녀가 본 원고는 자신이 물고기라고 생각하는 소녀가 원래 자신이 무엇이었고 왜 그런 이상한 생각을 하게 되었는지 알아 가다가 결국 강으로 뛰어들어 물고기가 되는 이야기였다. 아동용 그림책에 맞지 않는 기괴한 내용이었음에도 에메랄드빛 강을 배경으로 한 몽환적인 수채화가 인상적이어서 나를 찾아왔다고 했다. 그녀는 다른 그림을 볼 수 있는지 물었다. 그림은 넘치도록 많았으므로, 책상 밑에 쌓인 그림들을 꺼내 보여 주었다. 그녀는 자리를 잡고 앉아 그림들을 찬찬히 들여다보더니 다른 방식으로 글을 써 보면 좋은 결과를 얻을 수 있을 것 같다고 말했다. 의진은 퇴근 후 가끔 나를 찾아와 그림과 이야기의 방향에 대해 이야기를 나누었다. 처음에 그녀는 내가 자기와 대화하기 싫어 딴짓을 하는 줄 알았는데, 그녀의 이야기를 잊지 않기 위해 받아 적고 있었다는 것을 알고 놀랐다. 자기를 매번 기억하지 못할 만큼 내 기억력이 좋지 않다는 사실에 놀랐고, 누군가가 자신의 이름과 얼굴을, 자신이 한 이야기를 잊지 않기 위해 노력하는 건 처음이라며 감동하기까지 했다.

결국 난 이듬해, 늘 응모하던 공모전에 당선되었다. 당선작이

출간되고, 의진이 다른 일러스트레이터들과 나를 묶어 그림책 원화전을 기획해 전시를 하기도 했다. 어머니는 내가 정말 한 사람 몫을 제대로 하게 되었다며 앞으로 완전히 다른 인생을 살 수 있을 거라고 기뻐했다. 그러나 나는 부스에 앉아 그림을 그리기 시작한 그 밤에 이미 이전과는 다른 세계로 진입했기에 더 달라질 것이 없다고 생각했다. 작가가 된 것은 그 결과일 뿐이었다. 나는 계속 주차장에서 일을 하고 그림을 그렸다. 어차피 살아가는 데 돈이 많이 드는 것도 아니었고 성공하고 싶은 생각도 없었기에 다른 것은 바라지도 않았다. 그동안 나는 상혁이 독립해 만든 출판사에서 두 권의 책을 더 냈다. 의진은 자기가 한 일이 없다고 했지만, 내가 쓰는 이야기가 써도 될 만한 내용인지, 말이 되기는 하는 건지 봐 주었고 팬 블로그도 운영했다. 블로그에 내 책에 관한 이야기, 일러스트와 짧은 글, 책의 리뷰 같은 것들을 간간이 올렸고, 가끔은 작업 근황에 대해 올리곤 했는데, 아주 많지는 않지만 고정적인 독자나 책 검색을 통해 들르는 사람들이 있다고 했다.

의진이 찾아온 이유는 얼마 전부터 블로그에 올라오기 시작한 악의적인 익명의 댓글 때문이었다. 나는 블로그가 무엇인지 잘 모르므로 그것이 어떤 상황인지 이해되지 않았지만 그녀가 신경 쓰는 것 같아 대수롭지 않게 말했다.

"지웠으면 되지 뭐."

그러나 지운 다음 날 그 자리에 똑같은 댓글이 달렸고, 다른 글에도 하나씩 같은 댓글이 붙기 시작했다. 지워도 자꾸만 올라오는 것을 보면 누군가 악의적으로 하고 있는 일 같아 내가 알아 두어야 할 것 같다고 하며 의진은 댓글을 보여 주었다.

'거짓 이야기 만들지 말고 네가 저지른 나쁜 짓에 대한 반성문이나 써라. 너에 대한 더러운 소문을 알고 있다.'

상혁도 그 비슷한 시기에 출판사 건의 게시판에 며칠에 걸쳐 반복적으로 나를 모함하는 글이 올라왔다고 했다. 블로그 댓글처럼 짧은 글이 아니라 조금 긴 글이었다. 나와 중고등학교 동창임을 밝힌 독자가, 내가 중학교 시절부터 고등학교 때까지 유부남 미술 교사와 부적절한 관계를 지속했다고 했다. 그 소문이 퍼지게 되자 나는 따돌림을 당했고, 그로 인해 자살 기도를 했던 것이라고 써 놓았다. 그 일로 교사는 구속되었다가 풀려나긴 했지만 해직되었고, 부인과도 이혼했다고 했다. 그리고 어린 나이에 한 가정을 파괴한 파렴치한 작가가 아이들을 대상으로 책을 쓰는 것도 역겹다며, 사실을 밝히고 조처하지 않으면 불매 운동을 벌일 거라고 했다.

"그렇게 자세히 읽어 줄 필요는 없잖아? 기분 나쁘게."

의진은 상혁이 무신경하다며 화를 냈다. 그들이 자꾸 툭탁거리는 것이 내 탓인 것 같아 나는 아무렇지도 않다고 했다. 사실 나는 그들의 말을 듣고도 그게 무슨 뜻인지 도통 이해가 가지 않았다. 더러운 소문, 부적절한 관계가 구체적으로 무엇이겠냐고 물으니 의진은 좀 난감해하면서 조심스럽게 말했다.

"뉘앙스로 봐선 섹스 스캔들을 말하는 것 같아. 말이 돼야 말이지. 중학생이면 애잖아."

나는 갑자기 웃음이 터져 나와 멈출 수가 없었다. 그 순간에는 사십 년 동안 남자 손도 한번 못 잡아 본 나에게 건네는 더러운 농담이라고 생각했다.

"내가? 정말? 내가 그랬다고?"

나의 웃음에 안심이 되었는지 의진 부부도 따라 웃었다. 웃다 보니 어디선가 맡아 본 냄새가 훅 끼쳐 오는 것 같았다. 그것은 밖에서 오는 것이 아니라 내 몸속에 저장되어 있다가 피어오르면서 그 시절의 기억을 불러오는 냄새였다. 그 냄새는 따뜻하고 비릿한 체취였는데 부드럽고 포근한 느낌이었다. 그것은 선생님의 하얗고 갸름한 얼굴을 가까이 불러왔다. 그리고 그의 목덜미에 송골송골 맺힌 땀과 단단한 어깨, 넓은 등을 하나하나 되살렸다. 뺨에 와 닿던 그의 부드러운 손이 떠올랐을 때, 나는 더 이상 웃을 수가 없었다. 그의 다정했던 목소리와 그의 차 안에서 듣던 '들국화'의 노래가 귀에 들려오는 것 같았다. 마치 헤어진 옛사랑을 떠올릴 때처럼 마음이 설레고 아팠다. 차라리 기억에서 완전히 사라져 버렸다면 마음이라도 편했을 텐데, 어설프게 떠오른 기억들 때문에 절대 그런 일을 한 적이 없다고 장담할 수 없었다. 나와 율희가 기억하는 것이 그렇게 다른데, 진짜 나는 또 얼마나 다른 사람이었는지 알 수가 없었다.

"같은 시기에 올라온 걸 보면 같은 사람인 것 같은데, 왜 그러는 걸까 싶어. 원한이 있는 사람처럼 그러는 게 영 마음에 걸려서 이야기해 두는 거야. 내용이야 뭐 말할 것도 없지. 마음에 담아 두지 말아."

떠오른 기억을 의진에게 차마 이야기하지 못했지만, 그런 일을 한 적이 없다고도 말하지 못했다.

"사실 나도 잘 모르겠어. 기억 못 하는 건지도 모르고. 나를 믿을 수가 있어야지."

의진은 어이없다는 듯이 대답했다.

"내가 너를 십 년 가까이 봤잖니? 너는 그런 사람이 아니야. 네가 살아온 세월 자체가 그걸 증명하고 있는데 뭔 소리? 너도 널 믿어. 이건 단순한 악플이야. 골치 아프니까 일단은 계속 지울 거야. 당신도 조처고 뭐고 간에 그냥 지워 버려. 더 골치 아프게 하면 신고하자고."

의진은 내 노트를 펼치고 연필꽂이에서 마커 펜을 꺼냈다.

"너는 걱정 말고 그림이나 그리셔. 얼른 그리셔. 찝찝할 때마다 이거 펼쳐서 따라 읽어. 기억이 안 나면 외워."

'나는 그런 사람이 아니다.'

커다랗고 굵은 글씨로 노트에 꽉 차게 써 놓았다. 그녀의 글씨는 동글동글하면서도 끝이 날렵해 경쾌한 느낌을 주었다. 그 문장을 경쾌하게 따라 읽어 보려 했지만 입이 떨어지지 않았다. 나는 그 말을 믿을 수가 없었다.

4

어제는 옛집에 다녀왔다. 다녀온 것은 아니고 그냥 지나쳤다고
하는 게 맞겠다. 나는 율희의 차에 타고 있었고, 어딘가로 가는 길
이었다. 율희가 오랜만에 찾아와 다짜고짜 차에 타라고 했다. 무
엇 때문이냐고 묻자 그녀는 보조석 문을 열고 선 채로 나를 쳐다보
며 말했다.

"오늘 일당은 내가 줄 테니 그냥 타. 선생님 소식이 궁금하다
면서?"

그녀는 내가 전화를 해 물어봐 놓고 또 잊었다며 타박을 했다.
나는 부스의 창을 내리고 문을 잠근 뒤, 그녀의 차에 올랐다. 나는
다급한 마음에 물었다.

"저기, 나, 미술 선생님이랑 이상한 소문이 있었다는데, 진짜야?"

"이상한 소문이 있었다는 게 진짜냐는 거야? 아님 그 이상한 내
용이 진짜냐는 거야?"

"둘 다. 그때 나한테 이야기해 준 적 없었지? 난 처음 알았어."

"아, 언제 적 이야길 하는 거야. 기억도 안 나. 소문이 한두 개 돌
아다니는 것도 아니고, 그러다가 사라지는 거지, 그런 걸 아직까지
누가 기억하겠어."

"그 소문이 믿어져? 말이 된다고 생각해?"

"나야 뭐 둘 사이에 뭔 일이 있었는지 모르지. 소문이 어떻든 너
만 아니면 되는 거 아니야? 그리고 그 변태 선생한테 한두 명 당한

게 아니야. 우리가 다 응징했으니까 신경 꺼."

나는 그녀의 말에 적잖이 당황했다. 그 선생님은 그런 사람이 아니었어,라고 말하고 싶은 것을 간신히 참았다. 그녀가 말하는 우리가 누구인지 알 수 없어 물었지만 율희는 "있어."라는 말로 일관했다. 율희의 자동차는 큰길로 나갔다. 주차장에서 50미터만 나가면 큰길이었지만 오랫동안 그리 나갈 일이 없었다. 율희는 내가 묻는 말에 대답하지 않고 말을 돌렸다.

"저기 길 건너 시장에도 못 가 봤지? 주차장 밖으로 나가 본 적은 있니?"

율희는 친절한 말투로 말했지만 나는 조금 기분이 나빴다. 나도 시장 정도는 가 보았다. 가족도 찾아오지 않는 나를 십 개월간 보살펴 준, 지금 내가 어머니라고 부르는 간병인을 따라서 동네에 들어왔던 날 그곳에 갔다. 병원에서 오는 길에 이불과 간단한 가재도구를 사기 위해 들렀던 시장은 헐겁게 들어선 나지막한 상가 건물들과 길바닥의 난전들로 뒤엉켜 복잡하고 더러웠다. 지나가는 오토바이와 짐꾼들이 다리를 절며 굼뜨게 걷는 내게 빨리 비키라고 소리를 질러 댔고, 상인들은 가격만 묻고 지나가는 어머니의 뒤통수를 향해 재수 없다고 악다구니를 썼다. 나는 아비규환의 세상에 맨몸뚱이로 내던져진 것 같아 슬프고 두려웠다. 어머니는 앞으로 이런 곳에 오지 말자고, 좋은 말만 듣고, 좋은 사람만 만나자고 하며 내 손을 꼭 쥐고 얼른 길을 건넜다. 그 뒤로 다시는 그곳에 가지 않았다. 길 건너편에는 멀리서도 한눈에 보이는 높은 빌딩과 아케이드가 있었고, 의류 쇼핑센터 옆에는 말로만 듣던 거대한 주차 타워가 있었다. 줄을 서서 타워로 진입하는 자동차들의 꼬리 물기 때문에 그 일대의 교통이 매우 혼잡했다. 그 광경을 직접 보고 나니 이제 우리 주차장은 정말 끝난 게 맞다는 생각이 들었다. 복잡한 도심을 빠져나와 터널로 들어선 자동차는 한참을 달려 반대편의 출구에 도달했다. 율희는 내 옆쪽 창밖을 가리키며 말했다.

"저기가 너 살던 아파트야. 기억나?"

아파트는 지나간 세월만큼 허름해진 채로 그 자리에 있었는데, 그동안 울창해진 나무들이 주변을 둘러싸고 있어 마치 뒷산의 일부가 된 것처럼 보였다. 나는 그 아파트에서 조부모님과 고모와 함께 살았다. 내가 그곳에 간 것은 세 살 무렵, 교통사고로 부모님을 한꺼번에 잃은 뒤였다. 조부모님과의 생활은 늘 조용했지만 소소한 즐거움이 있었다. 할아버지는 나를 도서관이나 서점에 데려가는 것을 좋아했다. 할아버지와 나란히 앉아 책을 읽다가 내가 모르는 것을 물으면 대답해 주지 않고 도리어 내게 이상한 질문을 던졌다. 할아버지의 질문에 계속 답하다 보면 결국 내 질문의 답까지 도달하긴 했지만, 놀림을 당한 것 같아 뾰로통해지곤 했다. 달달한 간식을 사 주면 금세 풀어져 헤헤거리는 나를 데리고 할아버지는 도심을 산책하며 옛이야기를 해 주었다. 할머니는 계절이 바뀔 때면 나를 백화점으로 데려가 새로 나온 원피스와 속옷을 사 주었다. 쇼핑이 끝나고 우리를 데리러 온 할아버지와 함께 백화점

식당가에서 일식 돈가스와 메밀국수를 먹고 새로 개봉한 가족 영화를 보거나 공원을 산책했다. 조부모님은 나와 함께 걷는 것을 좋아했다. 매일 이른 새벽마다 뒷산에 오를 때도 나를 데리고 가고 싶어 했지만 난 잠에 취해 일어나지 못했다. 아파트의 뒤편은 뒷산을 향해 있어 내 방이나 뒤 베란다 창 앞에 서면 산책로로 이어지는 길이 보였다. 뒤늦게 잠에서 깨어 창밖을 내다보면 산책로를 걷던 할머니와 할아버지가 어느새 나를 향해 손을 흔들어 주었던 것을 기억한다. 나는 어디에 있건 늘 할머니, 할아버지와 연결되어 있는 듯한 기분이 들었다. 그곳에서 보낸 시절은 내 인생에 다시없을 완벽한 시간이었으므로 잊을 리가 없었다. 결국 함께 뒷산을 한번 못 갔네, 하고 혼잣말을 삼키다가 결국이라는 말이 참 싫은 단어였구나, 하고 깨달았다.

"너희 집이 제일 바깥 동 오 층이었잖아. 그런데 이제 와서 하는 이야기지만, 계속 궁금했어. 그때, 오 층이란 거 생각 못 했어?"

"그때?"

"너 사고 쳤을 때 말이야. 이것도 기억 못 하려나? 이렇게 되는 걸 원한 건 아니었을 텐데. 정말 안됐어."

나는 그녀가 무엇을 묻고 있는지 이해했으나 나를 위로하는 건지 조롱하는 건지는 알 수 없었다. 고등학교 3학년이었던 나는 오월의 첫날 이른 아침, 속치마와 스타킹을 걷으러 뒤 베란다에 나갔다가 학교를 안 갈 수 있을 뿐 아니라 고통을 근본적으로 끝낼 수 있는 간단한 방법을 떠올렸다. 방충망을 열고 속치마를 머리에 쓴 뒤 난간 밖으로 허리를 숙이는 것까지 순식간의 일이었다. 창밖은 아주 화창한 봄날이었고, 아파트 뒷마당에는 아무도 없었다. 언제고 죽을 거라면 그날이 딱 좋을 것 같았다. 깊은 생각 따위는 필요도 없었다. 내가 조금만 느렸더라면, 조금 덜 힘들었더라면 그곳이 오 층이라 실패할지도 모른다는 생각을 했을 것이고, 아마도 그 길로 엘리베이터를 타고 아파트 옥상으로 올라갔을 것이다. 옥상으로 올라가는 동안 마음이 바뀌어 다시 내려왔을 수도 있었을 테고, 올라갔다면 어쨌든 지금처럼 불편한 몸으로 살아 있지는 않았을 것이다. 한때 이런 몸으로 살아 있는 것이 저주스러웠던 적도 있었지만, 지금은 그렇지 않다. 어쨌건 살아 있으니 이곳에 다시 와 보는 날도 있는 거 아닌가 하는 생각이 들었다. 나는 뭐라고 대답해야 할지 몰라, 응, 하고 대충 대답했는데 그녀가 딱히 대답을 원해서 물은 것 같지는 않았다.

"나는 이 동네에 진짜 오랜만에 와 봐. 우리 부모님은 오래전에 이사하셨거든. 너희 가족들은 아직 여기 사시니?"

율희에게 사고 뒤 내가 집으로 다시 돌아가지 못했다는 말을 했는지 기억나지 않았지만 입에 올리기 싫어 대답하지 않았다.

"이런, 미안. 의절당했다고 했지."

율희는 뒤늦게 생각났다는 듯 말했다. 그 말을 듣고 나니 콘센트 플러그가 빠져 있는 것을 뒤늦게 발견한 듯한 기분이 들었다. 십 개월 넘게 병원에 입원해 있는 동안 할머니는 한 번도 찾아오지 않았고, 할아버지는 단 한 번 찾아왔다. 일주일이 넘도록 의식이 없다가 정신을 차렸을 때 할아버지가 침대 옆에 앉아 있었다. 나는 그곳이 어디인지, 무슨 일로 누워 있는 건지 알 수가 없었다. 할아버지가 나를 향해 '죽을 용기로 살았어야지.' 하고 울부짖는 것을 듣고서야 내가 큰일을 저질렀다는 것을 알았다. 기억이 돌아오지 않았던 데다가 아무 생각도 할 수 없었던 상태였지만 그 말이 틀림없이 틀렸다고 생각했다. 그것은 생각이 아니라 반사에 가까웠다. 분 단위, 초 단위로 용기를 쥐어짜며 삶을 버티는 것과 한 번의 용기로 모든 것을 끝내 버리는 것을 등가로 놓는 건 말이 안 된다고 생각했다. 내가 왜 그런 슬픈 생각을 하게 되었는지는 전혀 기억나지 않았다. 멍청하게 바라보는 나를 보며 울던 할아버지는 병실을 나갔고 다시는 찾아오지 않았다. 퇴원할 때 찾아온 사람은 고모뿐이었다. 고모는 내 옷가지 등속을 담아 온 커다란 캐리어를 건넸고, 내 이름으로 된 통장을 주며 이제 내 갈 길로 가라고 했다. 통장에는 허름한 원룸 전세를 얻을 정도의 돈이 들어 있었다. 자기는 할 만큼 한 거라고, 엄청난 액수의 병원비 영수증을 보여 주었다. 고모는 나 때문에 집안이 풍비박산이 났으며, 장애까지 얻은 나를 부양할 수 없으니 집을 나가라고 했다. 내가 내쳐져야 할 만큼 잘못한 것인지 이해가 되지 않았고, 왜 그런 일을 했는지 한마디 물어보지 않는 가족들이 원망스럽긴 했지만 어쨌거나 잘못을 저지르긴 한 것 같아서 고모의 말대로 해야겠다고 생각했다. 아무리 그래도 할머니와 할아버지에게 용서라도 빌고 마지막 인사라도 하겠다고 하자, 고모는 내가 이렇게 망가진 꼴을 아무도 보고 싶어 하지 않는다며 다시는 가족 앞에 나타나지 말라고 했다. 그것이 그들의 마지막 부탁이라고 했다. 나는 집으로 돌아가지 못했고, 가족들을 다시 만나지 못했다. 그러한 부탁이라도 들어주는 것이 사죄하는 길이라 생각했는데, 과연 잘한 건지 잘 모르겠다. 나는 잠시 차에서 내려 집에 다녀오고 싶었지만, 그런 식으로 찾아가는 건 아닌 것 같아 다음에 가기로 했다.

내 노트에는 내가 살던 아파트와 뒷산의 풍경이 그려져 있을 뿐, 우리의 대화 내용은 여기까지만 쓰여 있었다. 고통스러운 기억을 떠올리는 것만으로도 힘들어 메모를 계속할 수가 없었던 것일까. 우리가 어디로 가고 있었는지도 써 두지 않아서 잊었다. 선생님을 만난 것이 아닌가 생각해 보았는데, 그것도 아닌 듯했다. 선생님을 잊을 리가 없는 데다 아무것도 쓰지 않을 수 없었을 것이다. 머리가 더 나빠지는 것 같은 기분이 들었다.

5

어제는 중학교 동창들이 찾아왔다. 점심에 부친 김치전을 들고 왔던 어머니가 돌아가는 중이었는데, 주차장으로 자동차 세 대가 줄지어 들어왔다. 어머니는 손님이 계속 들어오긴 하는구나, 하며 얼른 돌아갔고 나는 무슨 일인가 하는 생각이 들었다. 여자 넷이 차에서 내려 내게 알은체를 할 때도 난 그들이 그냥 손님인 줄 알았다. 그들은 내가 자신들을 못 알아보는 것이 거짓말이라 생각하는 건지 아니면 신기해서 그러는 건지, 정말 모르는 거냐고 되물었다. 그들은 내가 율희와 함께 그들이 모여 있던 곳에 간 적이 있다고 했다. 노트를 뒤적여 봐도 그런 기록은 없었는데, 곰곰이 생각해 보니 그런 것 같기도 했다. 그들의 얼굴은 처음 보는 것처럼 낯설었다. 그들 중 몇은 완전히 푹 퍼진 아줌마가 되어 있었고 몇은 젊은 차림새를 하고 있었지만 나이를 속일 수 없는 얼굴이었으나, 모두 나보다는 젊어 보였다. 이십 년 넘게 너만 뺀 나머지 아이들이 모두 만나고 있었다는 율희의 말이 떠올랐다. 나를 뺀 나머지라는 말은 언젠가 내가 거기 들어 있었다는 이야기처럼 들렸는데, 나는 그런 친구들이 있었는지조차 기억나지 않았다. 그들은 우리가 만났던 날, 갑작스러운 만남에 당황해서 이야기를 많이 나누지 못해 찾아온 거라고 했다. 나는 그들에게 다시 자기소개를 좀 해 달라고 했고, 노트에 그들의 얼굴을 그리고 이름을 써 두었다. 미영, 지영, 선미, 예숙. 나는 그들 중 몇 명의 이름을 알고 있었다. 사실 내가 알고 있는 이름이 그들의 이름인지는 잘 모른다. 여자들의 이름은 거의 비슷비슷했다.

  내가 입원해 있는 동안 비슷한 이름을 가진 수많은 여자아이들이 병실을 다녀갔다. 반 아이들은 내가 혼수상태였을 때 모두 다녀갔다고 했다. 그들은 메모장에 짧게 글을 남기고 갔다. 모두 미안하다, 얼른 일어나서 함께 학교 다니자는 이야기들이었다. 의식이 돌아온 뒤에도 아이들의 방문은 끊이지 않았다. 입원해 있는 동안 나를 알고 있는 아이들이 대부분 찾아온 것 같았다. 같은 재단 중학교에서 고등학교로 진학을 했으므로 거의 전교생에 가까운 아이들이었다. 아이들은 내 손을 잡고 대성통곡을 하거나, 무릎을 꿇고 빌었다. 나는 그들이 내게 무슨 짓을 해 미안하다고 징징대는 건지 알 수 없었고 기억도 나지 않았다. 그들은 내가 자기들 때문에 투신을 했다고 생각하는 것 같았다. 사실 나는 왜 그런 무서운 짓을 결심했는지 도통 이해가 가지 않았고 기억도 나지 않았다. 자기들이 따돌리고 괴롭혀 내가 그런 거라고 울고불고하니 그런가 보다 했다. 아무것도 기억나지 않았으므로 그들의 사죄도 와닿지 않았다. 나는 그저 찾아와 우는 것이 귀찮아서, 그래, 다 용서한다, 괜찮다,라는 말을 기계적으로 해 주었을 뿐이다. 울며 들어온 그들은 웃는 얼굴로 돌아가곤 했고, 나는 그들의 예쁜 다리와 건강한 걸음걸이를 견디기 힘들었다. 그들이 용서받고 행복하게 사는 동안, 나는 병실 커튼 뒤 사람들이 웅성거리며 했던 말처럼 '반병신'이 되어 고통스러운 인생을 살아가게 될 거라는 생각을 하면 괴로웠다.

그들이 왜 나를 찾아왔는지 잘 모르겠지만, 선생님에 대해 물을 수 있을 것 같아 일단 앉을 수 있는 모든 것들을 꺼내 자리를 만들어 주었다. 그들과 나는 주차된 차로 비좁아진 주차장에 둘러앉아 이야기를 나누었다. 오랜만에 만난 친구들과 할 수 있는 이야기는 옛날이야기뿐이었다. 기억하거나 못 하거나 별 상관없는 이야기, 하나마나한 이야기들이었다. 그들은 내가 모든 것을 잊은 줄 알고 이야기를 아름답게 윤색했다. 그러나 그 일들은 굳이 떠올려 봐야 좋은 것이 없었기에 뒤로 밀려나 있던 기억이었을 뿐, 몇 가지 키워드를 통해 빠르게 내 머릿속에서 사실 그대로 재생되었다.

　나와 함께 미술반이었다는 지영은 우리가 학교 대표로 사생 대회에 나갔던 이야기를 해 주었다. 그녀는 내 완성된 그림과 옷에 붓을 빤 물을 엎었고, 옷을 닦아 준다며 그림을 옷에 문질렀다. 물에 흠뻑 젖은 그림은 찢어져 버리고, 내 옷은 물감 범벅이 되었다. 나와 같은 아파트에 살았던 미영과 예숙은 나와 함께 하교를 했던 사이라고 했다. 그들은 내가 쌀집 앞에 놓아 둔 콩 다라이 위로 넘어지는 바람에 콩과 팥이 뒤섞여 버린 이야기를 하며 웃었다. 나는 내 등을 떠밀던 작은 예숙이의 손을, 둘은 학원에 가야 한다며 집으로 가 버리고 나 혼자 해가 질 때까지 그것을 나눠 담았던 일을 기억하고 있다. 입을 다문 채 아무 말 하지 않고 있던 선미는, 물론 범인으로 밝혀지지는 않았지만, 체육 시간이 끝난 뒤 내 교복을 가위로 다 잘라 버렸고, 구두를 쓰레기장에서 불태웠다. 지영과 예숙은 함께 쓰레기통을 비우고 오다가 수돗가에서 걸레를 빨고 있는 나를 지나쳐 가며 이상한 소리를 지껄였다. '걸레가 걸레를 빨고 있네.' '서 있는 뒷모습만 봐도 처녀인지 아닌지 딱 알 수 있대.' 나는 곧잘 '더러운 년'이라는 말을 듣곤 했는데, 사고 이후 들은 '병신 같은 년'이라는 말보다 훨씬 더 많이 들었다. 교복 블라우스가 네 개에 치마가 세 개였고, 날마다 빨아 빳빳하게 다려 입었는데도 그런 소리를 듣는 것이 이해가 안 됐다. 그때는 무슨 말인지 몰랐지만, 소문을 알고 보니 그런 소리가 나오는 것도 이상하지 않았던 상황이었다. 다른 아이들이 내게 침을 뱉은 일, 일부러 건 다리에 걸려 계단을 구른 일, 책상 서랍에 우유가 한가득 부어져 있던 일이 쭈뼛거리며 뒤따라 나와 내 앞에 널브러졌다. 그때 힘들고 비참했던 마음이 퍼렇게 살아 올라 내 가슴을 깊게 찔렀고 그 마음이 재생시킨 수많은 기억들이 한꺼번에 내 머리를 치고 지나갔다.

나는 그 시절 늘 죽고 싶은 마음이 들곤 했지만, 내 얼굴과 머리에 침을 뱉은 아이를 죽이기 전에는 절대 혼자 죽지는 않겠다고 다짐했다. 꼭 잘돼서 그들이 어떻게 할 수 없는 사람이 되겠다고 결심했다. 책상 앞에 그 아이들의 이름을 써 붙여 놓았던 것 같은데, 정작 그 이름들은 기억나지 않는다. 나는 이를 악물고 육 년을 견뎠다. 같은 재단의 고등학교로 진학하니 새로운 아이들이 유입되어 괴롭힘은 조금 덜해졌다. 중학교 시절에 비하면 살 만했고 졸업도 얼마 안 남았던 그때, 뒤늦게 왜 그런 일을 했던 건지 정말 이해가 되지 않았다. 나는 그들에게 미술 선생님에 대해 물었다. 그들은 지난번 만났을 때 율희 앞에서 모든 것을 이야기해 주지 못한 것이 마음에 걸렸고, 선생님을 만나게 해 주고 싶어 찾아왔다고 했다. 계속 침묵을 지키고 있던 선미는 어렵게 입을 뗐다.

"우리가 선생님 인생을 망쳤어. 율희는 선생님이 죗값을 덜 치렀다고 하지만, 우리는 그 애랑 달라. 난 죄책감 때문에 종교까지 가졌어."

선미는 눈물을 글썽거렸다. 나는 그녀가 무슨 말을 하는지 알아

듣지 못했다. 그들은 내가 병원에 누워 있을 때 일어났던 일들을 이야기해 주었다.

사고가 터진 다음 날, 할아버지가 중학교로 선생님을 찾아가 주먹을 휘둘렀다는 이야기가 고등학교까지 퍼져 나갔다. 선생님이 구속되어 재판정에 서게 되었을 때, 증언을 한 것이 이 네 명과 율희였다. 그들은 선생님이 자신의 몸을 만졌고, 옷 속을 더듬었고, 더러운 짓을 시켰다고 거짓으로 증언했다. 율희는 그와 내가 모텔에서 나오는 것, 선생님의 차 안에서 키스하는 것을 보았다고 진술했고, 그가 자신도 성추행했다고 했다. 그러나 선생님의 알리바이가 증명되고, 지영이 진술을 번복하는 바람에 무죄로 풀려나게 되었다.

"율희는 정말 당했다고 했는데, 걔가 여럿이 증언을 해야 감옥으로 보낼 수 있다고 해서 우리가 입을 맞춰 주었던 거야. 그래도 지영이가 우리를 살렸지, 안 그랬다면 더 큰 잘못을 저지를 뻔했어. 선생님은 학교 그만두고 이혼도 했어. 뭐라고 변명도 할 법했는데, 아무 말 안 해서 더 의심을 산 것 같아. 그때는 정말 너랑 그런 사이가 아니었나 하고 의심도 했는데 오랜 세월 선생님을 지켜보니까 그럴 사람이 아니더라고. 우리가 너무 어리고 무지해서 악했던 거 같아."

선미는 곧 울 것 같은 얼굴이었다. 옆에서 조용히 있던 지영이 조그만 목소리로 말했다.

"난, 중학교 때 소문을 믿었어. 율희가 정말로 봤다고 했고, 다른 애들도 학교 밖에서 같이 있는 걸 봤다고 해서 믿었어. 그래서 너를 괴롭혔던 거야. 애들도 그랬고, 다른 애들도 그랬을 거야. 그 소문이 엄청났었거든. 너 그렇게 되고 나서 할아버지가 학교까지 찾아와 도저히 용서할 수 없다고 하시기에 맞는 거구나, 고등학교 가서도 만났구나 했지. 나도 선생님 좋아했잖아. 그래서 더 배신감이 들었던 것 같아. 그래도 없었던 일을 거짓으로 말하는 게 두려웠어."

아줌마가 되었지만 소녀처럼 수줍은 인상의 지영은 얼굴을 붉혔다.

"너희 할머니 돌아가시고, 할아버지가 많이 힘드셨던 것 같아. 소문만으로는 고소가 안 되지, 너도 누워 있지. 선생님은 묵묵부답이지…… 선생님이 죗값을 치르지 않으면 할아버지도 돌아가실 것 같았어. 매일 학교로 찾아오셨는데, 곧 쓰러질 지경이셨어. 우리는 거짓말을 해서라도 도와드리고 싶었어. 사실 네가 죽으려고 한 게 우리 때문이 아니라는 걸 증명하고 싶었어."

"할머니가 돌아가셨다니? 무슨 말이야? 언제?"

나는 할머니가 돌아가셨다는 말에 놀라, 다른 말이 귀에 들어오지 않았다. 너희들 때문에 죽으려고 한 게 아니라고 말하려 했는데, 입을 열 수가 없었다. 그들은 갑자기 입을 다물고 당황한 얼굴로 나를 쳐다보았다.

"몰랐구나. 이렇게 알게 해서 어쩌면 좋니. 정말 미안해. 네가 그렇게 되고 한 달도 안 돼서였을 거야. 우리 엄마가 너희 옆집 아줌마랑 같이 수영을 다녀서 그날 알았어. 심장마비로 돌아가셨대."

예숙이 안타까워하며 말했다. 나는 어이가 없어 눈물조차 흘릴 수 없었다. 그동안 할머니는 더 늙고 병들었을지 몰라도 여전히 살아 계실 줄 알았는데, 이십 년 전에 돌아가셨다니 어떻게 해야 할지 알 수가 없었다. 병원에 한번 오지 않는다고 원망했던 것을 생각하니 마음이 산산이 부서지는 것 같았다. 미영이 나를 토닥거리며 손을 잡았다.

"상현아, 정말 미안해. 우리가 너를 진작에 찾아서 미안하다고 했어야 했는데. 우리도 먹고사느라 세월이 이렇게 지나 버렸어. 우리는 인간도 아니야."

"아니야. 괜찮아."

붉게 충혈된 눈을 이리저리 굴리며 애써 눈물을 참는 그들에게 해 줄 말이 없어서, 이십 년 전 병원에서 아이들에게 대답했듯 그렇게 말했다. 그리고 그들에게 내가 그린 그림책을 나눠 주었다. 그들은 내가 작가가 되었다는 사실을 모르고 있는 것 같았다. 나의 이야기가 그들과 그들의 아이들에게 들려지길 바라며, 내가 그들이 오해했던 그런 사람이 아니었다는 것을 기억하기를 바랐다.

6

어제는 아무도 찾아오지 않았다. 오랫동안 작업을 하지 못해 맨

윗장의 와트만지에 먼지가 부옇게 앉아 있었고 벽에 붙여 놓은 그림은 쭈글쭈글하게 말라비틀어져 있었다. 나는 그것들을 떼어 내 휴지통에 버리고 새 종이를 펼쳤다. 노트를 뒤적여 무엇을 그릴까 궁리하는데 중학교 동창들이 남겨 준 선생님의 전화번호와 가게 이름이 보였다.

선생님은 학교를 그만두고 몇 년을 학원 강사로 전전하다가 도시 외곽에 작은 인테리어 숍을 열었다고 했다. 이름이 좋아 인테리어 숍이지 도배, 장판, 칠을 전문으로 하는 동네 가게인 듯했다. 선생님은 인부 없이 혼자 일을 했고, 가족도 없이 고독하게 살고 있다고 했다. 동창들은 이제 그에게 선생님이라는 직업을 가졌던 흔적은 전혀 남아 있지 않다며 그 모든 것이 다 자기들 탓이라고 징징거렸다. 그들은 선생님의 인생이 망가졌다는 의미로 말한 것 같았는데, 난 내 인생이 망가지지 않았다고 생각하는 것과 마찬가지로, 그의 인생도 망가지지 않았을 거라고 생각했다. 나는 인생이란 것이 누군가에 의해 그렇게 쉽게 망쳐지도록 생겨 먹지 않았다는 것을 알고 있었는데, 그것을 그들에게 이야기해 줘 봐야 이해하지 못할 것 같아 그만두었다. 그들은 선생님과 가끔 식사를 하는데, 다음에는 나도 함께 가자고 했다. 나는 싫다고 했다.

나는 새 종이와 만년필을 꺼내 페인트를 칠하는 한 남자의 뒷모습을 검지손가락만 하게 그렸다. 아무것도 없는 공간에, 버려진 것들을 모아 새집을 짓고 정원을 만드는 남자의 이야기를 그리려고 했다. 지금은 누구에게도 아무것도 아닌 사람이지만 한때 누군가를 살게 했던 남자를 떠올렸다. 그의 삶을 어떻게 그려야 할지 생각해 보았으나 한 사람이 보낸 기나긴 세월을 상상하는 것은 불가능에 가까웠다. 누군가 나의 지금을 보고 그간 내가 보낸 세월과 나의 행불행을 상상할 수 없듯 그의 삶 역시 그럴 터였다. 선생님에게 그동안 어떤 마음으로 살았는지, 지금은 괜찮은 건지 직접 묻지 않고서는 어떤 것도 짐작할 수 없다는 생각이 들었다.

나는 가게 번호인지 집 번호인지 알 수 없는 숫자들을 무작정 눌렀다. 한 번 걸어 받지 않으면 다시는 걸지 않을 생각이었다. 벨이 네 번째 울리자, 가우디 인테리어입니다, 하는 소리가 들렸다. 남자는 맞는데, 선생님인지 확실치가 않았다. 다른 할 말을 찾지 못해, 상현이에요, 하고 말하자 그쪽에서는 아무 대답이 없었다. 한참 기다리다가 아닌가 싶어 끊으려고 하는데, 기력이 없는 잠긴 목소리로, 잘 지냈니, 건강하니, 하고 물었다. 나는 네, 잘 지내요, 하고 대답했다. 발음이 시원치 않아 잘 못 알아들었을 것 같아 다시, 건강해요,라고 말했다. 그는 한참 아무 말 하지 않고 있더니 내게 말했다.

"미안하다. 언젠가는 꼭 이 말을 하고 싶었어. 소문이 무서워 너를 외면하지만 않았어도, 네가 그렇게 되지는 않았을 텐데. 모든 게 내 탓인 것 같아서 무슨 벌이든 받으려고 했는데 그렇게도 안 됐다. 평생 사죄하는 마음으로 살게."

나는 그가 무엇을 미안하다고 하는 건지 알 수 없었다. 오랜만에 만나면 미안하다고 하는 것이 유행인지 약속인지, 보는 사람마다 미안하다고, 다 자기 때문에 내가 이 지경이 되었다고 하는데, 그 흔하디흔한 말이 별로 감동적이지 않았다.

"언제 적 이야기를 하시는 건가요. 그 시간은 이미 오래전에 지나갔고 나는 여기에 이렇게 잘 살고 있는데 무슨 말씀이세요. 선생님과는 아무 관계없는 일이었어요. 그런 마음은 버리고 행복하게 지내세요. 정말 고마웠어요."

이렇게 말하고 싶었는데 급한 마음에 혀가 뒤엉키고 머리가 깜깜해져 허둥거렸다.

"언제 적 이야기요. 나는 잘 살아요. 행복하세요. 고맙습니다."

어눌한 말이 그에게 제대로 가서 닿았는지 모르지만, 하고 싶은 말을 모두 한 셈이라 덧붙여 할 말이 남아 있지 않았다. 나는 전화를 끊었다. 그와 함께 듣던 음악은 여전히 귓전에 들리고, 둘이 함께 까먹던 오렌지의 향기는 코를 간지럽히는데, 그는 이제 없구나 싶었다. 외면이라는 단어는 과거 많은 사람들이 내게 보여 주었던 차가운 얼굴과 표정 없는 뒷모습을 하나하나 불러왔고, 그때의 기분이 기억나자 숨을 쉴 수 없을 정도로 심장이 빨리 뛰기 시작했다.

아무도 말을 건네지 않고, 누구도 웃어 주지 않았던 중학교 시절, 내게 말을 걸어 주는 사람은 율희와 선생님뿐이었다. '너한테 말을 걸면 다른 아이들이 싫어해, 이제 학교에서는 알은척하지 말아 줄래?'라고 율희가 말했던 것과 그 이야기를 들은 선생님이 그녀를 눈물 쏙 빠지게 혼냈던 일이 기억났다. '둘이 잤지? 안 그러면 너 같은 애한테 굳이 그럴 필요 없잖아.'라고 말하던 율희의 모습이 떠올랐다. 그때는 그 말이 무슨 의미인지 몰라 대답도 못했다. 그는 세월이 지나면 외로움이나 고통들이 결국 자산이 될 거고 곧 나아질 거라고 말해 주었다. 그와 이야기를 나누다 보면 내가 겪는 고통이 빠른 속도로 지나가고 있는 것처럼 느껴졌기에 그나마 살아갈 수 있었다. 그런데 중3 여름이 시작되기 전, 그가 갑자기 나를 외면하기 시작했다. 눈도 마주치지 않고 말도 걸지 않았으며 멀리서 돌아가는 것을 내게 몇 번 들켰다. 남은 중학교 시절은 그가 주는 고통이 너무 커서 아이들의 괴롭힘쯤은 아무것도 아닌 것처럼 느껴졌다. 고등학교 시절 나는 모르는 곳까지 무작정 버스를 타고 가 배회하곤 했는데, 뜻하지 않은 장소에서 그와 우연히 마주친 적이 있었다. 고개를 숙이고 종종걸음을 걷는 나를 향해 클랙슨이 울렸다. 자동차 창 너머에서 선생님이 나를 보고 웃고 있었다. 오랜만에 보는 웃음이라 마음이 놓였다. 그는 나를 차에 태우고 예전처럼 따뜻하게 말을 건네며 요즘은 잘 지내냐고 물었다. 다시 들을 수 없을 것 같았던 다정한 목소리를 들으니 눈물이 핑 돌았다. 나는 더 나빠졌다고, 앞으로도 좋은 날은 없을 것 같다고 말하다가 소리 내 울어 버렸다. 그는 나를 말없이 가만히 안아 주었다. 그러다가 누가 먼저인지 모르게 입을 맞추었다. 그는 나를 밀어내려 했으나 나는 그의 품으로 맹렬히 파고들며 떨어지지 않으려고 안간힘을 썼다. 나는 그에게 빨려 들어 가 세상에서 사라져 버렸으면 좋겠다고 생각했다. 나를 가까스로 밀쳐 낸 그는 뺨을 때렸다. 나는 키스를 하고 싶었던 것이 아니라 따뜻함 속에서 죽고 싶었던 것인데, 그 방법을 알지 못했을 뿐이었다. 나는 차 문을 열고 뛰어나와 거리를 달렸다. 울지 않으려고 눈을 부릅떴지만 자꾸만 눈물이 났다. 너와 다시 엮이기 싫으니 자기의 이름을 입에 올리지도 말고, 서로 모르는 척 하자는 그의 마지막 말이 자꾸 등을 떠밀었다. 우는 얼굴로 집으로 돌아가면 할머니와 할아버지에게 걱정을 끼칠까 봐 눈물이 마를 때까지 집을 향해 달렸다. 온몸이 땀범벅이 되고, 머리카락에서 땀이 뚝뚝 떨어질 때까지도 눈물이 마르지 않아 뒷산 산책로를 해가 진 뒤로도 한참 달렸다. 그날이었나? 밤늦게 집에 돌아가니 할머니와 할아버지는 주무시고, 고모만 공부하느라 깨어 있었다. 고모는 땀에 젖고 상기된 얼굴로 돌아온 나를 욕실로 밀어 넣었다.

"율희한테 들어서 다 알고 있어. 노인네들 실망시키지 마. 그게 그렇게 좋으면 커서 해. 당분간 말 안 하겠지만, 계속 그러면 내쫓을 거야."

'그게'가 무엇인지 묻기도 전에 고모는 방문을 닫았다. 따돌림 당한다는 것을 고모가 알아 버렸구나 생각하니 비참한 기분이 들었을 뿐, 그녀가 들었다는 이야기가 무엇일지 짐작하지 못했다.

시간을 훌쩍 뛰어넘어 온 부정적인 감정들은 내 머리를 쉴 새 없이 내리쳤다. 끝없이 몰아치는 감정과 기억의 파편을 맞은 머릿속이 팽팽하게 부어올라 곧 터질 것처럼 아팠다. 그대로 있다가 죽을 수도 있겠다 싶어 부스 밖으로 나가 주차장을 빙빙 돌았다. 입구에 쌓인 쓰레기 더미가 악취를 풍기며 안으로 밀려들어 올지라도, 햇빛을 받을 수 없는 그늘 속이라도 이 주차장이 있다는 사실이 나를 안심시켰다. 한참을 돌고 나서야 부어오른 머릿속이 가라앉는 것 같았다. 나는 누구라도 만나서 그때의 이야기를 하고 싶었다. 율희라도 찾아와 준다면 좋을 텐데, 오지 않은 지가 너무 오래됐고 전화조차 받지 않았다. 의진은 필요하면 언제든 전화하라고 했지만, 그녀는 옛날의 나를 전혀 알지 못하기에 이야기를 해도 아마 잘 모를 것이었다.

옛날 사람이 필요했다. 무엇보다 가족들을 만나고 싶었다. 죄책감 때문에 가족의 마지막 부탁이라도 들으려 했던 게 잘못이었다. 쫓겨나게 될지라도 그곳에 가 보았어야 했다. 그랬다면 뒤늦게 할머니의 부고를 듣는 일은 없었을 것이다. 할머니가 돌아가셨다는 사실을 믿을 수가 없었다. 지난 이십 년간 나에게 할머니는 살아 계신 분이었다. 아파트에서 할아버지와 함께 책을 읽고, 텔레비전을 보고, 산책로를 걷고 계시다고 생각했다. 할머니가 나를 쫓아낸 것이 아니라는 것을 알게 되었지만, 차라리, 손녀를 한 번도 찾지 않은 매정한 할머니로라도 살아 계시면 좋을 것 같았다. 할머니가 보고 싶었다. 할머니보다 세 살이 많은 할아버지는 건강히 지내실지 궁금했다. 그리고 여전히 그곳에 살고 계실까. 가족을 만나 하고 싶은 말들을 적어 둔 노트를 찾아 들고 큰길로 나가 택시를 탔다.

아파트 안으로 들어가려 하자 경비가 나를 유심히 바라보았다.

503호요, 하자 경비가 고개를 갸웃했지만 들어가는 것을 막지 않았다. 우편함이 비어 있어 가족이 그곳에 살고 있는지 확인할 수 없었다. 나는 엘리베이터를 타고 오 층에 내렸다. 철로 된 현관문은 아무 표정도 온도도 없어 그것만을 보고는 누가 살고 있을지 전혀 추측할 수 없었다. 나는 벨을 누르려다 그만두기를 여러 번 반복한 끝에 계단에 앉았다. 그러고 있다가 식구가 나오면 어떻게 인사를 해야 할까 고민했다. 우연히 지나다 들렀어요, 지나가는 길이었어요, 둘러댈 말을 고민했는데 생각하는 것마다 말도 안 되는 말이어서 조금 웃겼다.

옆집 현관 앞에는 어린이용 자전거가 놓여 있었다. 어쩌면 우리 집 현관 앞에 놓인 것인데 밀려갔을지도 모르겠다 싶었다. 할아버지도 나처럼 몸이 불편하지 않을까, 할아버지와 고모는 함께 살고 있을까, 고모는 결혼을 했을까, 결혼을 했다면 아이들이 있겠지. 나와는 사촌인데 얼굴도 모르고 자랐겠구나. 나는 계단에 앉아 잠깐 졸기도 하고 위아래를 오르내리기도 했다. 오랫동안 노트에 조금씩 써 둔 가족들에게 하고 싶은 말들을 읽기도 했다. 엄청난 양이었는데 그것을 다 읽을 때까지도 양쪽 현관은 한 번도 열리지 않았다. 생각해 보니 노트에 적어 두었던 이야기는 크나큰 오해를 바탕에 둔 이야기들이어서 쓸모가 없었다. 나는 노트에 새로운 문장을 썼다. 그간의 자초지종을 모두 담으려니 한 장이 넘어가 버렸는데, 다시 읽어 보니 부질없는 이야기들이었다. 무어라 한들 그것이 세월을 돌릴 수 있겠나 싶었다. 다시 노트 한 장을 찢어 큰

글씨로 몇 글자 써서 현관문 틈에 끼웠다.

'저는 그런 사람이 아니었어요. 그렇지만 정말 죄송합니다. 모두가 그립습니다. 오래오래 건강하세요. 상현 올림.'

주차장으로 돌아왔을 때는 해가 뉘엿뉘엿 져 가고 있었다. 컴컴해지는 주차장 바닥에 어머니가 폐신문을 깔고 앉아 있다가 돌아오는 나를 보고 와락 끌어안았다. 어디 갔었냐고, 한참을 기다렸다며 유난스럽게 반가워했다. 어머니는 어제 경찰이 찾아와 나에 대해 물으며 장애인을 약취하고 있다는 신고가 들어왔다고 했고, 주차장에서 나는 악취 때문에 잦은 민원이 들어온다며 큰소리를 쳤다고 했다. 돈을 찔러주면 조용해진다는 아버지의 말에 어머니는 일단 봉투에 돈을 담아 돌려보내긴 했지만 시간이 지나면 또 찾아올 것을 생각하니 넌더리가 났다고 했다.

"사실, 너한테 주차장 그만하자고 하려고 점심 먹기 전에 왔거든. 그런데 니가 없는 거라. 이상하게 가슴이 덜컹해. 기다려도, 기다려도 안 오데. 그래도 여기가 있으니까 오겠지 해도 또 안 오고, 또 안 오고. 여기가 없어지면 너를 어디서 기다려야 하나 싶고. 그렇게 생각을 한참 하고 나니까, 이걸 그냥 두자, 또 그런 생각이 드네."

"어머니, 사실 손님이 하나도 안 든 지 오래됐어요. 제가 거짓말을 한 거예요. 죄송해요. 이제 어머니 마음 편하신 대로 하세요."

어머니는 한숨을 쉬며 내 손을 꼭 잡았다. 어머니는 부스로 들어가 점심 식사로 들고 온 보따리를 풀어 밥상을 차려 주었다. 다

식어 버렸다며 안타까워하면서 밥 위에 반찬을 놓아 주며 주절주절 이야기를 시작했다. 이 손바닥만 한 땅의 역사였다.

　이 자리에는 성냥갑 같은 하꼬방이 있었는데, 어머니 부부가 서울살이 십 년 만에 장만한 집이었다. 터가 어찌나 좋았는지 큰아들이 대기업 직원으로 취직하고, 작은아들이 세무사가 되고, 막내딸이 여대에 수석으로 입학하고, 집을 하나 더 장만할 정도로 가족들이 술술 풀려나갔다. 삼십 년 전 호시절에 동네 사람들은 다 쓰러져 가는 집들을 헐고 몇 집을 합쳐 빌딩을 올리거나 건축업자에게 팔고 이사를 가 큰돈을 손에 넣었다. 아버지는 우리도 팔아 버리자는 어머니의 닦달과 업자들의 회유에도 꿈쩍하지 않고 그냥 가만히 있었다. 불과 50미터 떨어진 곳에 세탁소가 딸린 번듯한 이층집 한 채도 가지고 있었고 세탁소 일로 늘 바빴기에 골치 아프게 생각하고 싶지 않았다. 대학생 막내딸이 공사장에서 변사체로 발견되었을 때, 어머니 부부는 온 동네를 공사판으로 만든 이웃들을 원망했다. 결국 빌딩 사이에 홀로 끼어 쓸모없게 돼 버린 손바닥만 한 집은 월세 20만 원 받는 잠만 자는 방이 되었다가 창고로 전락했다. 어머니는 딸의 죽음에서 시작된 우울증을 이겨 보려 간병인으로 일하기 시작했고, 그로 인해 나를 만났다. 폐인이 되어 가는 나를 제 몫 하는 사람 만들겠다고, 다 쓰러져 가는 창고를 부수고 주차장을 만들었다. 어머니는 간병인으로 출근하던 병원 옆의 손바닥만 한 주차장을 보고 생각해 낸 것이 나를 살렸던 것도 그렇지만, 많은 돈을 벌어들일 줄은 몰랐다고 했다.

나는 여러 번 듣고 받아 적어 이 기나긴 이야기를 기억하고 있었다. 어머니는 어떤 지점에서 시작을 하더라도 결국 모든 이야기를 다 풀어낸 뒤 원망과 후회, 슬픔이 뒤섞인 눈물을 조금 흘리고서야 이야기를 끝냈다. 세월이 지난 뒤 노트에 적어 놓은 이야기들을 읽어 보니 어머니의 태도는 아주 미묘하게 변해 조금씩 덤덤해지고, 대범해졌다. 일흔이 넘은 지금은 마치 남의 이야기처럼 하고 있었다.

"모든 게 화무십일홍인 거라. 후회하고 원망하고 애끓이면 뭐해. 좋은 날도 더러운 날도 다 지나가. 어차피 관 뚜껑 닫고 들어가면 다 똑같아. 그게 얼마나 다행이냐."

어머니는 밥을 먹고 있는 내 등을 쓰다듬었다. 밥이 가득한 입속으로 어머니의 말을 따라 중얼거렸다. 그리고 이해할 수 없이 복잡했던 날들을 생각했다. 차마 다 기억할 수도, 돌이킬 수도 없는 그것들은 명백히 지나가 버렸고, 기세등등한 위력을 잃은 지 오래다. 살아 있어 다행이다. 다행이라 말할 수 있어 정말 다행이다.

박형서

2000년 『현대문학』 신인추천으로 작품 활동을 시작했다.
소설집 『토끼를 기르기 전에 알아두어야 할 것들』, 『자정의 픽션』,
『핸드메이드 픽션』, 『끄라비』, 『낭만주의』, 장편 소설 『새벽의 나나』,
중편 소설 『당신의 노후』 등을 썼다. 대산문학상,
오늘의 젊은 예술가상, 김유정문학상을 수상했다.

실뜨기놀이

우리는 어떤 식으로든 불멸하는 꿈들이어서,

가짜로 작별했고, 가짜로 외로우며,

다만 영원히 이어지는 실뜨기놀이의 이번 차례를 마쳤을 뿐이기에,

언젠가 우리는 또다시 세월의 소음 속에서 서로를 찾아가

마치 처음인 것처럼 같이 쉬고 마지막인 것처럼 나란히 걸으며

이 놀이를 반복할 테고,

그러는 과정에서 겪어야 할 수많은 만남과 헤어짐과 이어짐과 끊어짐은

그저 놀이의 사소한 규칙에 불과한 것이라 믿는다.

「실뜨기놀이」 중에서

1

   나는 사방이 논두렁 밭두렁인 강원도 산골에서 태어났다. 그런 곳에서 아기를 낳는 가족이 부자였을 리 없다. 어머니는 우리가 천벌을 받는 거라고 말했다. 그러할 때 어머니 얼굴에는 칼자국 모양의 주름이 잡히곤 했는데, 오랜 시간이 지났어도 가난에 난자당한 그 표정이 마치 어제 본 것처럼 생생하다. 부모는 빚쟁이를 피해 여러 지방을 전전하다가 아무튼 그럴 만한 사정이 있어 나란히 천안의 공동묘지에 묻혔다. 이상하게도 부모를 여읜 직후부터 몇 년 동안은 빈곤이 나를 잠시 잊은 것 같았다.

   동갑내기 아가씨와 동거를 시작한 건 서른이 되기 직전이었다. 예쁘다고 할 수 없는 얼굴에다 엉뚱한 소리를 잘해서 딱히 끌리지는 않았지만, 어쩌다 들러붙을 기회가 오자 그대로 돌진했다. 그녀의 성장 배경은 나와 별반 다르지 않아 어린 시절부터 전라도와 제주도와 경기도로 전학을 다녔다. 나를 만날 당시 작은 회사에서 전화받는 일을 하고 있었는데, 스트레스가 심해 여차하면 그만둘 생각으로 사표를 품고 다녔다 한다. 어릴 적부터 연습을 많이 해 보았기 때문에 훌쩍 떠나는 일에 익숙하다는 것이었다. 그녀가 연습하지 못한 것은 어딘가에 잘 도착하는 일이었다. 인생은 보통 우리의 장점이 아니라 약점에 따라 결정되는 모양이다. 신혼 초에 나는 이따금 가상의 달력과 지도를 펼쳐 우리가 어떻게 부부가 되었는지 더듬어 보곤 했다. 그런데 아무리 봐도 우리 각자가 살아온 시공간에는 딱히 접점이랄 만한 게 없는 것 같아서, 문득 소름이 돋을 때가 있었다.

그에 관해 아내는 못되게 말했다.

성적에 맞춰 대학을 간 거지.

그리고 내 마음이 상하기 전에 이렇게 덧붙였다.

둘 다 공부 되게 못했네.

그게 아내의 평소 말투였다. 농담에 박혀 있는 가시 때문에 내가 뒤돌아 눈물을 흘린 적도 여러 번이었다. 그래도 가끔은 해롭지 않고 실제로 웃긴 소리를 했다. 그럴 땐 우리가 부자가 된 것 같은 기분이 들었다. 내가 아는 부자들은 모두 우스갯소리를 하고, 가난뱅이들은 모두 죽는 소리만 내기 때문이었다.

둘이 가진 돈을 한데 모아 조그마한 면사 공장을 얻었다. 그런데 무슨 놈의 공장이 열자마자 망하기 시작했다. 가까운 동네 어른이 '길을 잘못 든 거'라고 했다. 아무리 돌이켜 봐도 내가 무슨 길을 잘못 들었는지, 길을 잘못 들 기회가 있긴 했는지 알 수 없었다. 만약에 길을 잘못 들었다면 그건 내가 아니라 논두렁 밭두렁 산골에서 나를 낳은 가난한 부모의 소행일 것이다. 엎친 데 덮친 격으로 그 무렵 아내가 덜컥 임신을 했다. '덜컥'은 아내가 임신한 소리이기도 하지만 내 심장이 땅바닥에 떨어지는 소리이기도 하다. 주위 사람들이 뱃속 아기가 우리에게 복을 가져다줄 거라고 덕담을 하는 와중에도 면사 공장은 꾸준히 망해 갔다. 결국 우리는 의정부 가능동까지 밀려나게 되었다. 비탈에 놓인 단층짜리 사글세 집의 현관은 계단을 다섯 개나 올라야 하지만 반대편은 창문이 바로 길바닥 높이였다. 그 창문에 무슨 전용 통로라도 있는지 돈벌레가 줄지어 들어왔다. 살충제를 뿌리면 수많은 다리가 우수수 떨어진 채로 이리저리 뒹굴었다. 뒹구는 이유는 방이 한쪽으로 조금 기울어 있기 때문이었다. 아들 성범수가 발바닥에 초승달 모양의 점을 달고 태어난 곳은 그런 곳이었다.

나는 점차 아내에게 의지하는 남자가 되어 갔다. 뭐든 자신이 없어서 아내에게 물어보았다. 아내가 말하는 건 전부 맞는 것 같았는데, 일단 동의하고 나서는 내가 자존심도 없고 생각도 굼뜬 당나귀처럼 느껴져 맥이 빠졌다.

몸을 풀자마자 아내가 물어 온 일감은 손바닥만 한 장난감 목제 가구에 사포질을 하는 것이었다. 둘이 하면 어쨌든 도움이 될 것 같아 나도 끼어 보았지만, 내가 작업한 것은 툭하면 망가져서 보수가 깎이거나 아내가 다시 손을 보아야 했다. 괜한 수고를 해야 할 때마다 아내는 버럭 화를 내며 모진 말을 쏟았다.

그에 더해 아내에게는 나를 불안하게 만드는 괴상한 말버릇이 하나 있었다. 사포질을 하거나 범수를 돌보거나 밥을 먹다가 갑자기 먼 곳을 보며 느릿느릿 이렇게 중얼거리는 것이었다.

인생은 한 번뿐인데…….

그걸로 끝이었다. 다른 말로 이어지는 것도 아니고, 슬픈 표정을 짓거나 한숨을 쉬는 것도 아니었다. 나를 원망한다거나 스스로 자책하는 말이라 보기에는 너무 짧았다. 게다가 그 중얼거림에 따라붙은 잠깐의 침묵까지 끝나면 다시 아무렇지 않게 현실로 돌아와 사포질을 하고 범수를 돌보고 밥을 마저 먹었다.

그럴 때마다 나는 복잡한 심정이 되어 온갖 나쁜 생각이 다 들었다.

아내의 손 기술이 좋았는지 사포질 일감은 점점 늘었고, 얼마 지나지 않아 일주일에 천 개들이 두 포대를 맡게 되었다. 하지만 그게 생각보다 고된 작업이어서 하루에 고작 열 시간밖에 할 수 없었다. 우리의 돈벌이도 육아도 생활도 전부 장난감 가구처럼 소꿉장난 수준이었다. 조금 지나면 낫겠지, 하고 초반에는 생각했지만 아들 범수가 자라면서 이유식을 먹고 돈벌레와 함께 이리저리 기어다니고 사방에 음식물 찌꺼기를 묻히고 부엌 가스레인지 위로 손을 뻗기 시작하는 걸 보니 머지않아 우리 가족에게 영락없이 변고가 일어날 것 같았다. 누구 한 명을 탓할 일이 아니지만, 길을 잘

못 들었다는 느낌을 받을 때마다 부지불식간에 꼭 성범수를 보고 있었다. 그러면 '네 짐작이 옳아.'라고 확인해 주는 것처럼 가까운 곳에서 이러한 중얼거림이 들려왔다.

인생은 한 번뿐인데……

돌이켜 보면 정말 무서운 건 눈에 보이는 것들이 아니라 분명히 나와 연결되어 있지만 눈에 보이지 않는 것들이었다. 나는 일찍 고아가 되어 어떻게든 남들만큼 살아 보려 노력해 왔다. 막 결혼했을 무렵에는 이상한 희망에 사로잡혀서 거의 성공이라고 믿기까지 했다. 그런데 그게 아니었다. 부모님은 천벌을 받아 논두렁 밭두렁 산골에서 나를 낳았다. 그게 내 출신이었다.

2

아내는 도대체 비밀이 없는 사람이었고, 특히 자신의 감정에 관해 그랬다. 표정들이 교대하는 속도가 너무 빨라서 무슨 변검 공연을 보는 기분이었다. 이를테면 사과를 깎아 왔는데 내가 얼른 집어 먹지 않아 갈변하면 바로 얼음장처럼 싸늘해졌고, 못 이겨 하나를 입에 욱여넣으면 또 머리통에 전구를 넣은 것처럼 환해졌다. 가끔은 사포질을 하던 중에 문득 재미난 생각이라도 떠올랐는지 별안간 낄낄거리며 성마르게 웃곤 했다. 그럴 때면 나는 영문도 모르게 등골이 오싹해지는 것이었다.

우리의 빈곤은 점점 도를 더해 갔다. 가난해질수록 무언가를 사고 누군가를 만나고 이리저리 움직이고 참견하고 따지고 넘보고 하는 온갖 복잡한 세상사가 조금씩 증발해 삶의 리듬이 단조로워진다. 쿵따리짜라자라작 하던 것이 쿵딱쿵딱이 되는 것이다. 그리고 그 쿵딱쿵딱은 흔히 월세 걱정이나 화풀이에 가까운 핀잔, 시작도 끝도 불분명한 넋두리 같은 박자들로 이루어져 있다.

점차 나는 아내가 홧김에 뱉은 문장을 한참 되뇐다든가 괜히 가슴을 퉁퉁 친다든가 하는 버릇을 가진 바보 같은 인간이 되어 갔다. 가장 부끄러운 건 한밤에 몰래 마시는 술이었다. 그건 돈까지 들었다. 처음엔 반 병, 다음에는 한 병, 그리고 두 병, 세 병으로 늘었다. 안방에서 그럴 기백은 없었다. 동네 구멍가게에서 소주와 새우깡을 사다가 집에서 300미터쯤 떨어진 공원에 갔다. 공원 한가운데에는 어떤 정신 나간 관료가 북한산 전설에 착안해 제작한 5미터 크기의 철제 용상龍像이 서 있었다. 엄청난 세금이 들어갔다는 그 조형물은 실실 웃는 얼굴에다가 무지갯빛 여의주까지 들고 있었음에도 불구하고 산책하는 사람을 멀리 쫓아 버리는 흉물이어서, 자연스럽게 용상 정면에 놓인 벤치는 초저녁부터 내 차지였다. 나는 거기 부끄럽게 앉아 소주를 마셨다. 취기가 어느 정도 올라오면 나도 모르게 입에서 넋두리가 흘러나왔다. 그냥 판에 박힌 신세 한탄이었다. 한번은 내가 대체 누구한테 넋두리를 하나 들어보니 천안에 묻힌 부모에게 하고 있어서 깜짝 놀란 적이 있다.

그러던 어느 날 공원에서 성범수를 만났다. 아내한테 '찌질하다'는 말을 듣고 집을 뛰쳐나온 날이었다. 그 으르렁거리는 듯한 단어의 충격이 너무 커서 내 인생은 그 말을 듣기 전과 들은 후로 나뉠 것 같았다. 늦은 시각이라 벌써 주위가 어두컴컴한데, 저 멀리서 감자 찾는 멧돼지 같은 형체가 슬금슬금 다가오고 있었다.

범수야, 하고 내가 놀라 불렀다. 너 여기 어떻게 왔니?

혼자 걸어 왔어요.

범수가 칭찬을 기다리는 표정으로 대답했다.

귀를 잡아 질질 끌어 집으로 데려왔다. 아들이 나간 줄도 몰랐던 아내는 설명을 듣고 버럭 소리쳤다.

집안 꼴 자알 돌아간다!

그러고는 제 못된 소리가 웃겼는지 표정이 돌변하면서 낄낄거렸다.

이후로 저녁에 성범수가 사라지면 십중팔구 공원에 있는 것이었다. 자연스럽게 우리가 용상 앞에서 마주치는 날이 늘었다. 아내가 두어 번 화장실로 끌고 가 고무호스로 때려도 맞는 동안에만 죽어라 악을 쓸 뿐, 어둑어둑한 길을 따라 공원에 가는 걸 멈추지 않았다. 심지어 새벽에 나온 적도 있었다. 그날은 술을 마시지 않아 보려고 동네를 어슬렁대다 결국 자정이 지나 편의점에서 소주한 병을 산 날이었다. 아내는 한번 잠이 들면 시체처럼 깊이 잠드는 편이어서 여섯 살짜리 자식이 가출한 걸 몰랐던 것이다.

범수는 공원을 한 바퀴 둘러보고는 자연스럽게 내 옆에 앉았다. 눈앞에는 용상이 우리를 보며 웃고 있었다. 우리가 원한다면 여의주를 내줄 것 같은 표정이었다. 조금 뜸을 들인 후 범수에게 물어

보았다.

너 여기 왜 자꾸 오니?

그러자 범수가 대답했다.

손님이 올 것 같아요.

나도 모르게 눈물이 핑 돌았다. 그 몇 달 전 일용직 동료 둘이 집에 놀러 온 적 있었다. 한 명은 소주와 통닭을 사 왔고, 또 한 명은 펌프로 작동하는 장난감 물총을 사 왔다. 통닭도 통닭이지만 제대로 된 장난감이 없던 범수는 물총에 반쯤 자지러졌다. 필시 범수의 야행夜行은 그 결과로, 누군가 선물 들고 찾아올 때를 대비해 마중 나온 것이었다.

우울증이 정확히 뭔지 모르지만 항상 기분이 우울한 걸 보면 우울증이 맞는 것 같았다. 그리고 한두 달에 한 번씩은 평소보다 더욱 우울한 기분이 되어 그 상태가 열흘가량 지속됐다. 재산 전부라 할 조그만 집구석을 두리번거리다가 장롱이든 텔레비전이든 싱크대든 전부 내다 팔면 삼만 원쯤 받을 것 같아 부아가 치밀거나, '인생은 한 번뿐'이라는 아내의 낮은 목소리가 공습경보처럼 느닷없이 들려오거나, 우리에게 뭔가 솟아날 구멍이 생기려면 빌어먹을 전쟁이라도 터지길 비는 수밖에 없다는 생각이 들면, 거미줄에서 탈출하듯 몸을 부르르 뒤틀고는 공원에 나가 소주를 마시며 내가 지금 간신히 버티고 있는 건지 벌써 포기해 버린 건지 자문해 보곤 했다. 그 와중에도 나는 이렇게나마 답답함을 달래고 있는데 술을 입에도 못 대는 아내는 어떻게 달래나 걱정이 되었고, 그 죄책감과 그 걱정이 나를 더 우울하게 만들었으며, 마지막으로는 이 구린 밑반찬 같은 배경을 아들 성범수가 고스란히 물려받으리라는 예감이, 오지 않는 귀인을 마중하러 밤마다 배회하는 꼴로 보아 저 새끼가 벌써 배 터지게 물려받았다는 확신이 나를 밑바닥까지 끌고 내려갔다. 그러한 우울은 정말 나를 미치게 만들어서 어떻게든 피하고 싶었지만, 이토록 남루하게 살면서 우울하지도 않다고 생각해 보면 사람이 꼭 당나귀 같아 그 또한 싫었다. 죽겠다 싶을 만큼 지독한 우울은 보통 찬 바람이 불기 시작하는 시월 중순에 왔다.

그들이 온 것도 시월 중순이었다.

3

어디선가 그에 관해 들은 적이 있다.

책이나 신문이었을 리는 없고, 아마 텔레비전이었을 것이다. 어마어마한 권력을 갖고 태어났으나 평생 타국을 떠돌아다니며 고초를 겪었다고 했다. 아무튼 그건 과거의 일이고, 할아버지가 되어서는 마침내 제자리로 돌아와 편안한 여생을 보낸다는 것이다. 우리가 치명적으로 서로에게 이어지기 전까지 내가 알고 있던 건 그 정도에 불과했다.

낮이 많이 짧아져서 초저녁부터 땅거미가 내려앉았다. 공원에는 일찌감치 벤치에 앉아 술을 마시는 나랑 선물 들고 오는 귀인을 목 빼어 기다리는 아들밖에 없었다. 두세 살이면 모를까, 이미 여섯 살이어서 아무래도 지능에 문제가 있는 것 같았다. 나는 아직도 그날을 기억한다. 해가 완전히 저물었는데 뒤늦게 다시 솟아오르기라도 하듯 사위가 온통 붉어졌다. 황혼이라 할지 새벽 어스름이라 할지 모르겠지만, 무언가 사람 마음을 싱숭생숭하게 만드는 색채였다.

그 붉은 기운이 천지를 가득 메운 가운데 멀리 서쪽에서 한 무리가 다가왔다. 잿빛 승복을 입고 머리를 빡빡 민 승려 여섯 명이었다. 용상을 이리저리 훑으면서 저희끼리 한참을 떠들었다. 그 시각의 공원에, 그것도 내 안방이나 다름없는 용상 부근에 사람들이 모여 웅성거리는 광경을 보니 기분이 이상했다. 제일 늙어 보이는 승려가 내게 슬쩍 묵례했다. 그리고 사극에 나오는 배우처럼 어색한 말투로 물었다.

"저 용이 말이오, 저것이 언제부터 있었는지 아시오?"

물론 모르는 일이었다.

그가 몸을 돌려 수상한 외국어로 일행에게 무어라 설명했다. 이어 여섯 명 전원이 한꺼번에 입을 열어 시끄럽게 떠들었다. 대화를 어떻게 하는 건지 모르는 사람들 같았다. 그러는 동안에 내가 낯선 이들에게 둘러싸여 있는 걸 본 범수가 어슬렁거리며 다가왔다. 조금 전의 늙은 승려가 범수에게 말을 걸었다. 이어 다른 승려 한 명이 땅바닥에 나뭇가지로 뭔가를 그렸고, 성범수가 신발을 벗어 발바닥을 내밀었다.

저게 다 뭐람, 하고 나는 생각했다.

나중에 알게 된 사정은 이러하다.

15대 달라이 라마가 열반에 든 직후 티베트 라싸의 포탈라 궁전에는 고위 라마승들이 소집되어 긴급 국무 회의가 열렸다. 다들 말을 너무 잘해서 자정까지 논쟁이 이어지자 잠시 티타임을 가졌는데, 그때 달라이 라마 시신의 머리가 두 시 방향으로 돌아가 있는 게 발견되었다. 그 직후 최고위 라마승인 섭정이 기침을 하며 피를 토했다. 바닥에 흩뿌려진 피는 두 개의 타원이 비스듬히 맞닿은 사람 폐 모양이었다. 이어 그 피를 보고 놀라 혼절한 젊은 승려가 돌바닥에 머리를 대차게 들이받으며 활활 타오르는 여의주를 든 용과 그 용이 초승달을 향해 비상하는 장면을 보았다. '활활 타오르는 여의주'부터는 아무래도 뇌진탕에서 온 환시였겠지만, 이튿날 새벽까지 이어진 논의 끝에 '두 시 방향'과 '비스듬히 맞닿은 사람 폐 모양'과 '여의주를 든 용'과 '초승달' 이렇게 네 가지 전부가 표식으로 인정되었다.

16대 달라이 라마를 모셔 올 파견단이 조직되어 포탈라 궁전 앞에 모였다. 총 열한 명이었고, 은퇴한 전직 외무 장관이자 세계 모든 나라의 언어를 할 줄 아는 늙은 승려가 단장을 맡았다. 그들이 엄숙하게 지켜보는 가운데 포탈라 궁전 외벽의 망루에 있는 '계시의 단' 위로 고위 라마승 한 명이 올라갔다. 천천히 손을 들어, 저 신비로운 자정에 15대 달라이 라마가 응시했던 방위와 라싸에 몰려든 자성磁性의 흐름을 엮어 황량한 북동쪽 어딘가를 가리켰다.

이제부터 그는 16대 달라이 라마가 포탈라에 도착할 때까지 며칠 이건 몇 달이건 그 자세로 서 있어야 했다.

파견단이 베일에 싸인 첫걸음을 내디뎠다. 문제는 모든 종교적 비의가 그렇듯이 딱 부러지는 정보가 없다는 점이었다. 단에 선 라마승의 손가락이 아무리 정확한 방향을 가리킨다 한들 길이 그쪽으로 곧장 뻗어 있는 건 아니어서 구불구불 돌아가야 했다. 사람 폐 모양이라는 지형도 보기에 따라 어디든 될 수 있었다. 가장 골치 아픈 건 거리였다. 두 시 방향이라는 표식이 처음에는 라싸에서 600킬로미터 떨어진 참도昌都를 암시하는 듯했다. 그럴 경우 전임 달라이 라마의 고향인 북동부 탁처까지 가는 여정의 절반밖에 안 되는 것이다. 그런데 참도를 샅샅이 뒤져 보았으나 마땅한 후보를 발견할 수 없었다. 거기서 한바탕 실망한 파견단은 자추(메콩강)를 넘으며 또 실망했고, 국경을 넘어 중국 쓰촨을 횡단하면서는 티베트 사람이 아니라는 사실에 다시 한번 실망했다. 하지만 세계 평화의 상징인 달라이 라마에게 인종이나 국적은 장애가 아니었다. 어차피 부처님도 티베트가 아닌 인도 사람이다. 그럼에도 간쑤와 산시, 허베이를 도보로 지나 산둥의 룽옌龍眼항에 이르러 황해를 바라보면서는 파견단도 망연자실할 수밖에 없었다. 그간 파견단의 절반이 사막의 늑대에게 물리거나 호수에 빠지거나 풍토병에 걸려 죽었다. 게다가 라싸에서 멀어지면서 방위의 오차가 점점 커졌다. 단 위에 선 라마승의 손가락이 미세하게 떨릴 때마다 그로부터 3,000킬로미터 떨어진 룽옌항 부근에서는 북한과 남한을 교대로 가리켰던 것이다. 달라이 라마의 영혼이 한국을 지나쳐 아예 일본 니가타까지 날아갔다면 모를까, 북한과 남한 사이에는 세계에서 가장 삼엄한 국경이 있어 이쪽저쪽 오가며 수색하기 곤란했다. 이러한 사정으로 인해 라싸에서는 지루한 토론이 펼쳐졌고, 그동안 파견단은 룽엔항에 묶여 기다려야 했다. 시기적으로 보아 범수가 공원에 나가 서쪽만 하염없이 바라보던 바로 그 무렵이었다. 두 달 후 멀미로 말랑말랑해진 배 한 척이 드디어 인천에 도착했다. 여기까지의 여정에 일 년이 넘게 걸렸다. 그동안 달라이 라마를 대신해 티베트를 보살피던 섭정의 건강이 매우 나빠져 혼수상태에 이르고 말았다. 섭정까지 공석이 되기 전에 한시바삐 달라이 라마의 현신을 찾아야 했다.

파견단은 인천에서부터 수색을 재개해 크고 작은 도시들을 차근차근 훑었다. 그들은 구글 맵의 배율을 조절해 가며 폐 모양과 비슷한 지형이 있는지 조사했고, 조금이라도 비슷한 게 나오면 그 지역 주민 센터에 찾아가 공무원들에게 질문 세례를 퍼부었다. 그렇게 맨머리로 바위를 들이받듯 쭉쭉 나가다가 북한산 계곡에 자리 잡은 의정부 가능동에까지 이르렀다. 다들 알다시피 의정부는 사람 폐 모양의 산비탈에 건설된 도시고, 가능동 서쪽 공원에는 여의주를 든 용상이 서 있으며, 그 옆에는 발바닥에 초승달이 그려진 아이가 벌써 마중을 나와 있었던 것이다. 파견단이 포탈라 궁전을 출발한 날로부터 무려 447일 동안 사막과 황야와 산악 지대와 바다를 가로지르며 꿈꿔 온 조합이었다.

승려들은 아내가 내온 숭늉을 아주 맛있게 마셨다. 은퇴한 외무장관이자 파견단의 단장인 쁘란 린뽀체는 다른 승려들의 하인 행세를 하며 그날 저녁 내내 범수와 놀았다. 쁘란은 누구보다 잘 웃었고 말투도 다정했지만 보면 볼수록 신비로운 사람이었다. 이를테면, 같이 대화를 나눈 두어 시간 동안에 그의 한국어 실력은 처음 만났을 때에 비해 거의 수직으로 상승했다. 어리둥절해하는 내게 설명하기를, 수많은 전생에서 사용했던 언어들을 전부 기억하고 있으나 옛날 말과 현재 말이 크게 다르기에 능숙한 수준에 이르려면 시간이 꽤 오래, 그러니까 두 시간쯤 걸린다는 것이었다. 나는 쁘란이 매우 높은 경지에 다다른 라마승이라는 사실을 몰랐고, 자신의 전생을 기억하며 장차 태어나는 방식까지 스스로 선택할 수 있는 '뚤꾸化身'라는 사실은 더더욱 몰랐지만, 쁘란의 말을 가만히 듣다 보면 뭐든 사리에 착착 맞는 듯했다. 그리고 쁘란이 하는 일이라면 뭐든 다 도와야 할 듯했다. 그들은 자정이 지나 아들도 곯아떨어지고 나서야 되게 가기 싫은 표정으로 집을 나섰다. 그들이 빠져나가니 평소 작게만 느껴지던 우리 집이 텅 빈 공원 같았다. 그렇다면 가운데 드러누워 쿨쿨 자고 있는 성범수는 세금이 엄청 들어간 용상이었다.

그로부터 사흘이 지난 아침, 쁘란 일행이 전처럼 거지꼴이 아니라 깨끗이 빨아 다린 붉은 승복 차림의 정식 파견단으로 다시 찾아왔다. 이번에도 빈손이어서 성범수가 매우 실망했다. 살생을 멀리하니 통닭을 안 사 오고 평화를 희구하니 물총을 안 사 온 건 알겠는데, 대신에 과자나 크레파스를 사 올 수 있지 않았을까 하고 범수의 아비로서 나는 생각했다. 숭늉 한 사발씩 마신 승려들은 앉았다 일어났다 부산을 떨다가 어느 틈에 성범수를 거실 구석에 몰아넣고 자신들은 그 주위를 둘러싼 자세로 정좌했다. 이어 둘씩 셋씩 웅얼거리던 말을 한순간 딱 끊음으로써 엄숙한 분위기를 조성하더니, 사람을 꿰뚫는 듯한 눈빛의 중늙은이 승려가 품에서 숟가락 다섯 개를 꺼내 아들 앞에 착착 늘어놓았다.

범수가 망설임 없이 그중 하나를 집어 들었다.

갑자기 승려 전원이 앉은 상태에서 허리를 꼿꼿이 세우고는 게송을 외기 시작했다. 하나도 알아들을 수 없는 발음으로 저희끼리 합창을 하고, 주거니 받거니 돌림 노래까지 불렀다. 그러다 어느 순간 숟가락을 꺼낼 때와 마찬가지로 갑자기 딱 끊었다. 이어 단장 쁘란이 자기만큼 늙어 보이는 동료 승려의 어깨를 부드럽게 두드렸다. 제일 구석에 앉아 있던 젊은 승려는 벌써 이마를 땅에 짓찧으면서 엉엉 울고 있었다. 범수가 집어 든 것은 15대 달라이 라마가 평생 써 온 숟가락이었다. 비슷하게 생긴 나머지 네 개는 근처 다이소에서 사온 가짜들이었다.

"얘가 티베트의 왕이라고?"

그날 저녁, 잠든 범수의 손톱을 똑똑 잘라 내며 아내가 말했다. 달라이 라마란 관세음보살의 화신이라고 쁘란이 분명히 알려 주었는데도 아내는 자꾸 티베트의 왕이라 했다.

"아니, 일단은 그렇지만, 아직 모르지."

내가 말했다. 들은 바에 의하면 시험은 앞으로 두 번이 더 남았다. 그리고 나는 성범수가 남은 시험에서 보기 좋게 떨어질 거라 믿어 의심치 않았다. 내 몸에 단단히 새겨진 유전자 정보 중 하나는 바로 코앞에서 기회를 놓치는 것이었다. 나는 그 조바심을 아내에게 전했다. 그런데 아내는 내 말을 들은 체도 안 했다.

"왕을 시험 봐서 뽑는구나. 민주주의 왕국인가 보다."

그러더니 그 밤중에 찢어지는 소리로 웃어 대어 기어코 범수를 깨워 놓았다.

4

모든 게 바뀌었다. 우리 가족의 밥줄 노릇을 해 오던 장난감 목제 가구가 거실에서 싹 치워졌다. 대신에 비단 방석이 열 개 깔렸고 그만큼의 밥그릇, 수저, 찻잔이 세간에 더해졌다. 아내는 파견단을 대접하기 위해 하루에 두 번씩 장을 보았다. 모든 일에 필요한 돈은 외교부 관리에게 달라고 하면 되었는데, 그 돈 달라고 말하는 것이 내 임무였다. 때로는 내가 달라고 하지 않아도 외교부가 먼저 나서서 이런저런 명목으로 돈을 주었다. 티베트 정부에서 보낸 보조금이 도착하기 전까지 외교부에서 임시로 지원하는 것이라 했다. 관리의 말에 따르면 티베트에서 보낸 보조금은 파견단의 행로를 그대로 밟아, 다시 말해 육로로 중국을 거쳐 황해까지 갔다가 바다를 건너 인천에 도착하여 다시 차편으로 우리에게 전

달될 예정이었다. 모바일 뱅킹을 하지 않은 이유는 보조금이 순도 높은 티베트산産 사금 한 주먹이기 때문이었다.

　형편이 급작스레 여유로워진 한편으로 생활은 그만큼 부자유스러워졌다. 어디선가 사람들이 나타나 주위를 깨끗이 청소했고 공원으로 이어진 길가의 가로수를 정리했으며 깨진 보도블록을 교체했다. 또 우리 집에 들어와 돈벌레를 싹 잡아 갔다. 물론 물어봤더라면 그렇게 해 달라고 부탁했을 테지만, 이 모든 작업이 우리의 의사와 상관없이 이루어졌다. 자존심이 상했다는 말이 아니다. 그냥 좀 불안했다. 사람들이 저희 마음대로 우리 아들에게 말을 걸고, 아들의 사진을 찍고, 아들을 등에 업었다. 전에 우리가 궁핍한 주인공이었다면 이제는 부유한 엑스트라가 된 기분이었다. 하지만 나를 정말로 불안하게 만든 건 따로 있었다. 만약에 성범수가 정말로 달라이 라마라면, 그는 의정부 가능동이 아니라 당연히 티베트 라싸에 살아야 한다. 달라이 라마는 제 엄마에게 고무호스로 두들겨 맞는 대신 고위 라마승들의 가르침과 보살핌 속에서 성장해야 한다. 달라이 라마는 스스로 자신의 후생을 결정한 존재이니 부모에게 머리를 숙이지 않는다. 부모는 잠시 기저귀를 갈아 주고 젖을 먹여 준 도우미들에 불과하다.

　불안했다.

　나는 불안했다. 일이 잘못되어 가는 것 같아서 불안했다. 그런데 더듬어 보면 아들이 먼 타국에서 외롭게 부귀영화를 누리는 게 잘못되는 건지 가족의 품에서 자라나 밑반찬처럼 구린 부모의 꼬

락서니를 물려받는 게 잘못되는 건지 알 수 없었다. 차라리 내가 16대 달라이 라마라고 해 주었으면 좋았겠지만, 하필 나는 염치를 아는 인간이다.

뜻밖에도 아내는 벌써 마음을 정한 모양이었다. 이를테면 언제부터인가 '세계 평화'라는 말을 입에 달고 살았다. '화장실 고무호스를 치웠으니 세계 평화가 반은 지켜진 거지.' 하는 식이었다. 우리는 승려들과 관리들이 모두 돌아가고 범수도 곯아떨어진 밤이면 새로 들인 리바트 식탁에 앉아 이런저런 이야기를 나누었다. 우리가 은밀히 대화할 수 있는 시간은 그때밖에 없었다. 문득 우리의 대화가 끊겼다. 아니나 다를까, 아내가 슬그머니 중얼거렸다.

"인생은 한 번뿐인데……."

아마 그 말 때문이었을 것이다. 내가 여보, 하고 운을 뗐다.

"이거 다 믿어? 그러니까, 그 뭐지, 전생이니 윤회니 하는 거 말이야."

아내는 대답하지 않았다. 인생이 한 번뿐이라면 전생이니 윤회니 하는 게 있을 리 없다. 세계 평화를 지키는 달라이 라마가 여러 번 환생할 수도 없고 우리 아들이 관세음보살의 현신일 수도 없다. 이 소동들은 모두 헛짓거리에 불과하다.

아내는 대답하지 않았다. 그저 내 뒤쪽의 어딘가를 물끄러미 바라만 보았다. 그래도 괜찮았다. 사실 대답이 꼭 필요한 게 아니었다. 모든 일은 아내와 쁘란이 상의해 결정했다. 나는 아내가 시키는 대로 고분고분하게 따르기만 하면 되었다. 다만 이 집의 당나귀로서 모든 게 제대로 굴러가고 있는 건가 궁금할 뿐이었다. 아내가 대답하지 않아도 괜찮았다. 그래서 아내가 갑자기 칼을 품은 목소리로 말하자 깜짝 놀랐다.

아내는 응, 하고 말했다. 이글거리는 눈으로 나를 바짝 노려보았다.

"응. 믿어. 죽어도 믿어. 우리 아들이 티베트의 왕이야."

이튿날 파견단의 여섯 승려가 숟가락을 가지고 왔을 때의 차림으로 나타났다. 그때와 똑같이 범수를 거실 구석에 몰아넣고 둘러싸듯 앉더니, 네 귀퉁이가 찌그러진 흑백 사진 열댓 장을 늘어놓았다. 그 오래된 사진들은 각기 다른 농가와 불교 사원 풍경을 담고 있었다. 쁘란이 말하길, 그중에서 뭔가 낯익은 사진 한 장을 고르라는 것이었다.

성범수가 사진들을 찬찬히 훑어보더니 차례로 두 장을 들었다.

"꼭 한 장만 골라야 해요? 이렇게 두 장은 안 돼요?"

만약에 우연이라 한다면 이 우연은 천지 만물을 통찰하는 부처님께서 꼼꼼히 만들어 낸 걸작일 것이다. 그 자리의 모두가 들었다시피 쁘란이 낸 문제는 열댓 장 가운데 딱 한 장이었다. 그런데 정답은 성범수가 집어 들은 두 장이었다. 하나는 전임 달라이 라마가 태어난 집이고, 다른 하나는 그가 어릴 적 자주 놀러 다니던 집 근처의 사원이었다. 성범수가 고른 건 그 두 장이었다. 게다가 성범수는 집 근처 사원을 먼저 골랐고, 다음으로 그가 태어난 집을 골랐다. 그렇게 골라야 옳은 건데, 그 일이 실제로 이루어졌다.

쁘란의 설명을 듣고 내가 얼마나 얼이 빠졌는지는 도무지 형언할 길이 없다. 나만이 아니라 아내도, 쁘란을 비롯한 파견단의 모든 라마승도 마찬가지였을 것이다. 밀교의 오랜 비의가 눈앞에 드러나는 순간에 태연할 수 있는 사람은 없다. 현기증이 폭풍처럼 밀어닥쳐 보는 이의 영혼을 단박에 털어 가기 마련이다.

나도 모르게 아들을 향해 넙죽 큰절을 올렸다.

5

마지막 시험이 남았으나 내게는 더 이상 아무런 의심이 없었다. 그저 이별의 날이 다가오는 게 마음 아플 뿐이었다. 아마 예전의 나라면, 뭔가 이상하다는 걸 라마승들이 알아채기 전에 텔레비전과 냉장고를 새로 교체하고 식량도 좀 쟁여 둘 궁리를 했을 것이다. 그러나 믿음을 갖게 된 나는 그러지 않았다. 다만 아들과 최대한 많은 시간을 보내고자 노력했다. 그런 내 마음을 아는지 모르는지 성범수는 나보다 파견단의 승려들, 특히 늙은 쁘란과 더 자주 시간을 보냈다. 쁘란에게 거친 장난을 쳐도 괜찮고 뭐든 요구해도 괜찮아서 그런 모양이었다.

두 번째 시험이 끝나고 사흘인가 나흘인가 흐른 날이었다. 저녁 공양 후 범수는 승려들과 거실에서 놀고 우리는 식탁에 앉아 쉬고 있었다. 쁘란이 다가와 슬그머니 내 옆에 앉았다.

"잘 길러 주셨습니다. 훌륭한 부모는 달라이 라마의 환생에 반드시 필요한 조건이지요."

억양이 너무 우아해서 나이 지긋한 아나운서가 말하는 것 같았다.

"실은 두 분을 처음 봤을 때부터 알아차렸습니다. 달라이 라마가 이 집을 지나치지 않으셨을 거라고 말입니다. 혹시 두 분은 어떻게 서로 부부가 되었는지 아십니까?"

그는 우리에게 기억하냐고 묻지 않았다. 아느냐고 물었다. 그건 자기가 이제부터 설명해 주겠다는 뜻이어서, 그럴 때 눈치 없이 말을 끊으면 안 된다. 아니나 다를까, 쁘란이 아나운서 억양으로 말을 이었다.

"우리 모두 자유로운 영혼으로 태어나 각자 고유한 삶을 살아간다고 생각하지만, 사실 우주에는 단 하나의 정신밖에 없답니다. 그런데 단 하나의 정신은 너무 외로운 나머지 온갖 꿈을 꾸지요. 그 꿈 하나하나가 바로 당신이고 달라이 라마고 여기 쁘란 린뽀체입니다. 신기한 건, 그 꿈들이 무한히 꾸어지는 과정에서 간혹 서로 겹치거나 이어지는 기적이 벌어지기도 한다는 점입니다. 말하자면 나는 당신이 꾼 달라이 라마가 꾸는 꿈, 꿈이 꾸는 꿈이며 이 공간이라는 꿈과 이 시간이라는 꿈에서 서로에게 닿은 것입니다. 두 분 역시 그렇게 이어졌습니다."

쁘란이 꿈꿈대는 동안 성범수가 식탁으로 걸어왔다. 그저 눈빛만 오갔을 뿐인데 쁘란이 슬그머니 일어나 성범수를 안아 잠자리에 뉘었다. 그 밤, 아내와 나는 식탁에 나란히 앉아 손을 맞잡은 채 길고 긴 한숨을 내쉬었다.

드디어 마지막 시험일이 되었다. 티베트의 국영 방송국에서 사람이 나와 새벽부터 거실 곳곳에 조명과 카메라를 설치했다. 그들이 찍는 영상은 세계 각지로 송출될 예정이었다. 앞선 두 번의 시험이 긴장되었다면 이번 마지막 시험은 어딘가 무섭기까지 했다.

텔레비전을 비롯한 온갖 세간들을 전부 옆으로 밀어내 휑해진 거실 구석에 범수가 앉았다. 파견단 여섯 승려가 성범수와 일정한 간격을 두고 일렬로 정좌했다. 꿰뚫는 듯한 눈빛을 가진 중늙은이 롭쌍이 품에서 비단 주머니를 꺼내어 그 안에 든 물건 다섯 개를 범수 앞에 늘어놓았다. 작은 염주, 큰 염주, 세모꼴에 금장이 수놓아진 손바닥만 한 헝겊, 둥근 옥구슬, 구리로 된 작은 종鐘이었다.

"하나를 고르시면 됩니다."

단장 쁘란이 말했다. 그는 미소를 짓고 있었다. 아무것도 의심하지 않고 아무것도 두려워하지 않는 미소였다. 쁘란은 그리 태연하게 미소 짓는 법을 전생에서 배웠을 것이다.

범수가 장신구 다섯 개를 하나하나 만져 가며 살펴보았다. 여섯 살짜리 아이의 동작답지 않게 섬세하고 자연스러웠다. 모두가 믿고 있었다. 누구도 의심하지 않았다. 어디서 피운 건지 경건한 침향 냄새가 코끝을 스쳐 갔다. 성범수가 아까 내려놓았던 옥구슬을 다시 들었다. 이리저리 굴려 보더니, 손바닥으로 꽉 쥐었다. 그리고 쁘란에게 손을 뻗었다.

늙은 라마승의 얼굴에서 미소가 사라졌다.

그냥 사라진 정도가 아니었다.

싸늘해졌다.

쳐다보기 무서울 정도였다.

놀랍게도 옥구슬은 제대로 된 답이 아니었던 것이다. 파견단이 크게 당황했고, 그 바람에 분위기가 완전히 이상해졌기 때문에 내가 급히 성범수를 방으로 데려가야 했다. 아내가 뒤따라와 문을 닫아걸었다. 뭔가 잘못된 걸 알았던지 범수가 내 품에서 울먹거렸다. 거실은 소란스러웠다. 처음 만났던 때처럼 파견단 전원이 한꺼번에 입을 열어 시끄럽게 떠들어 댔다. 대화를 할 마음이 아예 없는 사람들 같았다. 제발 입 좀 다물어 주면 좋겠다고 생각했다. 아내도 나와 같은 생각이었을 것이다. 범수야, 하고 아내가 다정하게 말했다.

"괜찮아. 틀릴 수도 있는 거지. 저 아저씨들이 뭘 몰라서 그래. 괜찮아. 정말 괜찮으니까 이제 그만, 그래, 이제 다 그만두자. 엄마는 이제 그만하고 싶다."

범수가 그 말에 오히려 눈물을 주룩주룩 흘렸다. 엄마, 하고 기어들어 가는 목소리로 말했다. "엄마, 내가 미안해요."

"미안하긴, 우리 아들은 잘못한 거 하나도 없어. 저 아저씨들이 잘못한 거야. 자기들이 잘못 찾아와 놓고는 시팔 우리 아들한테 왜 그래 진짜?"

아내가 문 쪽을 흘겨보며 말했다.

범수가 손등으로 눈물을 닦으며 제 엄마를 보았다.

슬그머니 다른 손으로 무언가를 내밀었다.

"이거라고 말했으면, 이제 엄마 아빠랑 같이 못 살거든요."

구리로 된 종이었다.

그냥 들고만 있어도 딸랑거리는 종을 어떻게 몰래 슬쩍했는지 알 수 없었다.

아내가 입을 짝 벌린 채 나를 보았다. 짧은 몇 초 동안에 우리 사이로 길고 긴 무언의 대화가 오갔다. 어쩌면 평생에 걸쳐 나눈 대화보다 길었을지 모른다.

아내가 슬그머니 일어나 문을 열고 밖으로 나갔다. 거실의 소란이 금방 가라앉았다. 이윽고 문을 똑똑 두드리는 소리가 났다. 아내가 우리 둘 모두 밖으로 나오라 했다.

순식간에 오 분 전으로 돌아간 것 같았다. 조명 한가운데 티베트 승려들이 정좌해 있고, 카메라도 다시 작동하는 중이었다. 쁘란이 범수를 구석에 앉히고는 나긋나긋한 경어체로 물었다.

"혹시, 그거 가지고 있나요?"

범수가 나를 보고, 또 제 엄마를 보았다.

아내가 고개를 끄덕였다.

범수가 주머니에서 구리로 된 종을 조심스럽게 꺼냈다. 딸랑딸랑 작고 귀여운 소리가 났다.

"여기 있어요. 안 망가뜨렸어요."

쁘란이 자상한, 그러나 떨리는 목소리로 물었다.

"왜 이걸 가져갔지요? 다른 예쁜 것들도 있는데 왜 이걸 가져가셨어요?"

성범수가 다시 나를 보았다. 두 눈에서 광채로 휩싸인 꽃망울이 이제 막 봉우리를 터뜨리려 하고 있었다. 그 순간에 나는 떠올렸다. 논두렁 밭두렁에서 나를 낳으신 가난한 부모를 떠올렸다. 어머니의 칼자국 모양 주름과 고된 사포질로 상한 아내의 손을 떠올렸다. 공원에서 소주 냄새 풍기며 밑도 끝도 없는 우울과 싸우던 순간을, 파견단을 만난 후로 우리가 종일 함께 지낸 날들을, 그러는 동안에 여섯 살짜리 아이란 얼마나 희한하고 황당하고 재미있는 존재인지 알아 가던 시간을 떠올렸다. 그 모든 기억들을 한꺼번에 떠올렸다. 그 기억들이 티격태격 패싸움을 벌였다. 모두 내 기억들이라 어느 한쪽 편을 들 수 없었다. 엉겁결에 고개를 끄덕이자, 마치 승낙을 받은 양 성범수가 쁘란 린뽀체에게 고개를 돌리더니 한 단어 한 단어 야무지게 말했다.

"이게 바로 내 장난감이니까요."

6

나는 전보다 더 아내에게 의지하는 남자가 되었다. 뭐든 자신이 없어서 아내에게 물어보았다. 아내가 말하는 건 전부 맞는 것 같았는데, 일단 동의하고 나서는 내가 자존심도 없고 생각도 굼뜬 당나귀처럼 느껴져 맥이 빠졌다.

그분이 떠나간 집은 예상보다 넓고 적막했다. 티베트 정부에서 우리 부부를 귀족으로 임명하고 또 추가로 다섯 움큼의 사금을 보내왔다. 나는 그 사금으로 면사 공장을 다시 돌려 대박 칠 궁리를 했으나 아내가 잽싸게 낚아채 우리가 사는 월세 집을 매입했다. 무슨 의논이나 합의 같은 건 없었다. 우리 부부는 원래 그랬다.

한 달인가 어영부영 보낸 우리는 슬그머니 사포질을 재개했다. 아침을 먹고 나서 아내가 장난감 목제 가구를 한 보따리 꺼내 온다. 전날 빨아 둔 마스크를 쓰고 거실에 둘이 마주 앉는다. 조그맣게 잘라 둔 사포를 손가락 사이에 낀다. 사사삭 소리가 들리기 시작한다. 사사삭 계속해서 들린다. 오후의 햇살이 이리저리 날아다니는 뽀얀 나무 먼지를 비추기 시작하면, 그러니까 하루가 반쯤 지난 것이다. 거기서 또 조금 시간이 지나 어둑어둑해지면 이제 내가 거실의 형광등을 켤 차례였다.

식사를 마친 후 잠시 쉴 때는 알맹이가 없는 대화를 나누곤 했다. 한번은 강아지를 기를 것인가에 대해 논의했는데, 뭐라고 결론을 내렸는지 기억도 나지 않을 만큼 흐지부지 끝났다. 아마 우리는 같은 상상, 그러니까 우리의 내밀한 일상에 끼어들게 될 강아지가 전생에 우리가 아는 누군가였을지 모른다는 상상을 했던 것 같다. 그건 아무래도 꺼림칙한 일이었다.

우리는 그분께서 의정부 가능동으로 돌아올 리는 절대 없다고 생각했다. 티베트 라싸의 포탈라 궁전 집무실에서 세계 평화를 위해 중요한 일을 해야 하니까. 적어도 서로에게는 그렇게 말했다.

하지만 우리는 의정부를 떠나 서울 노원구로 이사를 가려다가 막판에 그만두었다. 남해로 사나흘 여행을 다녀올 계획을 세웠으나 그 역시 출발 전날에 취소했다. 아무래도 집을 비우고 어딘가 다녀오는 게 내키지 않았다. 물론 그에 관해 곧이곧대로 털어놓은 적은 없었다. 연극하듯 이러쿵저러쿵 계획을 세우고, 어영부영 포기하고, 아쉬워하거나 탓하는 대신에 다음 차례의 가짜 계획이 나올 때까지 알맹이 없는 대화를 이어갔다. 우리의 대화에 알맹이가 없었던 이유는 아들 성범수를 빼고 가족여행에 관해 얘기했기 때문이다. 그건 장마가 '비'라는 단어를 빼고 자기소개를 하는 것과 비슷했다.

겨울이 지날 무렵 교육부에서 우편이 왔다. 성범수의 초등학교 입학을 준비하라는 내용이었다. 입학이 어려울 경우 — 아마도 어딘가 다쳤거나 병이 들었거나 하는 경우를 말하는 것일 텐데 — 미리 연락해 달라고 적혀 있었다. 아내는 답장을 썼다. 딱 한 문장이었다.

우리 아들이 티베트의 왕이올시다.

자랑보다는 비아냥 쪽이어서, 굳이 그런 어투를 써야 직성이 풀리는 건지 못마땅했다. 하지만 있는 눈치 없는 눈치 다 보며 살았던 내 학창 시절을 떠올리면 한편으로는 조금 후련해지는 면도 있었다. 아내 역시 아마 그런 기분으로 썼을 것이다. 어쩌면 다른 마음일 수 있다. 이를테면 아내의 어투는 의기양양하게 까부는 것이 아니라 상처를 들쑤신 상대에게 화를 낸 것이었을 수 있다. 그럼에도 아내는 자신이 화가 났다는 사실조차 몰랐던 것이다. 그리고 나는 그때나 지금이나 내가 무슨 말을 하고 있는지 모른다. 우리 부부는 원래 그랬다.

인생은 한 번뿐인데……

한동안 안 해서 이제 영영 안 하려나 보다 했다. 전에는 듣기가 참 거북했는데, 오랜만이라 반가웠다. 그런데 아내의 말은 거기서 끝나지 않았다.

기왕에 사는 거, 좀 멋지게 살 수 없을까?

딱히 할 말이 떠오르지 않아 그러게, 하고 하나 마나 한 대꾸를 해 버렸다.

아내는 잠시 머뭇거리더니 힘없이 내 말을 따라 했다.

그러게.

그러게 말이야.

봄은 그분의 첫 편지와 함께 도착했다. 우리는 리바트 식탁에 나란히 앉아 편지를 읽었다. 누군가 대필을 해 준 모양으로, 한글은 한글인데 이상한 단어들이 많았다. 이태 동안 수련을 거쳐야 하며, 그 후에 형식적인 시험을 거쳐 달라이 라마로 공식 취임한다고 했다.

뭐야? 아직 달라이 라마가 아니라고?

지난번 교육부에 보낸 편지를 떠올리며 내가 말했다.

그게, 하고 아내가 아무렇지 않은 척 말했다. 그냥 절차가 그런가 봐.

수련은 티베트에서 가장 학식이 높은 스승들이 주관한다고 했다. 그런데 우리나라의 초등학교와는 많이 다른 모양이었다. 무엇보다도 시간이 딱히 정해져 있지 않다고 했다. 티베트 사람들은 시간에 맞춰 사는 걸 별로 중요하게 생각하지 않는데, 일이란 시작되는 순간과 마치는 순간을 스스로 품고 태어난다는 이유에서였다. 설명이 참 그럴싸했다. 대부분의 수업은 명상과 기도였다. 그분은 명상을 통해 직접 깨우친 삼라만상의 원리를 가르쳐 주었는데, 우리로서는 도통 알아들을 수 없는 소리였다. 그 외 사소한 일상사도 두서없이 적혀 있었다. 티베트는 지대가 높아 병이 거의 없다는 이야기, 저녁마다 산적처럼 생긴 아저씨가 와서 자기 발을 씻겨 주는데 간지러워 눈물이 난다는 이야기, 두 명의 첸샵에게 토론술을 배우는데 그게 말대꾸와 어떻게 다른지 모르겠다는 이야기, 몰래 고기를 먹는 쭈그렁 노승을 발견해 혼쭐을 내 주었다는 이야기, 5대 달라이 라마가 남긴 가르침을 배우는데 선생들이 먼저 존다는 이야기, 이런 이야기, 저런 이야기…….

아무리 찾아도 우리가 보고 싶어 하는 문장은 없었다. 슬그머니 고개를 들었더니 아내 눈에 눈물이 글썽거리고 있었다. 못 보는 편이 나았을 것이다.

어머, 내가 미쳤나 봐!

내 등짝을 있는 힘껏 후려갈기고는 낄낄거리며 웃었다.

첫 편지 이후로 매달 한 번씩 꼬박꼬박 편지가 도착했다. 겨울에는 삭막한 포탈라 궁전에 머무느라 지루했는데 봄부터 노부링

카라고 불리는 사원에서 즐겁게 지낸다고 했다. 파견단의 일원이었으며 꿰뚫는 듯한 눈빛을 지닌 중늙은이 롭쌍 린뽀체가 주지로 있는 그곳에는 앵무새와 원숭이, 몸집이 커다란 티베트 개 독키, 낙타, 사향노루, 산염소 등 여러 동물이 사는데 전부 롭쌍과 가족처럼 친하다는 것이었다. 특히 원숭이는 롭쌍만 보면 옷자락으로 파고들어 되게 부럽다고 했다. 자기도 잘 지내보고 싶은데 다가가기도 전에 도망을 가 버린다며 이렇게 썼다.

왜 모두들 롭쌍 아저씨만 좋아하는 걸까요?

어째서요?

왜? 어째서요?

여름에 온 편지에는 이듬해 초봄에 열리는 축제인 로싸르에서 무당 쿠텐이 티베트의 수호신인 도르제 드라크덴의 신탁을 받는다는 내용이 적혀 있었다. 그 일만 끝나면 드디어 대관식이 열릴 것이고, 그때는 우리도 초대를 받아 삼 주간 라싸의 포탈라 궁전에 함께 머물 수 있다고 했다.

잔뜩 희망찬 이야기 다음에는 잔뜩 끔찍한 이야기가 이어졌다. 역시 파견단의 일원이었고 단장 쁘란 린뽀체 다음으로 나이가 많은 레팅 린뽀체가 반란을 일으켰다가 진압되었으며, 그와 추종자 서른두 명이 한날한시에 처형되었다는 것이었다. 아내는 가슴을 쓸어내리고는 어쩐지 한국에 있을 때부터 레팅의 눈빛이 그닥 좋아 보이지 않더라고 말했다. 하지만 그건 내 기억과 조금 달랐다. 나는 레팅이 꼬박 다섯 시간 동안이나 그분을 업고 있던 걸 기억하고 있었다. 그동안 레팅은 계속 미소를 지었는데, 마치 현생에 존재하지 않는 자기 아들을 업고 있는 듯한 미소였다.

레팅이 맡고 있던 직책도 달라이 라마처럼 환생을 통해 계승되는 자리지만 반란으로 처형당했기에 영구히 폐지된다고 했다. 그날 밤 나는 어느 먼 나라의, 아마 인도 사람인 듯 눈이 크고 예쁘장하게 생긴 꼬마가, 왜 파견단이 새로운 레팅 린뽀체인 자기를 데리러 오지 않는 걸까 의아해하며 저녁마다 노을 지는 창밖만 바라보는 꿈을 꾸었다.

가을에 온 편지에는 노부링카에서의 마지막 나날이 적혀 있었다.

떠날 때가 다 되어서야 간신히 물고기들과 친해졌어요.

아무에게도 알려 주지 마세요.

비결은 곁눈질하면서 먹이를 던져 주는 거예요.

그분의 편지가 도착할 무렵이면 우리는 괜히 분주해졌다. 함께 장을 보러 갔고, 집을 안팎으로 청소했다. 스티로폼 상자를 얻어다 흙을 깔고 가지런히 이랑을 파 상추를 기르기도 했다. 파란 새싹이 빽빽하게 올라오기 시작하면서부터 우리는 매일 한 움큼씩 싹을 솎아 냈다. 나는 아침에 일어나자마자, 아내는 저녁에 물을 주기 전에 솎았다. 처음에는 남들보다 비실비실한 싹을 골라 솎았는데, 나중에는 너무 많이 올라오는 바람에 간격에만 신경 쓰며 대충 뽑아 냈다. 뽑혀 나온 녀석들은 금세 축 늘어졌다. 그들 중에는 이다음에 굉장한 상추로 클 녀석도 있었을 것이다. 자라고 자라 멋진 고목이 되거나 울창한 숲을 이룰 녀석도 있었을 것이다. 우리가 손끝 한 번으로 가볍게 솎아 내지 않았다면, 다가올 세기의 경치는 크게 달라졌을지 모른다.

나는 편지의 마지막 장을 오래 들여다보곤 했다. 저 옛날 아내와 내가 며칠간 고심하여 지어 주었던 이름은 보이지 않았다. 그 대신에 어마어마한 호칭들이 편지 끝에 세 줄로 적혀 있었다. 어쩐지 맨 마지막 줄은 그분이 한국에서 즐겨 부르시던 동요 같았다.

왕 중의 왕

스승들의 스승

오. 내 사랑 달라이 라마.

7

성범수가 까까머리 거지 행색으로 돌아온 건 겨울이 물러간 이듬해 봄의 어느 아침이었다. 인기척에 현관문을 열었더니 웬 전쟁 고아 같은 놈이 서 있었다. 무슨 생각에서였는지 벨을 누르지 않고 한참 동안 문을, 그것도 귀를 기울여야 간신히 들릴 만한 소리로 노크한 바람에 멀리서 무슨 도로 공사가 벌어진 줄로만 알았다. 아내가 황급히 밥상을 차려 주자 며칠을 굶었던지 막 해 둔 밥을 한 솥 다 먹었다. 지켜보는 내가 배탈이 날 정도였다.

일단 배를 채우고 나서는 한동안 어어 울더니 고꾸라지듯 잠에 들었다. 옷을 갈아입히고 젖은 수건으로 더러운 얼굴과 발을 닦아 낸 후 방에 눕혔다. 아내는 잠시 볼일이 있다며 옷을 차려입고 나갔다. 나중에 한 다리 건너 들은 바로는, 외교부 청사에 침입해 고위 공무원들에게 훈계 중인 장관 머리채를 붙잡고 누굴 빙다리 핫바지로 보냐며 난리를 쳤다 한다. 남부끄러워서 고개를 들고 다닐 수가 없었다.

훗날 여러 신문에 대문짝만 하게 보도된 사태의 전말은 이러하다.

초봄의 축제인 로싸르에서 무당 쿠텐이 불길한 신탁을 받은 게 시작이었다. 뒤이어 묀람이라 불리는 기도회가 열렸는데, 고위 승려들이 도열한 왕의 정원에 들어가며 치른 세 차례의 간단한 문답 시험을 성범수가 전부 틀려 버렸다. 사실 그건 시험이라기보다는 미리 정해져 있는 끝말잇기 같은 것이어서, 14세기의 초대 달라이 라마 이래 한 번도 틀린 전례가 없었다. 상황이 이렇게 되자 반신불수의 섭정이 병상에서 성범수를 면담하고, 이번에는 성범수의 이마 모양을 트집 잡았다. 달라이 라마는 전통적으로 매우 성스러운 이마를 갖고 태어나지만 성범수는 그냥 메뚜기 이마이기 때문이었다. 신문 보도에 따르면 이런 흐름은 모두 섭정의 권력 찬탈이고, 레팅 린뽀체를 비롯한 고위 라마들이 일으켰던 그간의 여러 반란은 사실상 성범수를 보호하기 위한 친위 쿠데타였다고 하는데, 내가 보기에 별 근거가 있는 소리는 아니었다. 그 무렵 미얀마에 갔던 파견단의 전갈이 라싸에 도착했다. 여러 테스트를 거쳐 달라이 라마 다음으로 고귀한 영적 권위를 지닌 판첸 라마로 인정되었던 일곱 살짜리 소년에게 추가로 놀라운 징조가 발견되었다는 소식이었다. 몇 가지만 옮기자면 그 아이는 미얀마 말로 '폐'를 뜻하는 아숩 마을에서 오후 두 시에 태어났으며, 등 뒤에는 초승달 모양의 화상 흉터가 있고, 부모는 불교 사원에 용을 닮은 뱀의 왕 나가naga 장식을 하는 전통 목수였다. 무엇보다도 그 아이는 14대 달라이 라마가 생전에 가까이 지냈던 몇몇 사람들의 이름과 특징을 또렷이 기억하고 있었다. 일이 이렇게 되자 티베트 제2의 도시인 시가체의 타시룸포 사원에 가야 할 그 아이가 방향을 틀어 라싸로 직행하게 되었다. 새로운 달라이 라마의 행렬이 도착할 때까지 범수가 만약 라싸에 머물고 있었다면 쿠데타로 간주되어, 일전에 반란을 일으킨 승려들과 마찬가지로 사형을 당했을 것이었다.

결론부터 말하자면, 그 미얀마 아이가 바로 16대 달라이 라마다.

신문에 난 사진만 보고도 나는 그 아이가 모든 면에서 옳다는 것을 알았다. 그는 세상 모든 사람에게 평화를 나눠 줄 만큼 고상한 머리통을 지니고 있었다. 눈이 일반인의 두 배, 입도 두 배였고 이마는 어림잡아 다섯 배쯤 되었다. 반짝거리는 그 이마에서 형언하기 어려운 존귀함이 뿜어져 나오고 있었다. 이건 과장이 아니다. 신기하게도 우윳빛으로 반짝이는 무언가 풍요로운 액체가 이마에서 질질 흘러나와 얼굴 전체를 덮고 있었다. 그 아이가 달라이 라마가 되지 못했다면 의젓한 젖소가 되었을 것이다.

그럼에도 나는 범수가 여전히 달라이 라마라는 믿음을 버릴 수 없었다. 내가 그렇게 믿는다고 바뀔 건 없다. 나 역시 별로 단단하게 믿는 것도 아니다. 내 아들이 진짜 달라이 라마다, 하고 가끔 혼자 중얼거릴 뿐이다.

아내는 나와 정반대였다. 사정을 모두 듣고 나서 '그럼 그렇지.' 하고 코웃음을 친 후로는 전처럼 아들을 마구잡이로 대하기 시작했다. 예컨대 범수가 "엄마, 난 세상 사람들이 모두 행복했으면 좋겠어."라고 말하면 "이 새끼 네 앞가림이나 잘하세요." 하고 쏘아붙였다. 초등학교에 입학한 성범수는 교사들의 근심거리였다. 혼자 멍하니 공상에 젖을 때가 많아 시험 성적이 대략 뒤쪽이었다. 뭐라 말이라도 걸어 볼라 치면 이상한 부처님 미소나 짓고 자빠졌다. 발육 좋은 급우들의 왕따 놀이에 단골로 초대받았다. 제정신을 가진 부모라면 앞가림을 걱정하는 게 당연했다.

그러나 말투와 달리 아내는 성범수에게 마음의 빚을 갖고 있었다. 언젠가 범수가 학교에 가고 없을 때 이렇게 말한 적이 있다.

개를 팔아먹을 뻔했어. 다시 찾아서 다행이야.

사실 우리는 아들을 팔아먹을 뻔했던 게 아니라 팔아먹었다. 다시 찾은 것도 아니고 저쪽에서 반품한 것이었다. 반품된 아들은 어딘가 몹쓸 버릇이 들어서 왔다. 티베트의 왕으로서 17개월인가 18개월인가 받은 교육이 그 애를 이 땅의 예의범절로부터 한 뼘쯤 밀어낸 것 같았다. 툭하면 알쏭달쏭한 말을, 그것도 반말로 늘어놓아 우리를 당황케 했다. 발도 영 씻지 않았다. 남이 씻겨 주던 습관이 몸에 밴 것이었다. 아내는 고무호스로 때리는 대신 매일 저녁 아들의 발을 씻겨 주었다. 때리는 건 내 등짝이었다.

윤회는 무슨!

그렇게 말하고는 내 등짝을 있는 힘껏 후려갈기며 낄낄거렸다. 골병이 들 지경이었다.

우리 진짜 웃었어, 그치?

그럴 때 아내의 새빨개진 얼굴은 저 잊을 수 없는 가을 아침을 이야기하는 것이었다. 마침내 다가온 작별의 날, 집 안팎으로 만사가 분주하게 돌아가는 동안에 우리 가족은 안방에서 마지막 포옹을 나누었다. 아들아, 하고 입을 연 나는 뒷말을 차마 잇지 못하여 꺼이꺼이 울었다. 아내는 눈도 빨갛고 코도 빨갛고 볼도 빨갛겠지만 눈물만큼은 끝내 흘리지 않았다. 입꼬리를 올려 억지로 웃으며 범수를 껴안았다. 그때 나는 범수의 귀에 대고 아내가 속삭인 말을 들었다.

네가 원하면 언제든 다시 엄마 뱃속에 넣어 줄게.

아내는 그렇게 말했다.

그 캥거루 같은 소리가 내가 들은 전부였다.

아내와 나는 집 앞에 나란히 서서 티베트의 왕이자 북방 소승 불교의 생불, 흰 연꽃을 든 관세음보살의 현신이 가마를 타고 떠나는 걸 지켜보았다. 우리 옆에는 한국 대통령도 서 있었다. 독실한 기독교도인 영부인은 갑자기 배탈이 나서 못 왔다고 했다. 전국 각지에서 모여든 불교도들로 인해 행렬은 수십 리가 넘게 이어졌다.

그렇게 떠난 아들이 거지꼴로 돌아왔으니, 그래, 웃기긴 웃겼다.

자꾸 생각해서 그런지 한동안 티베트에서 날아온 소식이 옆 동네 소식만큼 가깝게 느껴졌다. 하루는 새로운 달라이 라마가 탄트라 전통 중에서도 가장 중요한 칼라차크라 의식을 전수받았다는 뉴스를 보았다. 세계 평화를 기원하는 의식인데, 오직 달라이 라마에게만 계승되는 티베트 불교의 위대한 전통이라 했다. 그날 범수는 방에 처박혀 온종일 울었다.

나 역시 기분이 싱숭생숭해 공원에 나가 술을 마셨다. 자정 무렵 집에 돌아와 안방에 슬쩍 들어가 보았다. 어둠 속에서 아내가 성범수의 목을 조르고 있었다. 뜯어말리려 급히 다가가 보니, 그게 아니라 뒤에서 꼭 껴안은 자세로 쿨쿨 자는 중이었다.

8

우리는 모두 여섯 차례 가족여행을 갔고, 각각 한 번씩 이런저런 사정으로 입원 치료를 받았고, 한 달에 한두 번 정도 노래방에 갔다. 예전에 장난감 물총을 사 왔던 일용직 동료에게 사기를 당했지만 어찌어찌하여 대부분 돌려받았는데, 그 직후에 범수가 사고를 쳐서 그 돈을 고스란히 다시 날렸다. 공원에서 기분 좋게 취해 돌아오는 길에 내가 넘어져 앞니 두 개를 깨 먹었고, 달라이 라마에 관한 다큐멘터리를 찍는다며 찾아온 일본인 영화감독을 아내가 공격했다. 다용도실에 작은 화재가 발생해 맞닿은 쪽 벽의 벽지가 그을렸고, 불이 난 그날을 포함하여 팔 년 동안 하룻밤도 빠짐없이 곰 세 마리처럼 안방에 모여 잤다. 우리는 가끔 새로운 달라이 라마의 소식을 들었다. 세계 평화를 촉구하는 달라이 라마의 연설이 텔레비전에 중계된 적도 있었다. 화면 한가운데에 잡힌 달라이 라마의 이마는 그야말로 굉장했다. 우리는 그 이마를 함께 보았다. 그 이마를 볼 때 우리 셋은 서로 손을 꽉 잡았다. 딱히 손을 잡자는 합의 같은 건 없었는데, 그냥 그렇게 되었다.

잘하고 있네.

아내가 툭 던지듯 말했다.

저 꼬맹이 자식, 내 예상보다 훨씬 잘하고 있어.

아니꼬워하는 말처럼 들렸으나 그건 아내의 말투가 원래 막돼먹었기 때문이고, 속내는 달랐다. 나중에 아내가 직접 얘기한 적이 있다. 그 꼬맹이 역시 타국 출신이라 했다. 그 역시 성범수처럼 어느 가난한 집의 외아들이고, 부모와 생이별했으며, 라싸에 간 뒤로는 맘껏 뛰어놀지 못한다고 했다. 아내는 그를 안쓰러워하는 동시에 사랑했다. 성범수를 어딘가 너무한 방식으로 쫓아내긴 했지만, 그건 달라이 라마가 직접 한 게 아니라 밑에서 심부름이나 하는 부하 놈들이 한 짓이어서, 아무튼 한발 걸쳐 보고 나니 포탈라 궁전에 있는 그 꼬맹이를 저절로 사랑하게 되었다는 것이다. 그 말을 듣자 아내가 우리 가족을 배신한 기분이었다. 이어 아내는 처음이자 마지막으로 타인의 삶에 대해 중얼거렸다.

인생은 한 번뿐인데…….

범수가 돌아오고 팔 년 후에 아내는 음주 운전자가 몰던 검은색 소렌토에 치였다. 마침 근처를 지나던 이웃의 말에 의하면 아내는 허공으로 날아올라 두 바퀴를 돈 후 바닥에 떨어졌다가 그 즉시 발

딱 일어나 몸을 탁탁 털었다 한다. 이어 주위를 찬찬히 둘러보고는, 잠깐 휘청거렸다가, 바닥에 털썩 주저앉았다가, 슬그머니 모로 누웠다는 것이다. 잔뜩 화가 난 것처럼 보이던 그녀의 창백한 얼굴이 한발 늦게 터져 나온 피로 순식간에 물들었다.

만신창이가 된 아내는 중환자실로 옮겨졌다. 의사가 뭐라 씨불이건 간에 나는 아내가 이겨 낼 거라 생각했다. 아내는 실제로 용감하게 싸웠다. 이길 때까지 싸울 것 같았다. 그러나 다섯 시간이 넘어갈 무렵, 나는 아내가 슬슬 포기하고 있다는 걸 깨달았다. 어떤 신호 때문이었는지는 아직도 아리송한데, 다만 그 순간 내가 벼랑에서 떠밀려 홀로 추락하는 심정이었던 것만큼은 또렷이 기억난다. 아내는 그 직후에 안식을 찾았다. 나는 슬픔보다는 충격을 받았고, 그래서 장례도 엉망으로 치렀다. 아들과 나는 장례식 일을 결코 입에 올리지 않는다. 그에 대해서는 할 말이 없다.

정말 아무 말도 하고 싶지 않다.

나는 아내에게 별로 도움이 되는 남자가 아니었다. 그것까지 부모의 탓으로 돌리고 싶지는 않지만, 돌릴 여지가 뭐 전혀 없는 건 아니다. 아무튼 나는 만난 순간부터 헤어지는 순간까지 아내에게 전력으로 들러붙어 왔다. 그래서 홀로 남겨진 후 상처를 받았다기보다는 며칠이고 몇 달이고 불안하여 갈피를 잡지 못했다. 이를테면 어둑해지는 저녁에 거실 형광등을 켜는 건 나였지만 늦은 밤 그걸 끄는 건 아내였기에, 이제 그걸 내가 해야 한다는 사실을 받아들이기가 어려웠다. 당시의 나는 그저 공원의 용상 앞 벤치에 앉아 밤이 늦도록 소주나 마시는 어린아이였다. 취한 나를 부축해 집에 데려가던 열여섯 살 아들 범수가 나보다 어른이었다.

아내의 2주기를 지내고 나서야 비로소 먼 곳으로 며칠 여행을 다녀올 기운이 생겼다. 아들 범수는 통영의 비린내 나는 포구를 보며 즐거워했다. 사실을 말하자면 나 역시 그랬다. 초저녁부터 회를 한 접시 주문해 범수에게 먹이고 나는 옆에서 소주를 한 병인가 두 병인가 비웠다. 우리 둘 다 기분이 꽤 좋았다. 그런데 식당을 나와 어기적거리며 숙소로 걸어가는데, 갑자기 뒤쪽에서 낄낄거리며 성마르게 웃는 소리가 들려오는 것이었다. 나는 황급히 몸을 돌렸다. 고개만 돌려 흘깃 본 게 아니었다. 그리로 막 달려 나갈 것처럼 온몸을 돌렸다. 범수도 마찬가지였다. 우리 부자는 동시에 몸을 획 돌렸다. 그러나 눈앞에는 새하얀 갈매기 한 마리가 있을 뿐이었다. 그 뒤편으로 타박상처럼 불그스름한 저녁노을이 보였다.

이따금 나는 전남 나주에서 태어나 수많은 도시를 떠돌다 의정부 가능동에서 삶을 마친 한 여자를 생각한다. 순식간에 바뀌던 그 오만불손한 표정을 떠올리고, 인생은 한 번뿐이라 중얼거리던 저 목소리를 되새기며, 별안간 터져 나오던 낄낄거리는 웃음과 내 상투를 잡아 흔들던 박력을 돌아본다. 아무도 때리지 않았는데 등짝이 욱신거릴 때인지, 전과는 비교할 수 없게 사포질에 능숙해진 나 자신이 대견해질 때인지, 아니면 늦은 밤 거실 형광등을 끄려다 말고 이건 본디 내 소관이 아니었다는 생각이 장대비처럼 쏟아질 때인지는 잘 모르겠다.

아내를 그리워한다는 건 인생이 한 번뿐이라는 말에도 수긍하는 셈이다. 그러나 살다 보면 우리는 이런 꿈을 꾸기도 하고 저런 꿈을 꾸기도 한다. 때로는 이런 꿈이 잠깐 저런 꿈을 꾸기도 한다. 이런 모양의 꿈과 저런 모양의 꿈이 모여 앉아 둘을 반씩 닮은 아기 모양의 꿈을 꾸기도 한다. 그렇게 이어졌다가 끊기고, 잠시 다른 갈래와 엉켰다 돌아오기도 한다. 어디서 들은 것 같은데 누가 한 말인지는 모르겠다. 하지만 나는 그 말을 믿는다. 아내도 이제 믿을 것이라고 나는 믿는다. 우리는 어떤 식으로든 불멸하는 꿈들 이어서, 가짜로 작별했고, 가짜로 외로우며, 다만 영원히 이어지는 실뜨기놀이의 이번 차례를 마쳤을 뿐이기에, 언젠가 우리는 또다시 세월의 소음 속에서 서로를 찾아가 마치 처음인 것처럼 같이 쉬고 마지막인 것처럼 나란히 걸으며 이 놀이를 반복할 테고, 그러는 과정에서 겪어야 할 수많은 만남과 헤어짐과 이어짐과 끊어짐은 그저 놀이의 사소한 규칙에 불과한 것이라 믿는다.

그에 관하여 요즘도 가끔 아들과 이야기한다.

백수린

2011년 경향신문 신춘문예에 단편 소설 「거짓말 연습」이 당선되며
작품 활동을 시작했다. 소설집 『참담한 빛』, 『여름의 빌라』, 『폴링 인 폴』,
장편 소설 『눈부신 안부』, 중편 소설 『친애하고, 친애하는』 등을 썼다.
젊은작가상, 문지문학상, 이해조소설문학상, 현대문학상 등을 수상했다.

흑설탕 캔디

'아이, 달아.'

이런 천진한 달콤함이라니.

각설탕을 입안에서 굴리자, 단맛이 서서히 퍼지고,

할머니의 머릿속에는 아주 어릴 때의 기억이 떠올랐다.

무슨 일인가로 혼난 후, 양장점 입구 앞 흙길에 앉아 울고 있던

어느 초봄,

할머니가 보았던 여자 손님의 우아했던 보라색 클로시 모자.

인력거에서 내린 그녀가 할머니 손에 쥐여 줬던 흑설탕 캔디.

난생처음 맛보았던 그 황홀하도록 달콤한 맛.

「흑설탕 캔디」 중에서

지난밤 할머니를 꿈에서 본 건 아마도 상우가 한 말 때문일 것이다. 할머니의 네 번째 기일을 맞이해 온 가족이 모여 성묘를 갔던 날, 나는 남동생인 상우로부터 할머니에 관한 놀라운 이야기를 하나 들었다.

"누나, 그 할아버지 기억해?"

　가을볕이 좋은 토요일 오후였고, 공원묘지에는 잠자리들이 한가롭게 날아다녔다. 아직 어린 조카들은 소리를 지르며 뛰어다니고, 햇살에 비석들이 반질거리며 빛났다. 오랜만에 할머니를 보러 오기엔 여러모로 딱 좋은 날이었다.

"누구?"

"왜, 예전에 우리가 프랑스에 살았을 때, 아파트 일 층에 살던 할아버지 있잖아. 키 크고, 보청기를 끼던."

　벌초를 마친 어른들과 올케가 풀밭에 둘러앉아 담소를 나누는 사이, 호숫가를 같이 산책하던 상우가 나에게 물었다.

"아, 브뤼니에 씨? 그런 이름이었던 것 같은데? 아닌가?"

"그런가? 나는 기억이 안 나."

"아마 맞을걸? 브뤼노 씨였나? 뜬금없이, 왜?"

우리 가족이 프랑스에 살았던 것은 내가 열세 살 때부터 열여섯 살 때까지니까 벌써 이십 년 가까이 된 일이었다.

"할머니가 그 할아버지랑 사귄 거 맞지? 갑자기 생각이 나서."

"무슨 말도 안 되는 소리야?"

나는 눈을 동그랗게 뜨고 돌아보았다.

"누나도 몰랐어?"

상우가 재미있다는 듯 웃었다.

"그러니까 무슨 소리냐고?"

"사실 나, 우리가 프랑스에 살았을 때, 할머니랑 그 할아버지가 손잡고 벤치에 앉아 있는 거 집 근처 공원에서 본 적이 있거든."

그날 밤, 모두와 헤어진 후 혼자 사는 집으로 돌아오자마자 나는 붙박이장 깊숙한 곳에서 할머니의 유품을 넣어 둔 커다란 상자들을 꺼냈다. 할머니의 노리개나 금반지 같은 것이 들어 있는 그 상자 안에서 무엇보다 압도적인 부피를 차지하는 것은 수십 권에 달하는 일기장들이었다. 모양도, 크기도 제각각인 노트마다 단기 4283년 서기 1950년, 단기 4293년 서기 1960년, 이런 식으로 적혀 있던 할머니의 일기들. 자식들 돌잔치 때 받았던 '나이롱 양말'이나 '돈 500환'까지도 세세히 적혀 있는 할머니의 일기를 차마 버릴 수 없어 유품 정리하던 날 내가 전부 받아 오긴 했지만, 나는 그때까지 할머니의 프라이버시를 존중해 그것들을 한 번도 찬찬히 읽어 본 적이 없었다. '이름'을 '일홈'이라고 쓰고 '서른'을 '설흔'이라고 쓰던 나의 할머니. 나는 수많은 일기장 틈에서 우리가 프랑스에 살던 시절 할머니가 일상을 적어 둔 노트를 발견했다.

🏃

　나의 할머니가 우리와 함께 살기 시작한 것은 내가 다섯 살, 상우가 세 살 때의 일이다. 할아버지가 오랜 투병 끝에 돌아가신 뒤 할머니의 딸인 나의 두 고모들이, 혼자 살려면 쓸쓸할 테니 맏아들 집─그러니까 나의 큰아버지 집─과 합치는 게 어떻겠냐고 권유했을 때에도 싫다고 단박에 거절했던 할머니가 ─"이제야 겨우 자유의 몸이 되었는데, 앞으론 아들 며느리 눈치를 보고 살라는 말이냐."─ 둘째 아들 집에 들어와 살기로 결심한 것은 내가 다섯 살이 되던 그해 7월에 우리 엄마가 교통사고로 갑작스럽게 세상을 떠났기 때문이다. "네 아버지가 집까지 찾아와서 무릎을 꿇잖니." 오래전 할머니에게 왜 우리를 키워 주기로 결심했냐고 물었을 때, 할머니는 그렇게 답했다. 산처럼 덩치가 커다란 아버지가 할머니 앞에서 무릎을 꿇는 모습은 상상이 잘 가지 않았다. 어쨌든 그해 가을, 할머니는 단출하게 짐을 싸서 우리 집으로 들어왔다. 이사,라고 말하는 것은 적절치 않은데 그 이유는 상우가 초등학교에 입학할 때까지만 함께 살 생각으로 할머니는 당신의 집을 처분하지 않은 채 대부분의 짐을 두고 왔기 때문이다. 한 달에 몇 번씩 정기적으로 할아버지와 살던 스무 평 아파트로 돌아가 쓸고 닦던 할머니가 그 집을 팔고 우리 집에 완전히 정착한 것은 내가 아홉 살, 상우가 일곱 살 때의 일이다. 오랫동안 돌아갈 집을 마음에 품고 있던 할머니가 돌연 생각을 바꾼 이유는 무엇이었을까? 그러고 보면 나는 단 한 번도 할머니에게 그것에 대해서 물어본 적이 없다. 이제와 생각해 보면 그것은 나 나름대로 나를 보호해 온 방식이었을지도 모르겠다. 나는 할머니가 언제라도 짐을 싸서 떠날 수 있다는 걸 알았고, 언제나 나의 마음속 한구석에는 할머니가 우리만 남겨두고 사라져 버릴지도 모른다는 두려움이 웅크리고 있었다. 그렇다고 할머니가 우리—나와 내 동생—를 사랑하지 않는다고 생각했다는 뜻은 아니다. 그러기엔 할머니가 나와 내 동생에게 베풀어준 애정이란 각별한 것이었고, 나는 할머니가 우리와 한시도 떨어져 있고 싶지 않을 만큼 정들었기 때문에 같이 살기로 마음을 먹었다고 굳게 믿어 왔다. 그리고 그것은 틀림없는 사실이었을 것이다. 하지만 이제 나는, 할머니가 할머니의 집을 포기하고 우리와 같이 살기로 한 가장 결정적인 이유는, 무엇보다 우리가 할머니를 필요로 했기 때문이었다는 것 또한 안다.

할머니는 일제 강점기의 한 개항 도시에서 규모가 큰 양장점을 하던 부모의 삼남 삼녀 중 장녀로 태어났다. 나는 오래전, 어린아이였던 할머니가 세일러복 교복을 입고 어느 담벼락 앞에 서 있는 사진을 본 적이 있다. 여덟 살, 많게 봐야 아홉 살에 불과해 보이는 사진 속 소녀의 얼굴 위에는 삶에 대한 그녀의 태도를 머지않아 결정할 자존심과 호기심 같은 것이 이미 어른거리고 있었다. 자식 여섯 명이 모두 신식 교육을 받은 것은 신문물에 밝고 충분한 재력을 지닌 부모의 덕이었을 테지만, 고등학교만 마친 다른 자매들과 달리 할머니만 유일하게 부모를 설득해 대학에 입학했다는 사실은 할머니 성격의 중요한 일면을 드러낸다. 할머니가 돌아가셨을 때, 장례식장을 찾은 사람들은 대체로 할머니를 '그런 식'―고집,이라든가 누군가는 허영이라는 단어를 쓰기도 했다―으로 회상했다. "아이고, 너네 할머니는 하고 싶은 대로 다 하고 산 여자잖냐." 식어 빠진 육개장과 말라 가는 편육을 앞에 두고 사람들이 할머니에 대해서 다 아는 듯이 말할 때마다 나는 점점 불쾌해졌는데 이유는 알 수 없었다. 생각해 보면, '하고 싶은 대로 다 하고 산 여자'라는 일면 무해해 보이는 표현 속에 감춰져 있는 뾰족하고 날카로운 무언가가 나는 거슬렸던 것 같다. 할머니가 다른 자매들과 달리 대학에 입학했다는 사실은 사람들에게 이야깃거리가 되지만, 그토록 원해 진학한 대학을 전쟁이 터지기도 전에 중퇴했다는 사실은 사람들에게 그다지 기억되지 않는다. 내게 할머니는 대학에 입학하더라도 결혼하면 그만둬야 했던 당시 여자 대학의 규정을 몰랐을 리 없었으면서 결국엔 일 년도 채 되지 않아 부모의 뜻대로, 평생 지루해할 남자와 선을 봐 결혼하고 마는 그런 종류의 사람이다.

　백육십 센티미터의 키에 사십구 킬로그램 내외의 체중을 수십 년째 유지하고 가지런한 백발의 단발머리를 고수하던 나의 할머니. 할머니가 동년배의 다른 할머니들과 다르다는 점은 어린 시절 나를 늘 우쭐하게 만들었다. 할머니는 일본어에 매우 능숙했고, 계란말이와 계란찜을 일본식으로 달짝지근하게 만들었으며, 〈에델바이스〉를 영어로 부를 줄 알았다. 다른 할머니들과 달리 교육 수준이 높은 할머니 덕택에 나와 내 동생은 엄마의 부재를 상대적으로 덜 느낄 수 있었다. 초등학교를 졸업할 때까지 할머니는 다른 엄마들이 그러는 것처럼 알림장을 검사해서 준비물을 챙겨 주었고, 영양 균형을 고려하여 도시락을 싸 주었으며, 덧셈 뺄셈이나 구구단 같은 것을 직접 가르쳐 주었다. 피아니스트가 되고 싶어 음악학부에 진학했던 할머니는 나와 동생에게 직접 바이엘 상하 권을 가르쳐 주기도 했다. 〈아빠와 크레파스〉나 〈과수원 길〉 같은 곡을 시범 삼아 연주해 보이던 할머니의 꼿꼿했던 등과 우아했던 팔의 곡선. 초등학교도 제대로 마치지 못한 다른 할머니들과 달리 나의 할머니는 언제나 세련되고 기품이 있었는데, 나는 그런 할머니를 동경하는 눈빛으로 우러러보곤 했다.

　어린 시절, 건축 일로 항상 바빴던 아버지를 대신해서 우리를 재워 준 사람 역시 할머니였다. 밤이 되면 우리는 바닥에 요를 세 채 깔고 나란히 누웠다. 할머니는 언제나 가운데에 누웠고 나와 내

동생은 각각 할머니의 오른쪽과 왼쪽 요를 차지했다. 누우면 금세 곯아떨어지는 동생과 달리 쉽게 잠에 들지 못하는 나를 재우기 위해 할머니는 얼마나 많은 옛날이야기를 들려주었던지. 할머니는 레퍼토리가 다 떨어지면 아는 이야기들을 뒤섞어 새로운 이야기로 재창조해 내는 능력이 뛰어났다. 할머니가 들려주었던 수많은 이야기들 중 지금껏 내가 기억하는 것은 호랑이에게 잡아먹히는 빨간 망토 소녀에 대한 이야기다. 할머니의 이야기 속에서 엄마의 심부름으로 떡이 가득 든 바구니를 들고 여러 고개를 넘어 이웃 마을로 가야 하는 빨간 망토의 소녀는 고개를 넘을 때마다 호랑이를 만난다. "꼬마야, 꼬마야, 네가 가진 떡을 다오." 빨간 망토의 소녀는 호랑이가 요구하는 대로 처음엔 떡을 주고, 그다음엔 바구니를 주고, 망토를 벗어 주고, 구두까지 벗어 주지만 결국엔 호랑이에게 집어삼켜진다.

"할머니, 이 이야기는 너무 무서워."

처음 그 이야기를 들었을 때, 나는 할머니의 품을 파고들며 그렇게 말했을 것이다. 모든 것을 다 주고도 잡아먹혀 버리는 어린 소녀라니. 그건 너무 무서운 이야기였으니까. 그러자 할머니는 웃으며 나의 앞머리를 손등으로 쓸어 넘기고는 동생이 깨지 않도록 조그맣게 말했다.

"아니야. 이건 무서운 이야기가 아니야. 호랑이 뱃속에 들어가서도 살아남은 아주 용감한 아이에 대한 이야기지."

할머니의 이야기 속에서 호랑이에게 통째로 잡아먹힌 어린 소

녀는 아무도 몰래 주먹 속에 꼭 쥐고 감춰 두었던 아주 작은 흑요
석 조각으로 호랑이의 배를 가르고 밖으로 나온다.

　할머니가 우리 가족과 떨어져 살 수 있었던 마지막 기회는 아마
도 아버지의 프랑스 체류가 결정되었을 때가 아니었을까? 아버지
가 온 가족을 불러 모아 파리의 주재원으로 파견 가게 되었다는 이
야기를 전했던 어느 저녁, 할머니의 첫마디는 한국에 혼자 남고 싶
다는 말이었다. "여기엔 매주 예배를 보러 갈 교회도 있고, 일주일
에 두 번씩 수업을 들으러 가는 구민 대학도 있고, 한 달에 한 번씩
참석하는 여고 동창 모임도 있잖니." 하지만 할머니는 결국 우리
와 함께 프랑스로 떠나는 국적기를 탔다. "아이들은 내가 없으면
안 되니까요." 사람들에게 프랑스로 떠나게 되었다는 소식을 전
할 때마다 할머니 안에 존재했을, 낯선 나라에서의 삶에 대한 불안
이나 두려움에 대해서 말하는 대신 할머니는 그저 그렇게 말했다.
"효자 아들 덕에 외국에서도 살게 되네요." 할머니는 자신의 약점
이나 불행을 타인에게 드러낼 줄 몰랐고 남에게 동정을 살 바에야
죽어 버리는 편이 낫다고 공공연히 말하곤 했다. 할아버지와 평생
사이가 썩 좋지 않으면서도 부부 동반 모임에 가서는 할아버지
에게 존댓말을 쓰며 웃어 주었던 할머니.
　물론, 그랬다고 해서 프랑스에 간다는 사실이 할머니에게 싫기
만 한 건 아니었을 것이다. 할머니는 그때까지 한 번도 서구의 나
라에 가 본 적이 없었고, 프랑스는 할머니가 오랫동안 동경해 왔던

예술가들의 나라였으니까. 할머니는 언제라도 에펠 탑이나 몽마르트르 언덕 같은 것들에 감탄할 준비가 되어 있었다. 파리에 도착하고 첫 이 주, 아직 나와 동생도 새로운 학교에 전학 수속을 밟지 않았고 아버지 역시 주재원 업무를 본격적으로 시작하지 않았던 무렵, 아버지의 인솔에 따라 온 가족이 찾아간 쇼팽의 무덤 앞에 꽃을 올려놓으며 황홀해하거나 미라보 다리 앞에서 사진을 찍어 달라고 말하는 사람은 프랑스에 대한 동경을 품기엔 너무 어렸던 나나 동생이 아니라 할머니였다.

솔직히 말해 당시 나에게 프랑스란 그저 나의 평화로운 일상을 앗아간 나라에 불과했다. 나는 파리의 모든 것에 실망할 준비가 되어 있었는데, 한강에 비하면 턱없이 볼품없는 센강이나, 관처럼 비좁은 엘리베이터, 악취가 풍기는 지하철 환승 통로는 내 마음을 바꾸는 데 조금도 도움을 주지 못했다. 그런 이유로, 프랑스에 도착하고 처음 몇 달 동안 우리가 찍은 사진—대부분 아버지가 찍은 사진으로 나와 동생 그리고 할머니가 에펠 탑이나 베르사유 궁전 앞에 서 있다 —속 나의 얼굴은 커다란 챙이 달린 모자를 쓰고 환히 웃는 할머니나 마냥 해맑기만 한 동생의 얼굴과 달리 하나같이 뿌루퉁해 있었다. 당시 나는 어린 나이에 외국에서 사는 경험을 두고 특권이라고 말하는 사람을 만나면 누구든 주먹으로 코를 때려 주려는 마음으로 가득차 있었고, 나의 삶을 송두리째 바꿔 버린 아버지에 대한 불만을 감추지 못했다. 한마디도 알아들을 수 없는 수업을 버티면서 느끼던 굴욕감. 제대로 의사를 표현하지 못해 놀림을 받을 때마다 이 시간이 얼른 지나가길 바라며 견디던 모멸감. 인종 차별이 나쁜 것임을 아직 충분히 학습하지 못한 아이들의 무구한 장난이란 얼마나 잔인한 것인지. 그 무렵 나는 수업이 끝나면 언제나 집으로 도망치듯 서둘러 돌아왔다. 감자를 삶아 놓거나 고구마탕 같은 것을 만들어 놓고 기다리는 할머니가 있는 집은 나에게 가장 안전한 곳이었다. 그리고 그것은 할머니에게도 마찬가지였겠지. 할머니가 혼자 지하철을 타고 갈 수 있는 곳은 동아시아 식재료를 파는 일본 식품점밖에 없었고, 대부분의 시간 동안 할머니는 집에서 청소를 하고 빨래를 하면서 나와 동생이 돌아오기를 기다릴 뿐이었으니까. 우리 남매는 집에 오면 할머니가 차려준 간식을 먹은 후 할머니와 나란히 소파에 앉아 텔레비전을 보았다. 조금도 알아들을 수 없는 프랑스어로 더빙된 일본 만화 영화나 한국에서도 방영해 줄거리를 대충 알고 있던 미국 영화들을 볼 때도 있었지만—프랑스 텔레비전에서는 알몸의 여자가 광고에 등장하는 일이 많았고, 그때마다 우리는 기겁을 하며 채널을 돌렸다—우리가 주로 시청한 것은 일요일마다 일본 식품점에 가서 잔뜩 빌려 오는 비디오테이프에 녹화된 한국 드라마였다. 아버지가 퇴근해서 돌아와 "너희들 숙제는 하고 그러는 거야?" 하고 물어볼 때까지 대사를 암기할 정도로 몇 번이고 되풀이해서 보았던 미니시리즈들, 주말 연속극들. 그 시절, 우리 셋 사이에는 무언가가 존재했다. 말하자면, 세상으로부터 고립된 섬에서 살아남은 생존자들 사이에 존재할 법한 달콤하고 아늑한 유대감 같은 것. 하지만 시간은 흘렀고, 일 년쯤이 지나면 나와 동생은 낯선 환경을 거부하는 단계를 넘어, 새로운 생활에 어떻게든 적응하기 위해 애쓰는 단계로 접어들어 버린다.

할머니는 점점 더 늘어나는 혼자만의 시간을 어떻게 채웠을까? 처음에 할머니는 집안일을 다 하고도 시간이 남으면 혼자 녹차를 한 잔 끓여 놓고 식탁에 앉아 한국에서 가져온 성경책을 읽었다. 그러다 집에만 있는 것이 지루해지자 집 근처를 산책하기 시작했다. 지하철을 혼자 타는 것은 길을 잃을까 봐 두려웠지만, 동네를 걷는 것 정도는 할 수 있을 것 같았다. 할머니는 아버지가 사다 준 남색의 포켓용 지도책을 작은 손가방 안에 넣고 매일 조금씩 집에서 더 먼 곳까지 걸어갔다. 그렇게 걷다가 마음에 드는 공원을 발견하면 다음번에 다시 찾아올 수 있도록 지도 위에 작은 동그라미를 그려 두었다. 어느새 프랑스어를 제법 구사하게 된 나와 동생과 달리 할머니의 프랑스어 실력은 조금도 늘지 않았다. 가끔 할머니는 우리 책장에 꽂혀 있는 기초 프랑스어 교재를 꺼내어 뒤적여 보았지만, 기억할 수 있는 프랑스어라고는 겨우 몇 가지 인사말과 '한국에서 왔습니다.', '프랑스어는 하지 못합니다.' 같은 기본적인 말들뿐이었다. 학창 시절 할머니는 일어와 영어를 쉽게 습득하는 편이었으므로 좀처럼 프랑스어 실력이 늘지 않는다는 사실에 무력감을 느꼈다.

프랑스어로 말할 수 없었으므로, 집을 벗어나면 할머니가 이야기를 나눌 수 있는 사람은 거의 없었다. 누구의 탓인지 모르겠지만, 자매처럼 사이좋던 우리 남매는 그즈음 텔레비전 채널 주도권 같이 시시한 걸 빌미로 툭하면 소리 지르며 다투기 시작했다. 그러므로 집에선 항상 울거나 소리 지르기 일쑤인 나나 동생과 할머니가 제대로 된 대화를 하는 것은 불가능했고, 아버지는 프랑스에서조차 회식이나 출장이 잦았다. 한국엔 PC 통신이 유행하기 시작했지만 프랑스엔 아직 인터넷 개념조차 모르는 사람들이 허다한 시절이었다. 할머니는 가끔 한국의 고모들이나 친구들과 전화 통화를 했지만, 국제 전화 요금이 무서워 할 말을 다 하기도 전에 서둘러 끊었다. 한번은 아버지가 무료해하는 할머니를 위해 주재원 부인들의 모임을 알아 오기도 했다. 집집마다 돌아가면서 서로를 초대하던 그 모임의 젊은 주재원 부인들은 모두 친절했지만 지나치게 예의가 발랐고, 할머니는 그들에게 자신이 그저 대하기 어려운 노인에 불과하다는 걸 알았다.

시간이 갈수록 할머니 안의 고독은 눈처럼 소리 없이 쌓였다. 처음엔 곧 녹을 수 있을 듯 얇은 막으로. 하지만 이내 허리까지 차오를 정도로 두텁고 단단한 층을 이루었겠지. 그렇지만, 나는 가까스로 생긴 친구들 눈에 지나치게 심각하고 유머 감각이 없는 전형적인 아시아 여자애로 보이지 않기 위해 안간힘을 쓰느라, 할머니가 막 생리를 시작한 나에게 생리대를 사 주기 위해 슈퍼에 갔지만 탐폰들만 잔뜩 늘어선 진열장 앞에서 그것들이 무엇인지 몰라 망연자실하게 서 있었다는 것을 알지 못했고, 긴긴 하루를 견디다 지루해지면 누군가와 대화를 나누기 위해 일부러 일본 식품점에 가지만 일본인 주인과 유창하게 의사소통할 때마다 자긍심과 수치심을 동시에 느꼈다는 사실 역시 미처 알지 못했다.

할머니가 브뤼니에 씨를 알게 된 것은 그런 식의 날들이 쌓여 프랑스에 온 지 어느새 이 년쯤 되었을 때였다. 브뤼니에 씨는 우리 아파트 일 층에 사는 주민이었지만, 그때까지 우리와 마주칠 일이 거의 없었다. 아내와 사별한 이후 파리의 집을 비워 둔 채 보르도 지방에 있는 별장에서 주로 생활을 했기 때문이라는 사실을 나에게 알려 준 사람은 아파트 관리인이었을 것이다. 포르투갈 출신 이민자인 관리인은 그 건물 전체에서 그녀의 가족을 제외하고 유일하게 이방인이었던 우리 가족에게 친절했고, 내가 프랑스어를 조금 할 줄 알게 된 이후부터는 한국의 친구들로부터 받은 소포를 찾으러 갈 때마다 동네 사람들에 대한 이야기를 즐겨 들려주었다. 소포가 도착해 있다는 쪽지를 들고 관리인의 집 초인종을 누르면 천천히 문을 열어 주던 셀리나 부인의 얼굴. 무표정할 땐 엄격해 보이지만 입을 여는 순간 눈빛이 상냥해지던. 언젠가 집에서 스파크가 일며 정전이 났을 때, 부족한 언어로 에둘러 표현하느라 턱없이 길어진 나의 설명을 끊지 않고 다 듣더니, "그건 '누전'이라고 하는 거야."라고 프랑스어 단어를 가르쳐 주던 그녀의 목소리 같은 것들은 왜 이토록 오랜 시간이 흘렀는데도 여전히 떠오르는 걸까?

이쯤에서 당시 우리가 살던 아파트의 건물 배치에 대해서 설명해야겠다. 우리 아파트는 가운데에 있는 사각형의 작은 뜰을 네 개의 건물이 둘러싼 형태로 이루어져 있었다. 우리가 살던 집은 대로에서 가장 안쪽에 있는 건물이었기 때문에 외출을 하려면 반드시 안뜰을 통과해 맞은편 건물의 현관문을 열고 나가야만 하는 구조였다. 관리인의 집은 그 현관문, 결국 모든 주민이 통과해야만 하는 현관문이 있는 건물 일 층에 있었다. 그리고 브뤼니에 씨는 그 건물과 우리 건물 사이를 잇는 건물들 중 하나의 일 층에 살고 있었고.

　내가 이렇게 아파트의 건물 배치에 대해서 설명하는 이유는 우리 할머니가 그해 봄의 초입, 브뤼니에 씨 집 앞을 지나게 된 것이 필연적이라는 이야기를 하기 위해서다. 하루 종일 집에만 있는 것이 답답해져 동네를 산책하려던 할머니는 안뜰로 나서다가 발걸음을 멈췄다. 어디선가 피아노 소리가 들려오고 있었다. 훌륭한 실력이었는데, 그것은 아주 가까운 곳에서 들렸다. 피아노 선율이 흘러나오는 곳은 브뤼니에 씨의 집이었다. 활짝 열어 놓은 창 너머로 백발의 남자가 피아노 앞에 앉아 등을 구부린 채 연주하는 모습이 보였다. 〈사랑의 꿈〉 3번 A플랫 장조. 아, 이것은 리스트야. 곡명을 떠올리자 그 곡을 처음으로 쳐 봤던 날의 기억이 갑자기 할머니의 머릿속에 떠올랐다. 고등학교 음악실에 있던 검은색의 야마하 피아노. 그리고 그와 동시에 건반 위에 손가락을 올렸을 때의 감촉이 순식간에 할머니의 몸속에서 되살아났다. 그것은 감전이 된 것처럼 놀랍고 갑작스러운 일이었다. 그래서 할머니는 그렇게 그 자리에서 연주가 끝날 때까지 창밖, 제라늄 화분 세 개가 창틀에 놓여 있는 브뤼니에 씨의 응접실 창밖에 서 있었다. 할머니를 발견한 브뤼니에 씨가 창가로 다가와 "Bonjour" 하고 인사를 건넬 때까지.

그날 밤, 할머니는 나의 방문을 두드렸다.
"왜?"
어느새 방문을 걸어 잠그고 혼자 있는 시간이 중요해진 내가 문틈 사이로 머리만 내밀고 할머니에게 물었다.
"라디오 안 쓰면 좀 빌려줘."
책상 서랍 안에 방치해 둔 워크맨을 찾는 동안 방문이 조금 더 열렸다.
"학생이 매니큐어가 다 뭐냐."
책상 위에 올려놓은 색색의 매니큐어들—펄이 들어간 핑크와 하늘색 같은 것들—과 아세톤을 보며 할머니가 못마땅한 듯 말했다.
"여기선 다 발라."
나는 할머니에게 워크맨을 건네며 짜증스럽게 대꾸하고는 문을 다시 닫았다. '여기선 다 이래.'는 할머니를 꼼짝 못 하게 하는 마법의 말이었고, 나는 언젠가부터 그것을 즐겨 사용하고 있었다.
할머니는 방으로 돌아가 침대에 걸터앉은 뒤 워크맨의 라디오

기능을 켰다. 그리고 인내심을 발휘하여 한참 주파수를 맞춘 끝에 클래식 음악만을 전문으로 틀어 주는 채널을 찾아냈다. 음악과 음악 사이에 흐르는 디제이의 멘트는 하나도 알아들을 수 없었지만 음악을 듣는 데는 아무런 지장이 없었다. 누구도 깨지 않게 음량을 최소로 한 채 라디오에 귀를 대고 잠을 청하자 잊어버렸던 기억들이 밀물처럼 할머니의 침대 위를 덮쳤다. 피아노를 연습하기 위해 방과 후에 남아 있던 음악실 낡은 마룻바닥의 삐걱거림, 장작을 넣는 난로 위의 구릿빛 주전자, 물이 끓으면서 나던 주전자 뚜껑의 달그락 소리와 한없이 조용했던 그 음악실 창밖, 상록수 위로 쏟아지던 석양의 황금빛.

다음 날, 할머니는 산책을 하고 돌아오는 길에 저 멀리에서 바게트를 사 가지고 집으로 돌아가는 듯한 브뤼니에 씨를 발견했고, 며칠 후에는 신문 가판대 앞에 서 있는 브뤼니에 씨의 뒷모습을 보았다. 한가한 노인들의 동선이라는 게 거기서 거기인 모양이야, 할머니는 속으로 생각했다. 예전에도 브뤼니에 씨와 마주치는 일이 있었겠지만 그전까지 할머니에겐 브뤼니에 씨의 존재를 주목할 이유가 없었을 것이다. 하지만 이제 브뤼니에 씨는 어디서든 눈에 띄었다. 할머니는 브뤼니에 씨를 볼 때마다 피아노 앞에 앉아 있던 그의 옆모습을 떠올렸고, 안뜰을 지날 때면 피아노 선율이 들려오지 않을까 기대하며 브뤼니에 씨의 창가 앞에 멈춰 섰다. 날이 화창해질수록 브뤼니에 씨가 창을 열어 놓고 피아노를 치는 날들은 늘어났다. 브뤼니에 씨는 할머니가 자신의 연주를 듣는다는 것을 알고 있었을까? 알고 있었을 것이다. 가끔 할머니가 안뜰에 서 있으면 연주를 멈추고 창가로 다가와 불쑥 말을 걸어 할머니를 놀라게 하곤 했으니까. "나는 프랑스어를 할 줄 몰라요." 그럴 때면 할머니는 할머니가 아는 몇 안 되는 프랑스어 문장을 내뱉고는 수줍은 얼굴로 도망치며 다시는 창가 앞에 서 있지 말아야지 다짐했다. 하지만 피아노 소리를 들으면 할머니는 어김없이 창가 앞에 멈춰 섰고, 피아노를 치고 싶다는 욕망에 시달렸다.

사방에 꽃이 만개하고, 할머니와 브뤼니에 씨는 서로의 존재를 분명히 의식하기 시작했다. 우연히 길에서 마주쳐 같이 아파트까지 돌아오기라도 하는 날이면 브뤼니에 씨는 할머니의 보폭에 맞춰서 천천히 걸어 주었고, 할머니가 지나갈 때까지 현관문을 연 채로 기다렸다. 초반에 인사를 먼저 건네는 쪽은 언제나 브뤼니에 씨였지만 얼마 후부터 할머니는 매번 먼저 인사하지 않는 것이 너무 무례한 일은 아닌가 하는 생각을 하기 시작했고, 그를 우편함 앞에서 마주쳤던 어느 날 용기를 내어 인사를 건넸다. 한번은 장을 봐서 돌아오는 길에 아파트 현관문 앞에서 만난 브뤼니에 씨가 할머니의 바퀴 달린 장바구니를 엘리베이터 앞까지 대신 끌어 주기도 했다. 가끔은 나와 할머니가 외출을 했다가 집으로 돌아오거나 외출하러 나가는 길에 브뤼니에 씨를 현관 입구에서 맞닥뜨릴 때도 있었다. 그럴 때면, 내가 프랑스어를 할 줄 안다는 것을 알아챈 브뤼니에 씨가 우리에 대해 이것저것 물어보거나 자신에 대한 이런저런 이야기를 늘어놓곤 했다. 지금 생각해 보면 그것은 할머니에게 내가 대신 전해 주길 바라고 한 말들이었을 것이다. 하지만 당시 나로서는 알 길이 없었고, 브뤼니에 씨와 헤어질 때마다 할머니가 나에게 "뭐라고 하더냐?"라고 묻는 이유에 대해서도 짐작조차 하지 못했다. 그러므로 나는 그가 했던 말들을 최대한 간략하게 요약하거나 —"우리더러 베트남 사람이내."—많은 이야기를 생략하고는 —"몰라. 그냥 다 쓸데없는 이야기."—나의 세계로 되돌아갔다.

열흘 내리 비가 왔다. 프랑스에 산 지 삼 년째가 되었지만 봄이 이토록 변덕스럽고 우중충한 계절이라는 것에 할머니는 여전히 적응하지 못했다. 산후조리를 잘못한 탓에 비가 오면 손목과 무릎을 유난히 시려하는 할머니는 열흘 내내 외출을 삼가고 집에만 있었다. 그러다 마침내 해가 나자 공원에 나갔고 벤치에 앉아 나무들을 올려다보며 눈부신 여름이 얼른 왔으면 좋겠다고 생각했다. 여름이 되면 공원의 분수에서 발가벗은 아이들이 물줄기를 맞으며 큰 소리로 웃곤 하는데. 그런 풍경은 얼마나 아름다운지. 여리고 향기로운 아이들의 몸. 할머니는 주먹을 쥐고 있던 손을 가만히 펼쳐 보았다. 엄지와 검지로 가만히 손등의 살갗을 집어 보면, 탄력을 잃은 탓에 집었던 부위는 아주 서서히 원래의 모양으로 펴졌다.

할머니가 브뤼니에 씨를 발견한 것은 벤치에 앉아 워크맨으로 음악을 들으며 코바늘뜨기를 하고 있을 때였다. 베이지색 코르덴

바지에 벽돌색 셔츠를 입은 브뤼니에 씨가 공원 안쪽으로 들어오고 있었다. '몇 살쯤이나 됐을까?' 할머니는 백인의 나이를 좀처럼 가늠하지 못했다. 그것은 상대도 마찬가지였겠지만. 브뤼니에 씨는 키가 훤칠하게 컸지만 나이에 걸맞게 약간 구부정했고, 걸음걸이가 어딘가 약간 기우뚱했다.

'아, 설마 내 쪽으로 오는 건가?'

눈이 마주친 브뤼니에 씨가 살짝 미소를 짓더니 할머니를 향해 걸어와 할머니는 긴장하기 시작했다. 그리고 인사만 하고 지나갈 줄 알았던 그가 손짓을 하며 옆에 앉아도 되냐고 물었을 때는 심장이 쿵쾅거려 정신이 아득해졌다. 브뤼니에 씨가 다시 무언가 말을 걸었다. 할머니는 알아들을 수 없었으므로 하는 수 없이 "나는 프랑스어를 할 줄 몰라요."라는 말을 다시 한번 반복했다. "베토벤." 브뤼니에 씨는 할머니가 틀어 놓은 워크맨을 가리키더니 또 한 번 천천히 발음했다. 라디오에서는 베토벤의 피아노 소나타 23번 F단조가 흘러나오고 있었다.

"아, 베토벤."

할머니가 알아들었다는 뜻으로 고개를 끄덕였다.

그 후로 그들은 우연히 공원에서 마주치면 나란히 벤치에 앉기 시작했다. 말이 통하지 않았으므로 그저 앉아 있을 뿐이었다. 브뤼니에 씨와 앉아서 음악을 같이 듣노라면 매번 심장이 울렁거렸는데, 할머니는 그것이 낯선 남자와 함께 앉아 있기 때문인지 피아노를 치고 싶은 충동 때문인지 분간할 수 없었다. '내일은 피아

노를 쳐 보게 해 주겠냐고 물어봐야지.' 매일 밤 자기 전, 할머니
는 클래식 채널을 들으면서 생각했다. 그러기 위해서는 나나 동
생, 아니면 아버지에게 프랑스어로 문장을 번역해 적어 달라고 해
야만 했다. 하지만 할머니는 어쩐 일인지 누구에게도 브뤼니에 씨
와 피아노에 대해서는 말하고 싶지 않았다. '도대체 어쩐 일일까?'
할머니는 워크맨에 귀를 갖다 대며 생각했다. '참 이상한 일도 다
있지.'

"Can I play your piano?"

할머니가 용기를 내어 옆에 앉아 있던 브뤼니에 씨에게 물은 것
은 그로부터 이 주일 정도가 흐른 후였다. 풀밭의 한쪽에선 어린
아이의 생일 파티라도 하는지, 누군가가 나무에 매달아 둔 색색의
파스텔 톤 풍선이 바람에 흔들리고 있었다. 바람이 불 때마다 할
머니가 가장 아끼는 잔꽃 무늬 치마의 끝단이 할머니의 맨종아리
를 스쳤다. 영어를 단 한 마디도 할 줄 모르는 브뤼니에 씨가 무슨
소리냐는 듯이 할머니를 쳐다보았다. 할머니는 그럴 줄 알았다는
듯이, 조금은 의기양양한 표정으로 손가방에서 일부러 챙겨 온 두
꺼운 한불·불한사전을 꺼냈다. 그리고 호기심 어린 눈으로 할머
니를 바라보는 브뤼니에 씨 앞에서 단어들을 차례대로 찾아 펼쳐
보였다. '나 je', '원하다 vouloir', '연주하다 jouer', '당신 vous', '피
아노 piano'. 인내심을 가지고 할머니가 보여 주는 단어들을 하나
씩 들여다보던 브뤼니에 씨가 마침내 할머니가 말하는 바를 알아

들었다. 그리고 돋보기 속 푸른 눈을 빛내면서 웃으며 말했다. "아, 피아노!"

그렇게 그날 오후 할머니는 처음으로 브뤼니에 씨 집에 들어갔다. 혼자 사는 남자의 집, 그것도 외국인 남자의 집에 방문하는 것은 난생처음이었고, 할머니는 브뤼니에 씨가 열쇠 구멍에 열쇠를 꽂고 돌리는 동안 바보 같은 짓을 하는 게 아닐까 잠시 후회했다. 현관 앞에서 구두를 벗으려던 할머니는 브뤼니에 씨가 신발을 그대로 신은 채 양탄자를 딛는 것을 보고 깜짝 놀랐다. 외출하면서 덧창을 모두 닫아 두어 실내는 어두웠는데, 덧창을 열고 커튼을 열어젖히자 어둠 속에 웅크리고 있던 사물들의 윤곽이 차례로 드러났다. 루이 15세 스타일의 고가구들. 새와 꽃이 그려진 벽지. 헝겊이 씌워진 안락의자와 괘종시계. 대리석 벽난로 위에는 커다란 도자기 화병이 여러 개 놓여 있었는데, 아마 아내가 살아 있었다면 풍성히 꽃이 담겼을 화병은 비어 있었다.

"Puis-je vous offrir une tasse de thé?"

브뤼니에 씨가 응접실에 우두커니 서 있는 할머니의 겉옷을 받아 옷걸이에 걸며 물었지만 할머니는 알아들을 수 없었다. 할머니가 손가방에서 사전을 다시 꺼내어 건네자, 브뤼니에 씨가 'thé 차'라는 단어를 찾아 보여 주었고, 할머니는 브뤼니에 씨가 '차를 원하냐'고 물었다는 것을 이해했다. "아니요." 할머니는 고개를 저었다. 브뤼니에 씨의 그랜드 피아노—플레엘Pleyel사에서 만든 1930년산이었다—는 응접실의 창가 쪽에 우아하고 도도한 자태로 놓여 있었다.

　이제 할머니는 피아노 의자에 앉는다. 의자의 높이는 할머니에게 맞춘 듯 꼭 맞고 페달까지의 거리마저도 완벽하다. 딱딱한 의자의 감촉을 엉덩이로 느끼며 할머니는 피아노 뚜껑을 열고 하얀 건반을 하나씩 엄지와 검지로 지그시 누른다. 도— 레—. 차갑고 매끄러운 건반. 그저 손가락으로 피아노 건반을 눌렀을 뿐인데 어린 시절 교회에서 처음으로 크리스마스트리를 보았을 때 같은 경이롭고 황홀한 느낌이 할머니의 몸 안 가장 깊은 곳에서 피어오른다. 내가 열 살 때까지는 비록 단순한 곡들이었지만 할머니가 내게 연주 시범을 보이곤 했으므로, 피아노를 마지막으로 쳐 본 지는 오 년 정도밖에 되지 않았다. 그렇지만 할머니는 그날 피아노를 치면서 아주 오랜만에, 영겁의 세월 만에 건반을 만져 보는 것 같은 기분에 휩싸인다. 할머니는 기억을 더듬어 좋아하던 슈만의 〈크라이슬레리아나〉의 두 번째 곡을 연주하기 시작한다. 오랜만에 치는 터라 처음엔 손가락이 마음대로 움직이지 않지만, 몸은 놀랍게도 익숙한 습관을 곧 기억해 내고 손가락들이 천천히 건반 위를 미끄러진다. 할머니가 연주를 하는 동안, 브뤼니에 씨는 약간 어안이 벙벙한 표정으로 그 옆에 서 있었을 것이다. 어쩌면 그는 피아노를 연주하는 아시아 여자를 그때까지 단 한 명도 본 적이 없었을지도 모른다. 할머니의 연주가 계속될수록, 놀람과 당혹이 뒤섞였던 브뤼니에 씨의 눈빛에는 온화함과 설렘이 깃들 테지만 할머니는 그의 존재를 잠시 잊는다. 약간의 흥분 속에서, 할머니가 떠올리고 있는 사람은 여고 시절 짝사랑했던 유부남 음악 교사이기 때문이다. "난실아, 너는 음악에 특별한 재능이 있으니까, 음악을 많이 들어야 해." 전축도 피아노도 귀하던 시절, 여고생 난실에게 방과 후 피아노를 가르쳐 주던 음악 교사. 그는 어느 날, 언제든 듣고 싶은 음악을 들을 수 있도록 전축이 있는 음악실의 열쇠를 아무도 모르게 난실에게 건네 준다. 다른 친구들은 사랑 같은 것은 꿈꾸지도 못하던 시절이었다. 하굣길 모찌빵을 사 먹기 위해 빵집에 들렀다가 인근 학교의 남학생들과 마주치면 큰일이라도 난 것처럼 눈을 떨구며 뺨을 붉히던 친구들. 하지만 여고생 난실은 달랐다. 그녀가 갈망하던 것은 무엇이었나. 뭔가 특별한 것, 고양시켜 주는 것, 그녀를 다른 세계로 데려다줄 그 무언가. 음악 교사와 교환하던 편지들. 악보 사이에 끼워 몰래 주고받던. 밤마다 그녀를 불면으로 이끌었던 것은 윤심덕과 김우진, 슈만과 클라라 같은 연인들의 이야기였다. 그녀는 앞으로 펼쳐질 인생에 놀라운 사건들이 가득할 거라는 사실을 의심치 않았고, 자신에겐 인생을 하나의 특별한 서사로 만들 의무가 있다고 믿었다.

할머니는 그 이후 주기적으로 브뤼니에 씨의 집을 찾아가 피아노를 친다. 과일이나 주스를 답례로 사 들고서. 프랑스에서는 타인의 집을 방문할 때 그런 것들을 사 가지 않는다는 것을 모르는 할머니는 그릇에 담아 가는 사과나 멜론, 병에 든 오렌지주스 같은 것들 앞에서 브뤼니에 씨가 왜 어리둥절한 표정으로 웃음을 터뜨리는지 이해하지 못한다. 할머니는 처음엔 피아노만 치고 일어났지만 시간이 조금 더 흐르면서 응접실에 앉아 차를 마시기 시작한다. 초반엔 브뤼니에 씨가 차에 설탕이나 우유 혹은 레몬 조각을 넣지 않겠느냐고 묻는 것을 이해할 수 없고, 그의 취향이 괴상하게만 느껴졌지만 —차에 우유라니!— 이제 할머니는 차에 우유한 방울과 각설탕 두 알을 넣는 브뤼니에 씨를 자연스럽게 받아들인다. 언어가 통하지 않지만 차를 마시면서 그들은 사전을 사이에 두고 더듬더듬 대화를 시도하기도 한다. 관사나 전치사, 부사같은 것은 생략한 채 동사와 명사, 이따금 형용사 한두 개로 이어지는 대화들. 사전을 사이에 둔 대화이기 때문에 무슨 말을 하든 그들이 주고받는 동사는 시제 없이 원형으로밖에 표현되지 않는데, 어느 날 문득 할머니는 동사를 사전에서 찾다가 삭제된 시제들이 대부분 과거형이며 할머니에게 미래형 동사를 써서 표현할 것은 거의 없다는 사실을 깨닫는다. 그런 식으로 할머니는 아주 천천히, 브뤼니에 씨는 아내—그녀의 이름은 엘리안이다—가 사 년전 암으로 죽었다는 것을, 대대로 재산이 많아 변변한 직업을 가진적이 없다는 것을, 프랑스의 식민지였던 베트남에서 살았던 적이 있으며, 이름이 장폴이라는 것을 알게 된다. 브뤼니에 씨가 할머니는 이름이 박난실이며, 한국인이고, 인생이 고독하다는 사실을 알게 되듯이.

응접실에 앉아 대화를 주고받거나 간혹 볕이 좋은 날이면 함께 산책을 나가기도 하지만 할머니가 브뤼니에 씨의 집에서 가장 많이 하는 일은 시디플레이어로 바흐나 모차르트의 음악을 듣는 것이다. 브뤼니에 씨가 시디를 틀고 차를 끓여 내오면, 할머니와 브뤼니에 씨는 응접실의 의자에 일정한 사이를 두고 앉은 채 약속이나 한 것처럼 한 곡이 끝날 때까지 각자 할 일을 하며 음악을 듣곤 했다. 그러고 있노라면 오래된 기억들이 두서없이 떠올랐고 할머니는 음악이 인도하는 대로 몸을 맡긴 채 먼 여행을 떠났다. 희미한 포격 소리를 들으며 떠났던 피난길, 어느 들판에 서서 보았던 먼 곳 어딘가의 불길과 하늘을 덮은 검은 연기, 봇짐을 든 채 유령처럼 걷던 사람들의 행렬처럼 보는 순간에도 영원히 각인될 줄 알았던 장면들이 떠오르기도 했지만, 어딘가에 남아 있는 줄조차 몰랐던 과거의 사소한 기억들이 불쑥 눈앞에 펼쳐지기도 했다. 결혼식 날 맨살에 닿았던 하얀 저고리의 감촉과 거품처럼 보이던 레이스 면사포의 흰 무늬나 —할머니는 부모의 뜻을 끝까지 거스르지 못한 대가로 자신이 무엇을 얻고 무엇을 잃을지를 당시 정확히는 알지 못했다 —식당마다 2할 이상 잡곡을 섞어 밥을 지어야 했던 오래전의 어느 날 보았던 빗줄기 같은 것. 매일 똑같은 일상에 숨이 막혀 죽을 것만 같던 어느 날 아직 어린 아이들을 이웃집에 부탁하고 시내로 달려가 중부 극장에서 보았던 영화는 아마도 〈폼페이 최후의 날〉이거나 〈비 내리는 밤의 기적〉이었을 것이다. 영화가 무엇이었는지는 확실치 않지만 그날 느꼈던 감각만은 이상하리만큼 선명했다. 극장에서 나와 홀로 거리를 걷다가 처마 밑에서 소나기가 그치길 기다리며 맡았던, 어느 가게의 생선구이 냄새.
뺨에 닿았던 습기의 감촉과 와아아 떨어지던 빗소리. 살아 있다
는 감각과 동시에 찾아오던 이미 너무 늙어 버린 것 같다는 느낌.
아, 그토록 오랜 시간이 흘렀는데 기억들은 어째서 이렇게나 생생
할까?

　돌이켜 보면 할머니는 그즈음 눈에 띄게 아름다웠다. 프랑스에
온 이래 그만두었던 화장을 하기 시작하고, 내 방에 놓여 있는 향
수 ─ 아버지를 졸라 생일에 받은 캘빈클라인이었다 ─ 를 가끔 나
몰래 뿌리다 들키기도 했지만 그런 이유 때문만은 아니었다.

　"할머니 요즘 무슨 일 있어?"

　모처럼 평화롭게 남동생과 나란히 식탁에서 숙제를 하다 말고
내가 할머니에게 물어본 것이 그런 날들 중 하루였을 것이다. 하
지만 할머니는 "일은 무슨 일." 하고는 아무런 말도 덧붙이지 않
고, 나 역시 다시 숙제를 하기 위해 펼쳐 놓은 사전 쪽으로 고개를
돌린다.

　어느 겨울 오후였다. 할머니는 브뤼니에 씨의 집 응접실에 앉아
있었고, 시디플레이어에서는 브람스가 흘러나오고 있었다. 오후
의 빛이 뜨개질하는 손 위로 어른거려, 할머니는 고개를 들고 옆에
앉아 있던 브뤼니에 씨를 바라보았다. 너무 조용해 졸고 있을 거
라고 생각했는데 그는 뜻밖에도 팔까지 걷어붙인 채 테이블 위에
각설탕들을 탑처럼 한 줄로 쌓고 있었다. 마치 대단히 중요한 일

을 하는 사람처럼 심각한 얼굴로, 열중해서. 도대체 저건 뭐 하는 짓일까? 뭘 먹을 때마다 음식물을 바지춤에 흘리기 일쑤고 이따금씩 도무지 영문 모를 행동을 하는 이 불가해한 남자. 각설탕을 쌓는 브뤼니에 씨의 팔, 할머니처럼 검버섯이 피어 있지만 한국 남자의 것과 달리 은빛 털로 뒤덮여 있는 그의 팔을 바라보는데, 브뤼니에 씨를 할머니는 영원히 이해할 수 없으리라는 사실이, 그 역시 할머니에 대해서 끝내 알지 못하리라는 사실이 실감났고 그러자 놀랍게도 가슴 안쪽에서 통증이 느껴졌다.

오래전, 스스로 너무 늙었다고 느꼈지만 사실은 아직 새파랗게 젊던 시절에 할머니는 늙는다는 게 몸과 마음이 같은 속도로 퇴화하는 일이라고 생각했다. 몸이 굳는 속도에 따라 욕망이나 갈망도 퇴화하는. 하지만 할머니는 이제 알았다. 퇴화하는 것은 육체뿐이라는 사실을. 그런 생각을 할 때면 어김없이 인간이 평생 지은 죄를 벌하기 위해 신이 인간을 늙게 만든 건 아닐까 하는 의문이 들었다. 마음은 펄떡펄떡 뛰는 욕망으로 가득 차 있는데 육신이 따라 주지 않는 것만큼 무서운 형벌이 또 있을까? 꼼짝도 못 하는 육체에 수감되는 형벌이라니. 나이를 점점 먹으면서 할머니를 가장 두렵게 하는 것은 치매나 언젠가 차게 될지 모르는 오줌 주머니가 아니었다. 할머니의 악몽에까지 찾아오는 공포는 언젠가 남편이 입원해 있던 요양 병원에서 보았던 뇌졸중 환자처럼 전신이 마비되고도 또렷한 의식을 지닌 채 울부짖으며 여생을 살면 어떻게 하나 하는 것이었다.

그럼에도 이런 겨울 오후에, 각설탕을 사탕처럼 입안에서 굴리면서 아무짝에 쓸모없는 각설탕 탑을 쌓는 일에 아이처럼 열중하는 늙은 남자의 정수리 위로 부드러운 햇살이 어른거리는 걸 보고 있노라면 할머니는 삶에 대한 갈망과 미래에 대한 기대가 또다시 차오르는 것을 막을 도리가 없었다.

인생에 무언가를 기대한다니. 얼마나 바보 같은 일인가. 그렇게 평생 동안 배신을 당해 놓고도. 젊음을 다 바쳐 아이들을 길러 봤자, 딸들은 평생 아들들만 끼고도는 엄마 때문에 상처를 받았다고 잊을 만하면 한 번씩 돌아가며 말을 했고, 아들들은 누나들보다 잘나지 못했다는 이유로 무시하는 엄마 앞에서 평생 주눅이 들었다고 술만 마시면 소리를 질렀다. "엄마는 어차피 우리 집 남자들이 숨 쉬는 방식까지도 못마땅하잖아요!" 언젠가는 손주들 또한 빚쟁이처럼 당당하게 비난해 오겠지. 그런 상념에 빠져 있다 보면 자연스럽게 지금은 브뤼니에 씨가 여기에 있고, 할머니는 그와의 사이에 무언가, 공감이라든지 이해, 생의 가장자리로 떠밀려 온 사람들 사이의 연약한 연대나 우정 같은 것이 존재한다고 믿고 있지만, 브뤼니에 씨는 할머니와의 시간에 아무런 의미도 부여하지 않을지 모른다는 생각이 들었다. 누가 알겠는가? 그에겐 말이 통하는 다른 친구들이 있을 테고, 심지어 애인이 있을지도 모르는데.

"난실!"

음악 재생이 끝난 줄도 모른 채 그런 상념에 빠져 있다 깜빡 졸고 있는데 갑자기 브뤼니에 씨가 할머니를 불렀다. 할머니가 눈을 떴을 때 발견한 것은 테이블 위에 놓여 있는 엄청난 높이의 각설탕 탑이었다. 켜켜이 쌓인 높다란 각설탕 탑.

"와!" 할머니가 탄성을 질렀다. 마치 경이로운 일을 난생처음 목격한 사람처럼.

할머니의 반응에 신이 난 브뤼니에 씨가 부엌에서 언제 가져왔는지 모를 설탕 상자 안의 남은 각설탕들을 테이블 위에 아주 조심스럽게 마저 부었다. 테이블 위로 쏟아지는 정육면체의 갈색 설탕들. 할머니는 각설탕들을 바라보다가 가까운 쪽에 놓인 하나를 집어 입안에 넣었다.

'아이, 달아.'

이런 천진한 달콤함이라니. 각설탕을 입안에서 굴리자, 단맛이 서서히 퍼지고, 할머니의 머릿속에는 아주 어릴 때의 기억이 떠올랐다. 무슨 일인가로 혼난 후, 양장점 입구 앞 흙길에 앉아 울고 있던 어느 초봄, 할머니가 보았던 여자 손님의 우아했던 보라색 클로시 모자. 인력거에서 내린 그녀가 할머니 손에 쥐여 줬던 흑설탕 캔디. 난생처음 맛보았던 그 황홀하도록 달콤한 맛. 그 기억에 대해서도 브뤼니에 씨에게는 영원히 말할 수 없을 거란 생각이 들었다. 누군가와 함께 있어도 낯선 섬에 홀로 표착한 것 같았던 할머니의 일생이나, 하루가 너무 길 때마다 차라리 빨리 죽여 달라고 신에게 간구하지만, 막상 죽음 이후를 상상하면 어김없이 찾아오는 극심한 공포에 대해서 결코 말할 수 없을 것이듯. 하지만 어쩌겠는가? 우습게도 느닷없이 아무래도 좋다는 마음이 들었다. 예상치 못했던 일이 주는 즐거움. 계획이 어그러진 순간에만 찾아오는 특별한 기쁨. 다 잃은 것 같다고 생각하고 있으면 어느새 한여름의 유성처럼 떨어져 내리던 행복의 찰나들. 그리고 할머니는 일어나서 브뤼니에 씨와 함께 탑 위에 각설탕 하나를 더 쌓았다. 하나를 더. 또 하나를 더. 그러다 탑이 무너져 내릴 때까지. 각설탕들이 사방으로 흩어지고, 할머니와 브뤼니에 씨가 손뼉을 치며 웃음을 터뜨릴 때까지.

브뤼니에 씨와의 이런 관계는 일 년 가까이 지속되었다. 아버지 회사의 갑작스러운 경영난으로 인해 우리 가족이 뜻밖의 조기 귀국을 하기 전까지.

"연애였네." 내가 이 이야기를 모두 들은 후 할머니에게 그렇게 말했다면 할머니는 손사래를 치며 "연애는 무슨."이라고 말했을 것이다. 하지만 할머니는 단 한 번도 나에게 브뤼니에 씨와의 이야기를 한 적이 없었다. 일방적인 귀국 통보에, 겨우 적응했는데 또다시 친구들과 헤어지는 것이 얼마나 괴로운 일인지 아느냐며 아빠를 원망하던 내가 엇나가지 않도록 다독이거나, 한국 중학생 문화에 적응하지 못할 때마다 부모 잘 만나 외국물 먹었다고 티내냐며 괴롭히던 아이들 때문에 우울증에 걸린 남동생을 보살피던 우리의 청소년 시절뿐 아니라, 나와 내 동생이 성인이 되어 각자 연애를 하고, 실연을 하던 그 모든 시간 내내. 그러므로 지금까지의 이야기는 내가 할머니의 일기를 통해 상상한 것일 뿐이다.

나의 상상 속에서 할머니와 브뤼니에 씨의 이별 장면은 이런 식이다. 색색의 글라디올러스가 활짝 핀 봄날의 공원이고, 둘은 처음으로 손을 잡고 있다. 아무 말 없이. 사방에선 싱그러운 풀 냄새가 가득하고, 이별의 순간에야 처음으로 잡은 남자의 주름투성이인 손은 따뜻해서, 할머니는 생각한다. 그것은 얼마나 오만한 생각이었던가 하고. 노인의 삶이 사지가 마비된 뇌졸중 환자의 것과 다르지 않다니. 이렇게 살아서, 할머니의 몸은 이렇게 살아서 이 모든 것을 생생히 느끼고 있는데. 내가 읽은 할머니의 일기에 따르면 그날 브뤼니에 씨는 사전을 찾아서, 할머니에게 마지막으로 작별의 말을 건넸다. 브뤼니에 씨가 건넸다는 그 말에 대해서 할머니는 대명사 두 개와 동사 한 개라고만 적어 놨으므로 그 안에 감춰진 말이 무엇인지 나는 모른다. 그것은 어쩌면 "당신을 기다릴게요 Je vous attendrai"일 수도 있고, "그리울 거예요 Vous me manquerez"일 수도 있고, 내가 상상하는 것처럼 "사랑해요 Je vous aime"일 수도 있지만 그 말이 진짜로 무엇이었는지 나로서는 영영 알 길이 없다.

내가 알고 있는 사실은 이런 것뿐이다. 그러니까, 할머니가 나에게 찾아왔던 지난밤 꿈에 대한 일. 꿈속에서, 할머니는 돌아가시기 전의 고통스러워하는 모습이 아니라 칠십 대의 건강한 모습으로 아름다운 옷을 입은 채 희붐한 빛에 둘러싸여 서 있다. 그 세계에서 아마도 소녀인 나는 오랜만에 보는 할머니가 반가워 한달음에 달려가 품에 안긴다. 그런데 이건 무슨 향일까? 나는 할머니의 품에 안기는 순간 어디선가 풍겨 오는 달콤한 향을 맡는다. 하지만 할머니의 모자 속이나 치마 속 어디서도 향의 진원지를 발견하지 못하고 나는 점점 초조해진다. "할머니, 할머니, 나를 좀 봐." 다급하게 부르는 소리에 할머니가 나를 돌아보고, 나는 할머니가 주먹을 꼭 쥐고 있다는 걸 불현듯 알아챈다. "할머니, 손을 펴 봐." 나는 할머니에게 떼를 쓴다. 몇 번이나, 몇 번이나. 내가 울기 시작하면 할머니는 무엇이든 내가 원하는 대로 해 줄 것을 알고 있기 때문에, 확신에 차서. 하지만 꿈속에서 할머니는 부드럽지만 단호한 목소리로 말한다. "안 돼." 그리고 할머니는 또 이렇게 덧붙이는 것이다. 조금은 고통스러운 것 같지만, 사실은 조금도 고통스러워 보이지 않는 얼굴로. 주먹을 더 꼭 쥔 채. "이건 내 것이란다."

작품 출처

• 윤성희, 「마법사들」 『캐스팅』, 돌베개 2022

• 장류진, 「백한번째 이력서와 첫번째 출근길」 『일의 기쁨과 슬픔』, 창비 2019

• 조경란, 「봄의 피안」 『언젠가 떠내려가는 집에서』, 문학과지성사 2018

• 김화진, 「근육의 모양」 『나주에 대하여』, 문학동네 2022

• 정소현, 「어제의 일들」 『품위 있는 삶』, 창비 2019

• 박형서, 「실뜨기놀이」 (『2021년 제66회 현대문학상 수상 소설집』에 수록된 바 있으나 작가가

  일부 표현을 수정하여 기고함.)

• 백수린, 「흑설탕 캔디」 『여름의 빌라』, 문학동네 2020

시작하는 소설

초판 1쇄 발행 2024년 11월 8일
초판 3쇄 발행 2025년 6월 9일

지은이 • 윤성희 장류진 조경란 김화진 정소현 박형서 백수린
엮은이 • 강미연 김경식 김미성 손규상 안수범
펴낸이 • 황혜숙
편집 • 박유진
조판 • 이주니
펴낸 곳 • (주)창비교육
등록 • 2014년 6월 20일 제2014-000183호
주소 • 04004 서울특별시 마포구 월드컵로12길 7
전화 • 1833-7247
팩스 • 영업 070-4838-4938 | 편집 02-6949-0953
홈페이지 • www.changbiedu.com
전자 우편 • textbook@changbi.com